이웃집
발명가

최우근

1966년 서울에서 태어났다. 연세대학교 철학과 재학 중 문과대 연극반 〈문우극회〉 활동을 하며 연극과 인연을 맺었다. 졸업 후 MBC에서 〈경찰청 사람들〉로 방송작가 활동을 시작했다. 이후 다큐멘터리 〈성공시대〉 〈록 달리다〉 〈복서〉 〈파랑새는 있다〉 〈형사수첩〉 드라마 〈강력반〉 등을 집필하며 20여 년 동안 방송작가 생활을 했다. 그러다 몇 해 전, 친분 있는 연극배우들의 술자리에서 까맣게 잊고 지냈던 꿈 하나를 떠올렸다. 연극, 아무도 말리지 않았지만 혼자 겁을 먹고 지레 포기했던 꿈이다. 그리고 그 위에 새로운 꿈 하나를 더 얹었다. 완전히 농담으로만 이루어진 비극. 얼마 후 첫 희곡 〈이웃집 발명가〉를 탈고했다. 〈이웃집 발명가〉는 2008년 5월, 문삼화 연출로 초연되었다. 지금도 꿈을 향해 느리지만, 뚜벅뚜벅 글쓰기를 이어가고 있다. 2015년에는 제1회 다음 7인의 작가전 선정작인 소설 〈안녕, 다비도프씨〉를 발표하여 특유의 풍자와 유머로 독자들의 마음을 사로잡았다.

이웃집 발명가

2013년 6월 20일 초판 1쇄 ‖ 2017년 11월 30일 초판 3쇄

지은이 최우근
편집 이루리 ‖ **디자인** 오빛나, 강해령 ‖ **마케팅** 이상수
펴낸이 이순영 ‖ **펴낸곳** 북극곰 ‖ **출판등록** 2009년 6월 25일 (제300-2009-73호)
주소 서울시 은평구 진흥로 5길 15 4층 북극곰
전화 02-359-5220 ‖ **팩스** 02-359-5221
이메일 bookgoodcome@gmail.com ‖ **홈페이지** http://www.bookgoodcome.com
블로그 http://blog.naver.com/codathepolar ‖ **페이스북** http://www.facebook.com/bookgoodcome
ISBN 978-89-97728-46-4 05810   **값** 18,000원
© 최우근 2013

이 도서의 국립중앙도서관 출판시도서목록(CIP)은 서지정보유통지원시스템 홈페이지(http://seoji.nl.go.kr)와 국가자료공동목록시스템(http://www.nl.go.kr/kolisnet)에서 이용하실 수 있습니다.(CIP제어번호: CIP2014004245)

이웃집
발명가

최우근 희곡집

북소금

미솔에게

새로운 연극의 발명가

김성노

한국연극연출가협회 회장
동양대학교 연극영화학과 교수

〈이웃집 발명가〉를 처음 보던 날이 아직도 생생하다. 분명히 이정하 연출로부터 최우근 작가의 첫 번째 희곡이라고 소개를 받고 공연을 보았음에도 불구하고 나는 공연 내내 이렇게 기발하고 재미있고 세련된 작품을 쓴 외국작가가 과연 누구인지 궁금했다. 공연이 끝나고 극장 밖에서 최우근 작가를 만난 나는 비로소 이정하 연출의 소개를 떠올렸다. 하지만 어리석게도 이렇게 묻지 않을 수 없었다.

"이 작품이 원래 외국 작품인가요?"

최우근 작가는 빙긋이 웃으며 대답했다.

"원래 제 작품인데요."

내가 최우근 작가에게 그런 실례를 범할 수밖에 없었던 까닭은 그의 작품이 지닌 탁월한 독창성 때문이다. 몇 번을 다시 생각해 보아도 최우근 작가의 작품이 지닌 탁월한 독창성에 나는 감탄을 금할 수 없다.

어느날, 블랙이라는 개와 함께 사는 발명가 공동식 박사는 자신의 새 발명품을 선보이기 위해 이웃 사람들을 초대한다. 하지만 정작 찾아온 이웃은 새로 이사 온 로즈밀러라는 여성뿐이다. 그리고 마침내 그가 선보인 발명품은 '어둠'이다. 한낮에도 주변의 빛을 모두 흡수하여 칠흑 같은 어둠을 만들어주는 어둠 제조기를 발명한 것이다.

어둠을 발명하다니! 내가 속으로 정말 기발한 상상력이라고 찬탄을 금하지 않는 순간, 박사 역시 로즈밀러로부터 찬사를 받기를 기대하고 있었다. 하지만 로즈밀러의 반응은 전혀 뜻밖이다.

"왜 이런 걸 발명하세요?"

왜 이런 걸 발명하냐고? 이 한 줄의 질문이 바로 연극 〈이웃집 발명가〉를 이끌어가는 원동력이다. 독특하고 재미있는 발명을 통해 삶의 의미를 찾으려는 공동식 박사의 가치관과, 도덕적이고 실용적인 가치를 추구하는 로즈밀러의 가치관이 부딪혀 불꽃을 튀기기 시작한다. 그리고 더욱 놀라운 것은 그 불꽃이 격

렬한 대립의 불꽃이 아니라 폭소의 불꽃이라는 것이다.

최우근 작가는 소통 불가능한 두 사람의 대화를 포복절도할 언어의 핑퐁게임으로 펼쳐 보인다. 무엇보다 두 주인공에게 공동식이라는 한국 이름과 로즈밀러라는 영어 이름을 붙인 것은 소통 불가능한 가치관의 대립을 상징하는 놀라운 장치다. 그것은 카프카가 『변신』에서 갑충이라는 메타포를 사용함으로써 소통 불가능한 두 세계의 이질감을 보여준 것만큼이나 효과적이다.

공동식 박사는 현실적인 가치관을 지닌 로즈밀러에게 자신을 이해시키려고 필사의 노력을 펼친다. 한편, 로즈밀러는 공동식 박사의 천재성은 인정하면서도 박사의 삶을 자기식대로 바로잡으려고 안간힘을 쓴다. 따라서 이들의 대화는 진지해질수록 코믹해진다. 서로 다른 가치관을 가진 두 사람이 서로 자신이 옳다고 주장하는 대화는 대화가 아니라 바로 코미디라는 것을 최우근 작가는 아주 정확하고 신랄하게 보여준다. 그리고 드라마가 진행되면서 내가 옳고 상대방이 틀렸다는 식의 우격다짐이 삶의 일상적인 대화라는 사실을 깨닫는 순간, 관객들은 그야말로 웃다가 울게 된다.

최우근 작가가 만들어낸 희극의 세계는 개그가 아니라 불합리한 현실을 포착하고 성찰하는 상황의 코미디다. 배우들이 필사적으로 자신의 캐릭터에 몰입할수록 객석에서는 자연스럽게 폭소가 터져 나온다. 그리고 그 기발하고 코믹한 상황이 지닌 지독한 현실성이 관객들로 하여금 진한 비애를 느끼게 한다. 이것이 바로 최우근 작가의 작품이 담고 있는 탁월한 문학성이다.

〈거기에 있는 남자〉에서 남자 주인공은 외딴 산중에서 지뢰를 밟는다. 다행히 그곳에 사는 여자를 만난다. 하지만 그녀는 위독한 어머니를 모시고 살기에 그곳을 떠날 수가 없다. '거기에 있는 남자'는 어떻게 거기에서 벗어날 수 있을까? 미리 힌트를 던진다면 최우근 작가의 상상력은 이번에도 평범한 수준을 훌쩍 뛰어넘는다. 무엇보다 절대절명의 상황을 코믹한 상황으로 이끌어가는 솜씨와 스스로 '지뢰'를 밟고 살아가는 인간에 대한 최우근 작가의 깊고 예리한 성찰이 돋보이는 작품이다.

〈판다 바이러스〉는 사람을 판다 곰으로 변하게 만드는 바이러스를 소재로 만든 작품이다. 사람을 판다 곰으로 변하게 만든다고? 웃으면 안 될 것 같은 비극적인 상황인데 자꾸만 머릿속에 판다 곰이 떠올라서 웃음을 참을 수가 없다. 그런데 이 코믹한 상황 뒤에는 아주 비극적인 음모의 역사가 숨어 있다. 최우근 작가는 역사추리 희극이라는 형식을 빌려 자본주의 사회의 인간소외 문제를 신랄한 유머로 풍자한다.

〈이웃집 발명가 두 번째 이야기〉는 공동식 박사와 로즈밀러의 결혼생활에서 시작된다. 이번에도 문제의 발단은 박사의 발명품이다. 물질신호와 전기신호를 호환시켜주는 리모콘을 발명한 공동식 박사는 테스트를 하던 중 드라마 속의 여배우를 현실로 불러오게 된다. 그런데 그 드라마의 제목이 걸작이다. 바로 〈내 남편의 여자의 또 다른 남자의 어머니〉다! 막장 멜로드라마의 현실을 이보다 더 잘 희화할 수 있을까? 이제부터 어떤 드라마가 펼쳐질까? 여러분이 무엇을 상상하든 최우근 작가는 그 이상의 재미와 슬픔을 선사한다.

최우근 작가의 작품 세계는 탁월하다. 그의 작품은 독창적인 스타일과 인생에 대한 통렬한 성찰을 담고 있다. 그리고 무엇보다 독자 또는 관객과 유연한 소통을 이루는데 성공하고 있다. 나는 그의 작품들이 한국 문학계와 연극계에 신선한 바람을 일으킬 것이라 굳게 믿는다. 또한, 머지않아 해외로 소개되어 세계인의 사랑을 받게 될 것이다. 우리만 보고 즐기기에 그의 작품은 지나치게 매력적이기 때문이다. 최우근 작가는 새로운 연극의 발명가다.

슬픈 거, 무서운 거, 화끈한 거는 노력해서 만들 수 있다.

하지만 웃기는 거는 노력해도 안 된다.

작가 최우근에겐 웃음을 만들어내는 비상한 재주가 있다.

게다가 격이 있고 여운이 감도는 웃음이라니….

다큐멘터리 감독 **김인중**

최우근 작가는 발명가다.

그의 엉뚱하고 재미있는 발상은

반복된 일상을 살아가는 우리에게

다시금 꿈과 희망을 품게 한다.

극단 각인각색 대표 상임연출가, 세명대학교 교수 **이정하**

배우라면 누구나 최우근 작가가 만든 캐릭터들을

연기해보고 싶어 안달이 날 것이다.

배우, 밴드 금주악단 보컬 **김재록**

드디어 세계 최고 희극 작가의 책이 내 품에!

배우 **이우진**

오랫동안 셰익스피어 때문에 영국을 부러워했다.

이제부터 세계인들이 한국을 부러워할 것이다.

한국에 최우근 작가가 있기 때문이다.

건국대학교 겸임교수, 연기 코치 **이동주**

읽는 내내 미소를 거둘 수 없다!

하지만 책장을 덮고 나면 코끝이 찡하다.

배우 **김도영**

그의 이야기 속에 홀연히 등장하는

한 남자를 꿈꿀 수 있어 나는 참 행복하다.

절대배우 **장용철**

미국에 우디 앨런이 있다면

한국엔 최우근이 있다.

영화 프로듀서 **김순모**

최우근은 그리움을 그리는 작가다.

나는 늘 그가 그립고, 그가 그린 그리움이 그립다.

작가, 저널리스트 **송준**

목차

이웃집
발명가

등장인물

발명가
로즈밀러
블랙

1

발명가의 집.

전면에 발명가의 생활공간이 있다.

왼쪽에 침실로 통하는 문이 있다.

오른쪽 뒤편에는 작업실이 있다.

작업실에는 발명품들이며 작업도구들이 되는대로 쌓여 있다.

작업실은 말할 것도 없고 집안 전체가 어수선하고 너저분하다.

말쑥한 차림의 발명가가 초조하게 서성대며 밖을 살피고 있다.

발명가의 조수인 블랙은 구석에 앉아 독서 중이다.

발명가   어. 저기, 저기….

블랙   누가 와요?

발명가   (다가오는 누군가를 시선으로 쫓으며) 온다, 온다, 온
         다, 온다… 간다. 간다. … 하… 마지막으로 리허
         설 한번 해볼까? 가만있자… 손님들 의자를… 이쪽
         으로 놓자. 그리고 여기서… 아니다. 이쪽으로 놓
         자. (의자를 옮겨 놓고) 저 환한 햇살이… 아니다. 저
         쪽으로 걸어가면서… (한발 한발 내디디며 또박또박)
         혹시, 그런, 생각, 해보신 적, 없으세… (멈춰서 심
         호흡) 내가 너무 긴장한 모양이다. 후~ 자, 다시.
         에… 날씨 한번… (옷이 신경 쓰인다) 이거 너무 신경
         써서 차려입은 거 같지 않니?

블랙   아뇨.

발명가   너무 어려 보이지 않아?

블랙   딱 박사님 나이로 보여요.

발명가   그래? 근데 블랙, 너 그 목걸이….

블랙   괜찮죠?

발명가   개목걸이 같다. 본능적으로 땡겨 보고 싶어지는데?

블랙   박사님!

발명가   농담이야. 하하.

블랙   (기분이 상해 목걸이를 옷 속으로 감춘다)

발명가 에….

블랙 여기서 해보세요. (우아하게) 거 날씨 한번 좋다~

발명가 오, 그거 멋있다! (따라 한다) 거 날씨 한번 좋다~
       에… 그다음이 뭐더라… (주머니에서 구겨진 종이를
       꺼내 보고) 어, 맞다. 혹시… 그런 생각해 보신 적 없
       으세요? 저 환한 햇살이 부담스럽다거나 피하고 싶
       다거나… (스위치 앞에 선다) 이런 식으로 말을 하다
       가… 자, 보시죠. 이러구는… (스위치를 조작한다. 캄
       캄해진다) 이것이 바로 제가 발명한… 어둠입니다.

잠시 후 조명이 들어온다.

발명가 자, 어떠십니까? … 어떠냐?

블랙 (엄지를 치켜세운다) 근데… 누가 오긴 올까요?

발명가 당연히 오지. 너라면 안 오겠니?

블랙 저라면 왔죠.

발명가 근데?

블랙 제가 오는 게 아니잖아요.

발명가 …너 아니라도 올 사람 많아. 두고 봐라.

시간 경과.

블랙이 잠들었다.

발명가는 초조한 몰골로 서성댄다.

발명가   벌써 네 시네…. (창으로 가며) 이 사람들이… 올 거
               면 빨리 오든지… 안 올 거면 연락을 주든… (인기척
               을 느끼고) 애, 애… 블랙, 블랙.

블랙   (깨어나며) 네?

발명가   무슨 소리 못 들었니?

블랙   글쎄요….

발명가   (창으로 가서 밖을 보고) 블랙… 저기 누가 온다.

블랙   어디요, 어디.

발명가   아, 그렇지. (저쪽에 대고) 대문 열어. 현관문 열어.

철컹, 자동문 열리는 소리가 들린다.

발명가가 나가려다가 멈춘다.

발명가   채신머리없어 보이지 않을까? 기다렸다는 느낌을
               줄 필요는 없어. 현관문 닫아. (자동문 닫히는 소리)
               아니지. 그냥 가버리면 어떡해? 현관문 열어. (자동
               문 열리는 소리)

로즈밀러   (목소리) 계세요? 아무도 안 계세요?

발명가	넌 말썽피우지 말고 숨어 있어라.

블랙이 숨는다.

발명가는 이런저런 자세를 취해보다가 작업실로 달려간다.

그리고는 공구 하나를 집어 들고 일에 몰두하는 척한다.

로즈밀러가 꽃을 들고 나타난다.

그녀는 이 지저분한 공간에 놀라 눈살을 찌푸린다.

잠시 망설이던 로즈밀러가 발 디딜 데를 골라가며 들어온다.

로즈밀러	아무도 없나…? 계세요? 계세요…? (이리저리 둘러보다가 발명가를 발견하고) 안녕하세요. 여기요… 여기요….
발명가	(그제야 돌아보고는 놀란 척) 깜짝이야.
로즈밀러	발명가세요?
발명가	예, 제가 발명갑니다만… 누구시죠? 여긴 어떻게?
로즈밀러	문이 열려 있더라구요. 안녕하세요.
발명가	안녕하세요.
로즈밀러	얼마 전에 조 건너로 이사 왔어요. (악수를 청하며) 미스 로즈밀러예요.
발명가	공동식 박삽니다. 반갑습니다, 로즈밀러 양.
로즈밀러	(꽃을 건네며) 여기….

발명가	빈손으로 오셔도 되는데 뭘 이런 걸… 흠흠. 햐~ 아주 향기가….
로즈밀러	그럴 리가. 조화예요. 시들지 않는 꽃….
발명가	아, 네… 흠흠. 그러네요. 꽃이 하도 예뻐서… 아, 근데, 여긴 어쩐 일로….
로즈밀러	(여기저기를 기웃대며) 동네에 발명하시는 분이 계시다고 해서 어떤 분일까 궁금했는데… 마침 새로운 발명을 하셨다고 해서요.
발명가	(꽃을 공손하게 들고 따라가며) 저런, 그건 또 어떻게 아시고?
로즈밀러	아까 전화 주셨잖아요.
발명가	누가요?
로즈밀러	박사님이 직접 하셨잖아요. 목소리 들어보니까 딱 알겠네. 저만 아니라 동네 이웃들은 전부 연락을 받은 모양이던데.
발명가	아 하하하. 그랬군요…. 제가 일에 빠지면 워낙 깜박깜박, 잘 그러거든요. 근데 혼자 오셨어요? 이웃분들하고 같이 오시지.
로즈밀러	저도 그러려고 했죠. 근데, 다들 몇 번이나 가봤다구… 바쁜가 보죠 뭐, 다들…. 여기가 발명실인가 보죠?

발명가	네.
로즈밀러	어쩜 이렇게 지저분할까?
발명가	… 좀 그런 편인가요?
로즈밀러	어머, 죄송해요. 저는 발명하는 분들은 굉장히 깔끔할 줄 알았거든요.
발명가	저도 그러고는 싶은데, 일에만 매달리다 보니 늘 이 모양입니다.
로즈밀러	(엄하게) 그럴수록 정리정돈에 신경을 쓰셔야죠. 무슨 일이든 집중을 하려면 주변이 깔끔하게 정리가 되어 있어야 해요.
발명가	사실 저는 이런 환경에 워낙 익숙해나서요.
로즈밀러	(고집스레) 나쁜 습관은 고쳐야죠. '나는 원래 그래. 될 대로 돼라.'하고 마냥 내버려두면서 인생이 나아지기를 바란다니, 그게 말이나 되는 소리예요? 주위가 이렇게 너저분한데 어떻게 일에 집중할 수 있겠어요? 제대로 된 발명품을 만들어내려면 환경이 차분해야 된다구요.
발명가	네….
로즈밀러	근데 그건(꽃) 계속 들고 계실 건가요?
발명가	에? 아, 이, 이거… (로즈밀러에게 건네려다) 아, 이게… 이거를 가만 있자….

발명가가 우왕좌왕하다가 구석에 있던 작은 필통을 와르르 비
워내곤 거기에 꽃을 꽂는다.

로즈밀러   (지적하려다가 꾹 눌러 참고) …실례지만 그간 박사님
           이 발명한 발명품들이 뭐뭐가 있죠?
발명가   글쎄요… 많이 있죠. 수백 개는 될 걸요? 에… 뭐부
           터 말씀드리면 좋을까.
로즈밀러   저는 문외한이니까 사소한 것들은 빼구요. 테레비,
           냉장고, 자동차처럼 이름만 대면 척하고 알아들을
           만한 유명한 발명품이요.
발명가   테레비나 냉장고, 자동차 같은 것들에 생각이 없었
           던 건 아니지만, 그건 벌써 오래전에 발명된 물건들
           이라서요. 이미 발명된 걸 다시 발명할 수는 없고…
           뭐랄까… 현대 발명가의 비극이라고나 할까요? 하
           하하하.
로즈밀러   (혼잣말로) 그런 변명을 들으려고 한 질문이 아니었
           는데….
발명가   네?
로즈밀러   (따지듯) 뭐뭐가 있어요? 이름만 대면 척하고 알아
           들을 만한 발명품이.
발명가   아직까지… 그런 건….

로즈밀러   (혼잣말로) 그것 보라니까. 이런 환경에서 제대로 된
         게 나올 리가 없지.

발명가   죄송합니다. 저기… 당장에라도 치울까요?

로즈밀러   아뇨. 그러지 마세요. 제가 쓰레기 정리하는 거나
         보러 온 건 아니니까. 그래, 새로운 발명품이라는
         건 뭐죠?

발명가   아, 그거 때문에 오셨죠? (거드름을 피우며) 에, 하
         하… 잠시만요.

    발명가가 리허설했던 자리로 가서 호흡을 가다듬는다.

발명가   거 날씨 한 번 조~타. 구름 한 점 보이질 않구 눈이
         다 부시네. 혹시 그런 생각해보신 적 없으세요? 저
         환한 햇살이 부담스럽다거나, 피하고 싶다거나….

로즈밀러   (발끈해서) 그게… 무슨 뜻이죠? 지금 저를 떠보시
         는 건가요? 제가 왜 하늘을 부담스러워 해야 하는
         데요? 태양 아래 한 점 부끄러움 없는 사람이 몇 사
         람일지 모르겠지만, 그중에 한 사람은 여기 있습니
         다. (발명가의 발치를 가리키며) 거기 말구 여기요.

발명가   (당황해서) 그런 뜻으로 드린 말씀 아닙니다. 저는
         그저… 오늘 날씨가 좋다. 눈부시다, 어… 환하다…

뭐 그런 의미로…. (허둥대며) 그냥 보여 드리는 게
낫겠네요. 자, 긴장 푸시고….

발명가가 스위치를 조작하자 캄캄해진다.
잠시 사이.
날카로운 비명소리가 어둠을 가른다.
어둠 속에서 소리만 들려온다.

로즈밀러   꺄아아~~ 뭐하는 짓이에요!

발명가   (화들짝 놀라) 왜, 왜 그러세요?

로즈밀러   건드리지 말아요!

발명가   건드리긴 누가 건드려요!

로즈밀러   지금 내 가슴을 건드렸잖아요!

발명가   저 여기 있습니다! 여기서 어떻게 건드립니까? 지
금 어디 계시죠? (이리저리 헤매며 허둥지둥 다가간다)
어디에요?

로즈밀러   꺄아아~ 거기, 서요!

발명가   네?

로즈밀러   가까이 오지 말라구요!

발명가   어디 계신데요?

로즈밀러   거기서 한 발짝이라도 다가오면 소리를 지르겠어요!

발명가	소리는 계속 지르셨잖아요?
로즈밀러	내 목소리가 얼마나 큰지 시험해보겠다 이건가요?
발명가	아닙니다. 여기 그대로 서 있겠습니다. 아니, 한 발 물러서겠습니다. 보이세요? (부딪힌다) 이런, 여기 계셨네.
로즈밀러	꺄아아아아~

우당탕 뭔가 부서지는 소리와 함께 발명가의 비명소리가 들린다. 그리고 발명가의 신음소리가 이어진다.

로즈밀러	(걱정스러운) 괜찮아요?
발명가	괜찮습니다…. 아아~
로즈밀러	정말 괜찮아요?
발명가	정말 아무 이상 없습니다.
로즈밀러	당장 켜지 못해요?!
발명가	네? 지금 킨 건데요?
로즈밀러	지금 농담할 기분 아니에요. 얼른 켜요! 당장!
발명가	킨 거라니까….
로즈밀러	이 사람이 증말…. (목을 잡고 흔들며) 불을 켜! 불을 켜라구! 얼른 불을 켜~~
발명가	아아, 아~ 이거 놔주세요. 놔주셔야 키든 끄든 하

죠. 아아~ 블랙~ 블랙~

조명이 들어온다.

블랙이 전등 스위치 옆에 개처럼 엎드려 있다.

하지만 아직은 그의 정체가 드러나질 않는다.

로즈밀러   (여전히 발명가의 목을 흔들며) 저리 가지 못해요?

발명가   이, 이걸 놔 주셔야….

로즈밀러   (밀치고) 이러는 법이 어딨어요. 다른 사람도 아니고 동네 이웃한테!

발명가   제가… 뭘 어쨌길래요? 제가 뭘 잘못했죠?

로즈밀러   하, 그럼 내 잘못이란 말이에요? 호박이 넝쿨째 굴러 왔다 이건가요? 하… 그래요, 터무니없이 사람을 믿은 게 잘못이라면 잘못이겠죠.

발명가   로즈밀러 양이 왜 그렇게 흥분하시는지 전 정말 모르겠습니다.

로즈밀러   나 혼자만 불렀을 때, 알아차렸어야 했는데….

발명가   다른 사람들한테 같이 가자고 했다면서요.

로즈밀러   그건 중요한 게 아녜요. 나 혼자만 올 수밖에 없었던 상황을 누가 조장했느냐가 문제지. 가만… 공범은 어딨죠?

발명가	공범… 그런 거 없다니까요. 찾아보세요. 여기 누가 있다 그러는 거예요?
로즈밀러	(휘 둘러보고는) 그럼 불은 누가 켰는데요? 박사님이 킬 수는 없었잖아요.
발명가	아~ 저기… 블랙, 인사드려.
블랙	(고개를 슬쩍 들었다가 외면한다)
발명가	이 녀석은… 갭니다.
로즈밀러	저… 개가… 불을 켰다는 말인가요?
발명가	꽤나 영특한 녀석입니다.
로즈밀러	어머… 무슨 개가 사람만 하네. 안 물겠죠?
발명가	그럼요. 길이 잘 든 녀석입니다.
로즈밀러	다른 남자는 없구요?
발명가	예, 저 녀석이랑 둘이 삽니다.
로즈밀러	(혼잣말로) 생각해보니 내가 좀 심했네. 이해해주고 감싸주지는 못할망정… 혼자 힘으로 세상을 버텨내려니 얼마나 추웠겠어…. 오죽했으면 안면도 없는 나를 여기까지 유인했을까?
발명가	부끄럽습니다. 보여주고는 싶은데 요새는 찾아오는 사람도 없구….
로즈밀러	알아요. 그 외로움, 그 시린 가슴… 내가 그 누구보다 잘 알죠. 부끄러워할 거 없어요. 매력적인 이성

한테 끌리는 건 당연한 일이에요.

발명가   네?

로즈밀러   박사님은… 그걸 남자다운 행동이라고 생각했겠
죠? 하지만 착각이에요. 그건 치한들이나 하는 짓
이라구요.

발명가   치, 치한이라뇨?

로즈밀러   저는 치한한테 끌리는 그런 얼빠진 여자가 아니라
구요. 아시겠어요?

발명가   아니요, 저….

로즈밀러   다 안다니까요. 글쎄. (문득 지저분한 공간이 눈에 들
어온다. 짜증 난다) 아유, 어쩜 이렇게 지저분하게 해
놓고 살까? (사이) 그나저나 새로 만들었다는 발명
품은 언제 보여주실 거죠?

발명가   벌써 보여 드렸는데요?

로즈밀러   보여주다니? 뭐를요? 박사님 마음 말고 뭐 보여준
게 있나요?

발명가   아까… 깜깜할 때요.

로즈밀러   깜깜할 때요? (사이) 어머나, 세상에… 뭔가 보여줄
게 있다고 사람을 불러놓고서는 아무것도 안 보일
때 슬쩍 내놨다 이 말이에요?

발명가   안 보일 때 내놓은 게 아니구요, 그러니까 그게요….

로즈밀러 쯧쯧쯧쯧. 그렇게 자신이 없어서 이 험한 세상을 어떻게 헤쳐나가겠어요? 자기가 자신을 못 믿는데 세상에 어느 누가 믿어주겠느냐구요.

발명가 자신이 없어서 깜깜할 때 슬쩍 내놓은 게 아니라요. 제 발명품이….

로즈밀러 남자가 왜 그리고 살아요, 쩨쩨하게? 지금 좀 모자라면 어때요. 다음에 잘하면 되지. 하지만 다음에도 실패하지 않으려면 용기를 가져야죠. 창피하더라도 당당하게 내놓고, 뭐가 잘됐고, 뭐가 잘못됐는지 이야기를 들어봐죠. 왜요, 내 말이 틀렸어요?

발명가 말씀은 구구절절이 옳은 말씀인데요, 제가 그걸 보여 드리지 못한 이유가요….

로즈밀러 (답답한) 또, 또, 또 변명한다. 도대체 어떻게 해야 알아듣겠어요? 지금 처한 현실에 안주하는 건 박사님 인생에 아무런 보탬이 안 된다구요. (한심하다는 듯) 그런 자세로, 박사님이 그렇게나 원하는, 이름만 대면 척하고 알아들을 만한 유명한 발명품을 어느 세월에 만들겠냐구요.

발명가 제가 그런 걸 원해요? 제가 그런 말씀 드린 적 있나요? 그렇게 알려진 건 없지만, 저는 제가 만든 발명품에 지금까지 만족해왔고, 또 앞으로도….

로즈밀러   그런 말을 하고 안 하고는 중요한 문제가 아니에요.
         중요한 건, 박사님 자신이 (가슴을 치며) 여기에서
         진정으로 원하고 있다는 거지. 자신을 속이려고 하
         지 말아요.

발명가   (기분 상해) 저기요….

로즈밀러   늦었다고 생각할 때가 가장 빠를 때, 라는 속담 들
         어봤죠? 그 말을 뒤집어보면 '아, 이제 늦었구나.'
         하는 생각 정도는 해야 발전을 할 수 있다는 뜻이에
         요. 마냥 자기 안에 갇혀서 이러지도 저러지도 못하
         는 사람한테 무슨 발전이 있고 성공이 있겠어요, 안
         그래요?

발명가   저기요….

로즈밀러   그리고… 이런 말은 좀 뭐하지만… 재능이 없다
         면… 꼭 그 길을 고집할 필요는 없다고 생각해요,
         저는요. 너무 늦는 거보다는 지금이라도 서두르는
         게 낫지 않겠어요? 잘만 찾아보면 생각보다 길은
         많아요. 이웃이 사촌보다 낫다는 말이 있잖아요. 정
         원하시면 저라도 도움이….

발명가   이봐요! 저기… 성함이….

로즈밀러   로즈밀러예요.

발명가   로즈밀러 양. 저도 말 좀 하면 안 될까요?

로즈밀러   왜 안 되겠어요? 하세요, 얼마든지. 하지만 제 얘기가 끝난 다음에도 시간은 얼마든지 있어요. 사람이 말을 할 땐 들을 줄도 알아야죠. 자기주장만 내세우면 대화가 되겠어요?

발명가   (한숨) 아직 할 얘기가 많이 남았나요?

로즈밀러   아뇨. 설마… 절 수다스러운 여자로 생각하는 건 아니겠죠?

발명가   그럴 리가요…. 그럼 잠시 제 얘기도 좀 들어주십시오.

로즈밀러   …아직도 할 얘기가 남았어요? 전 얘기를 들으러 온 게 아니거든요? 새로운 발명품인지 뭔지 끝내 감추고만 있을 거예요?

발명가   그러니까요, 보여 드리려고 하는데, 또 놀라실까 봐….

로즈밀러   놀라긴 제가 왜 놀라겠어요. 박사님이 이상한 짓만 하지 않으시면….

발명가   알겠습니다. 그럼….

발명가가 전등 스위치로 다가간다.

로즈밀러   설마 또 불을 끄려는 건 아니겠죠? 그랬다간….

발명가   저기요… 혹시 좀 전에 이상하다는 생각 안 들던가
       요? 깜깜할 때요.

로즈밀러 생전 처음 보는 남자가, 은밀한 방에서, 불까지 꺼
       버리고, 숨을 헐떡대면서, 겁탈을 하려고 달려드는
       데, 제가 무슨 경황으로 생각 같은 걸 하고 있었겠
       어요?

발명가   겁탈이요? 숨을 헐떡거려요?

로즈밀러 아녜요?

발명가   예, 예… 그냥 넘어갑시다.

로즈밀러 그냥 넘어가 주는 건 박사님이 아니구요, 제가 넘어
       가 드리는….

발명가   제발, 제발요, 예? 제발… 저기 좀 보세요. 저 전등
       이요. 꺼져 있죠? 근데 어때요? 환하죠?

로즈밀러 당연하죠, 대낮인데.

발명가   좀 전엔 깜깜했었잖아요. 지금은 왜 환해졌을까요?
       불도 꺼져 있는데요. 이번엔 창문을 보세요. 열려
       있죠? 햇살이 쏟아져 들어오죠? 커튼이 있나요? 없
       죠? 아직 훤한 대낮인데 갑자기 그렇게 캄캄해진
       게 이상하지 않던가요? 창을 가리고 어쩌고 할 시
       간도 없었는데 말이에요.

로즈밀러 (휘휘 둘러보며) … 그러고 보니까 그러네…?

발명가	그렇죠?
로즈밀러	재주가 정말 비상하시다. 커튼은 또 언제 뗐데?
발명가	(말문이 막힌다) 하~ (사이) 좋습니다. 이제 정말로 제 발명품을 보여 드리죠.
로즈밀러	제발 좀 보여주세요.
발명가	(스위치로 가다가 불안해서) 또 소리 지르시지는 않겠죠?
로즈밀러	저는 함부로 소리 지르는 사람이 아닙니다.
발명가	아까 소리 지르실 때 얼마나 놀랐던지… 제 심장이 그렇게 튼튼하지 않다는 거, 그때 처음 알았습니다. 심장이 약하다는 걸 알게 되고 10분 만에 죽고 싶지는 않거든요. 약속해 주시는 거죠?
로즈밀러	약속해요.
발명가	감사합니다. (스위치를 켜려는데)
로즈밀러	하지만!
발명가	네?
로즈밀러	박사님이 또 이상한 짓을 하려고 들면 그땐… 겁탈하려는 치한의 심장까지 걱정하면서 쥐 죽은 듯이 있을 사람은 없을 거예요. 저도 마찬가지구요.
발명가	저 이상한 짓 안 합니다. 절대. 절대로 안 합니다. 제가 갑자기 미쳐서 이상한 짓을 한다고 해도 여기

서 할 겁니다. 여기서 꼼짝 안 할 거거든요. 벽에 딱 붙어서요. (사이) 아예… 끈으로 제 몸을 묶어버릴 까요?

로즈밀러 왜 그걸 저한테 물으세요? 저는 박사님이 거기 벽에 딱 붙어서 밧줄로 몸을 묶고 서 있는 걸 보러 온 게 아니에요. 새디즘이나 뭐 그런 변태 같은 짓엔 관심 없다구요.

발명가 예예, 그러시겠죠. 어쨌거나 전 여기에 있을 겁니다. 만약 아까처럼 놀라거나 겁이 나시더라도 되도록이면 조용하게 소리쳐 주시면 감사하겠습니다. 자, 그럼….

발명가의 손이 조심스럽게 스위치로 향한다.
자신도 모르는 사이에 떨고 있다.

로즈밀러 잠깐만요. 그만두시는 게 좋겠어요.

발명가 (놀라) 네?

로즈밀러 제가 너무 무리한 부탁을 드린 거 같네요. 손을 그렇게 부들부들 떠시는 걸 보니까 마음이 너무 아파요.

발명가 제가 손을 떨어요? (손을 본다) 이건 떠는 게 아닙니다. 그냥 흔들리는 거죠. 제 새로운 발명품을 보여 드릴 생각을 하니까 너무 흥분돼서요. (과장되게) 자, 기대하십시오. 인정사정 안 두고 그냥 보여 드립니다.

로즈밀러　아뇨, 됐어요. 아직 많이 부끄러우신 모양인데, 나중에 자랑할 만한 발명품이 나오면 그때 다시 불러주세요. 아, 동네 사람들이 걱정이라면 그건 기웁니다. 사람을 불러놓고는 아무것도 못 보여주더라, 하고 떠들 사람이 아니에요, 저는요. 잠시나마 겪어봐서 아시겠지만 저는 꼭 필요한 말이 아니면 입 밖에 내는 사람이 아니거든요. 그런 점은 안심하시고, 나중에 또…. (나가려는데)

발명가　이보세요, 이봐요. 미스 로즈마리!

로즈밀러　로즈밀럽니다!

발명가　미안합니다, 로즈밀러 양. 이런 법이 어딨습니까! 사람을 완전히 바보로 만들어 놓고는 이런 식으로 가버리겠다뇨…. (문득 자기 말이 과하지 않았나 싶어 겁을 먹고 누그러져서) 보, 보시려고 왔는데, 보고 가셔야죠.

로즈밀러　그러실 거 없다니까요, 글쎄. 아까 제가 말씀드린, 늦었다고 생각될 때가 가장 빠른 때다 어쩌고 한 얘기요. 그 말 때문에 오기가 나서 그러시는 거 같은데요. 그 말은 그냥 한 귀로 흘려버리세요.

발명가   왜요?

로즈밀러   저는요, 누구든 발전을 하려면 용기를 가져야 한다는 취지로 말씀을 드린 거거든요.

발명가   저도 백 퍼센트, 그렇게 받아들였습니다.

로즈밀러   근데 지금 생각해보니 제 생각이 짧았네요. 모두가 발전을 할 필요가 뭐가 있어요? (사이) 한 발짝 내딛기가 이렇게나 고통스러운데, 발전이 뭐 말라비틀어진 발전입니까, 살아남는 게 중요하지.

발명가   아닙니다, 전 하나도 고통스럽지 않습니다.

로즈밀러   아닌 척하실 거 없어요. 이마에 식은땀이 줄줄 흐르는데요, 뭐.

발명가   식은땀이요? (손등으로 닦으며) 하하, 이 정도는 아무것도 아닙니다. 저는 그날그날 마시는 물의 삼분의 이는 식은땀으로 흘려보내는 걸 원칙으로 삼고 있습니다. (사이)

로즈밀러   진짜 괜찮겠어요?

발명가   그럼요.

로즈밀러   진짜요?

발명가   비록 허접쓰레기 같은 발명품이긴 하지만, 보여 드리고 싶어서 가슴이 터져버릴 지경입니다. 제발 보여주게 해주십시오, 부디 제가 발전할 수 있는 기회를 주십시오, 로즈밀러 양. 부탁입니다. 아니, 소원입니다. 제발….

로즈밀러　그래요? (잠시 고민하다가) 할 수 없네요. 그렇게나 원하신다니….

발명가　감사합니다, 감사합니다.

발명가가 전등 스위치로 종종걸음친다.

블랙　그만두세요.

로즈밀러　네? 뭘 그만둬요? 그게 무슨 소리죠?

발명가　전 아무 말도 안 했는데요?

로즈밀러　했어요.

발명가　안 했다니까요.

로즈밀러　했어요.

블랙　(일어선다) 제가 했습니다.

발명가　블랙!

로즈밀러　지금… 개가… 말을 했다는 건가요?

블랙　예, 제가 말했습니다.

로즈밀러　그러니까… 이 소리가 개소리라 이거죠?

블랙	개소리 맞습니다.
발명가	그렇잖아도 머리가 터져버릴 지경인데, 왜 너까지 나서서 이래?
로즈밀러	(블랙에게 천천히 다가가며) 개가, 개가 말을 하다니….
블랙	며칠이나 밤샘을 하면서 겨우 발명하신 거잖아요. 이해하지도 못하는, 아니 보려고도 하지 않는 사람한테 왜 그렇게 쩔쩔매면서 매달리세요?
발명가	슛, 가만 있으래두. 앉아.

블랙이 자리에 앉는다. 개처럼.
로즈밀러가 그 앞에 쪼그리고 앉아 신기한 듯 살핀다.
블랙이 기분이 상해 자리를 피한다.
로즈밀러가 따라가며 살핀다.

블랙	(위협적으로) 으~
로즈밀러	(놀라 물러나며) 어머나… 진짜 개네. 원래부터 이랬나요?
발명가	아뇨, 조수가 필요해서, 제가 손을 좀 봤습니다.
로즈밀러	네? 개를… 조수로 쓰신다구요?
발명가	(말을 하는 동안 점점 도취된다) 물론… 저도 사람을

쓰고 싶었죠. 근데 아시다시피 인건비가 좀 비쌉니까. 하는 수 없이 개의 언어를 사람 말로 번역해 주는 장치를 발명해서 이 녀석의 후두에 이식했습니다. 아우, 처음엔 얼마나 정신이 없던지… 평범한 개가 말을 한다고 생각해 보십시오, 하하. 말은 하는데, 그냥 횡설수설 우왕좌왕… 어쩔 수 없이 지능을 조금 높여야 했습니다. 하하. 근데 그게요, 지능을 높여 놓으니까 번역 장치 없이도 말을 하더라구요. 에… 조리 있게 말은 하는데 이번엔 구강구조 때문에 알아들을 수가 없어서 또 손을 조금… 뭐 그런 식으로 그때그때 필요에 따라 조금씩 손을 보다 보니까 이렇게…. (그녀의 안색이 좋지 않다) 왜…?

로즈밀러   개를 조수로 쓰다니… 이건 명백한 동물학대예요!

발명가   동물학대요…?

블랙   전 학대 받은 적 없는데요?

로즈밀러   불쌍한 것… 자기가 학대받는 줄도 모르다니… (블랙의 머리를 쓰다듬는다)

블랙   이러지 마세요.

로즈밀러   개는 개답게 살아야 해요. 그게 개의 행복이죠. 놀고 싶으면 놀고, 먹고 싶으면 먹고, 배부르면 자고… 걱정도 고민도 없이, 하고 싶은 대로 하고 사는 게 개의 진정한 행복이라구요.

블랙 저는 충분히 자유롭고 행복하거든요?

로즈밀러 불쌍한 것, 그동안 얼마나 세뇌를 당했으면….

블랙 당신이 개에 대해 알면 얼마나 아는데요? 뭘 안다고 그런 소리를 하시냐구요.

발명가 블랙! 가만있지 못해!

블랙 박사님은 왜 저만 갖고 그러세요?

발명가 (소리 죽여) 너 정말, 나 머리에 꽃 달구 돌아다니는 꼴 보고 싶어서 그래? (로즈밀러의 꽃을 머리에 대고) 나 오늘 저 여자한테 그거 못 보여주면 이러구 뛰어다닌다. 이러구. (로즈밀러에게) 하하, 조수라고는 해도 뭐 힘든 일을 시키는 건 아니구요. 그러면 학대죠. 그럼요. 그냥 적적하니까 말동무나 삼는 정도죠.

블랙 박사님. 왜 그런 식으로 말씀하세요? 이 사람이 뭔데.

발명가 제발, 어? 제발… (로즈밀러에게) 알고 보면 이 녀석, 그냥 평범한 개, 그 이상도 그 이하도 아닙니다. 말빨 좀 있고, 머리가 좀 좋다는 거만 **빼면요.** 아, 한번 보시겠어요? (주머니에서 작은 공을 꺼낸다) 블랙.

　　　　　　　(블랙의 눈앞에서 공을 흔든다)

블랙　　　　왜 이러세요, 박사님. 이러지 마세요. 치우세요. (그
　　　　　　러면서도 눈이 계속 공을 쫓는다)

발명가가 공을 휙 던진다.

블랙은 견뎌보려 하지만 자석에 이끌리듯 몸이 공을 향해 튕겨
나간다.

발명가　　　보세요. 평범하죠? 어이, 조수, 똑바로 못 잡아? 저
　　　　　　녀석 좀 보세요, 공 하나 못 잡구 하하하하….

로즈밀러　　(분노를 애써 참으며) 평범한, 개를, 학대하는 게, 그
　　　　　　렇게 즐거우세요?

발명가　　　…즐겁… 다니요, 그럴 리가 있나요…. 저 녀석이요
　　　　　　그냥 임시직입니다. 이름만 대면 척하고 알아들을
　　　　　　만큼 유명한 발명품을 만들 때까지만. 그다음엔 사
　　　　　　람을 써야죠. 언제까지 학대할 수는 없는 노릇이니
　　　　　　까요.

블랙　　　　(공을 물고 달려와 발명가의 발치에 놓고는 헐떡이며)
　　　　　　제 생각에는요, 박사님은 이 로즈밀러나 동네 사람
　　　　　　들한테만 매달릴 게 아니라 박사님을 인정해 줄….

발명가　　　블랙. 너 정말….

발명가가 공을 현관 너머로 던진다.

블랙은 비참하지만 어쩔 수 없이 뛰쳐나간다.

발명가   (현관에 대고) 현관문 닫아. 현관문 잠가. (철컹, 문이
        잠긴다) 휴~ 자자, 이제 더 이상 미룰 수 없는 시간
        이 됐습니다.

로즈밀러 (불안한 얼굴로 주춤주춤 물러서며) 개를 내보낸 이유
        가 뭐죠? 게다가 문을 잠그기까지 하구….

발명가   네?

로즈밀러 어머나, 시간이 벌써 이렇게 됐네? 이만 가봐야겠
        어요.

발명가   네?

로즈밀러 얼른 가서 저녁 준비해야죠.

발명가   아, 안됩니다. 자, 잠깐만요.

발명가가 달려가서 전등 스위치를 조작한다.

조명이 꺼진다.

로즈밀러 뭐 하는 짓이에요. 꺄~

발명가   (조명이 들어오고) 주변을 돌아보세요. 아무것도 달
        라진 거 없죠? (다시 스위치 조작. 어둠. 바로 켜지고)

커튼도 없고 불은 여전히 꺼져 있고, 창문도 열려
있죠. (다시 어둠) 전등이 이상하지 않나요?

로즈밀러   (불 켜지면, 전등을 유심히 보다가) 그럼….

발명가   이제 아시겠어요?

로즈밀러   그러니까… 저 전등 때문에 깜깜해졌다 이 말씀이
에요?

발명가   이제야 알아보시네. 휴~ 저래 봬도 저게요, 엄청난
시간 동안 고생고생한 끝에 만들어낸 회심의 역작
입니다. 에디슨이 빛의 어머니라면, 이 공동식은 어
둠의 아버지라고나 할까요? 하하하하.

로즈밀러   (전등 아래로 가서 요모조모 살핀다)

발명가   (거드름을 피우며) 에… 이론적인 배경은 상당히 복
잡하고 광범위합니다만… 쉽게 요약하자면 회절,
굴절, 간섭 같은 빛의 여러 현상들을 한데 뒤섞어
만들어낸 겁니다. 불을 밝히는 것이 아니라, 반대로
빛을 먹어치우는 전등인 거죠.

로즈밀러   (입을 다물지 못한다) 어머, 어머, 어머머머… 세상
에….

발명가   이건 시험 삼아 만든 30와트짜린데 100와트짜리를
만들면 그야말로 완벽한 어둠이 펼쳐질 겁니다.

로즈밀러   이건 그야말로….

발명가　(기대를 품고) 그야말로?

로즈밀러　이건 정말이지 그야말로….

발명가　그야말로…?

로즈밀러　치한들의 필수품이네요.

발명가　뭐요? 거기서 왜 또 치한이 나옵니까? 치한이랑 제 발명품이 도대체 무슨 상관이 있습니까?

로즈밀러　그렇게 캄캄한 걸 좋아하는 사람이 치한 말고 또 누가 있는데요?

발명가　치한들이야 어두운 데서 기다리고 있는 거죠. 환한 대낮에 저걸 들고 다니면서 겁탈할 대상을 물색할 치한이 누가 있습니까? 사방이 환한데 자기 있는 데만 깜깜하면 그 짓을 할 수 있겠냐구요? 치한들이 뭐 다들 바본 줄 아세요?

로즈밀러　지금 치한들을 옹호하시는 건가요?

발명가　제가 왜, 무슨 이유로 치한들을 옹호하겠습니까!

로즈밀러　치한들을 위한 물건을 만드셨잖아요!

발명가　(얼어붙는다. 더 이상은 말이 통하지 않을 것임을 깨닫는다) 제 생각이 짧았습니다. 죄송합니다.

짧은 암전.

조명이 들어오면 문가에서 발명가가 로즈밀러를 배웅하고 있다.

블랙은 짜증 배인 얼굴로 구석에 앉아 있다.

로즈밀러　물론 박사님의 의도를 의심하지는 않아요. 하지만 의도나 과정보다는 결과가 중요한 법이에요.

발명가　네.

로즈밀러　발명가들에겐 선량한 시민들의 인생에 보탬이 될 만한 발명품을 만들어낼 책임과 의무가 있어요. 세상에, 치한들을 위한 전등이라니….

발명가　네, 명심하겠습니다. 현관문 열어. 대문 열어. (문 열리는 소리 들리고)

로즈밀러　(나가려다가 실내를 둘러보고는) 제 생각엔 여기가 너무 지저분한 탓이에요. 그래서 박사님의 머릿속도 혼란스러워져서는 해야 할 일, 해서는 안 될 일을 혼동하고 있는 거라구요.

발명가　죄송합니다. 시정하겠습니다.

로즈밀러　이만 가볼게요. (나가려다가 문득) 다음번엔 좀 더 발전된 모습을 기대해도 되겠죠? 자자, 어깨 펴시구. (주먹을 쥐어 보이며) 파이팅!

발명가　파이팅.

로즈밀러　(나간다)

암전.

2

다음날 오전.

발명가가 잠들어 있다.

악몽을 꾸는 듯 낮은 신음이 새어나온다.

잠시 후 블랙이 그릇을 입에 물고는 무대를 가로지른다.

블랙이 무대 한쪽에 있는 기계 앞으로 가서 그것을 조작한다.

기계에서 뭔가가 나오자 그릇에 담는다.

발명가가 몸부림을 치다가 주변에 있던 물건들을 엎으며 깨어난다.

발명가   뭐, 뭐야? 이게 무슨 소리야? 블랙…? 무슨 일이
           야? 놀랐잖아….

블랙   제가 그런 거 아닌데요?

발명가   무슨 소리야? 여기 너랑 나밖에 없는데… (발치를
           보고는) 내가 그랬구나….

블랙   (그릇을 입에 문 채) 안 좋은 꿈을 꾸셨나 봐요.

발명가   말할 땐, 입에 문 거 빼구.

블랙	(그릇을 바닥에 내려놓고) 아침 준비하는데 찬거리가 떨어져서요.
발명가	서두를 거 없어. 아침 생각 없다.
블랙	제가 먹으려는 건데요? (입으로 그릇을 집으려 한다)
발명가	웬만하면 손으로 해라. 불편하지 않니?
블랙	습관이 돼서요. (입으로 그릇을 들어서 손으로 옮긴다)
발명가	나쁜 습관은 고쳐야지. 나는 원래 그래, 될 대로 되라, 하고 마냥 내버려두면서 인생이 나아지기를 바란다는 게… (어디선가 들은 소리다)
블랙	전 알고 보면 평범한 개, 그 이상도 그 이하도 아닌 걸요. (잠시 사이. 눈이 맞는다. 어색하다)
발명가	(어깨를 주무르며) 밤새 뛰어다녔더니 온 삭신이 다 욱신거리네.
블랙	어디 갔다 오셨어요?
발명가	혹시 좀 전에, 로즈밀러 양 목소리 못 들었니?
블랙	(놀라 경직되며) 어디서요? (휙휙 둘러본다)
발명가	(손가락으로 자기 머리를 가리킨다) 여기서.
블랙	꿈꾸셨어요?
발명가	(끄덕이고) 어찌나 좋알대면서 쫓아오던지… 그 여자 피해 달아나느라 지구를 몇 바퀴는 돌았을 거야. 여기는 못 쫓아오겠지 하고 눈 덮인 안나푸르나를

헤매는데, 그 여자가 얼음장 같은 얼굴로 내려다보면서 쫑알대고 있지 뭐니. (다리를 주무르며) 이거 좀 봐, 얼마나 헤맸던지 허벅지가 잠들기 전보다 2인치는 굵어졌다.

블랙   꿈속에서라도 한마디 하시지 그랬어요.

발명가   얘기했지. 난들 도망만 다녔겠니?

블랙   뭐라고 하셨는데요?

발명가   이봐요, 쫓아오지 좀 말아요!! 그랬더니 뭐라는 줄 아니? "나는 그냥 내 길을 가고 있는 거예요." 이러더라. 그러구는 여전히 쫑알대면서 끝까지 쫓아오는 거야.

블랙   그럴 만하네요. 그 사람이라면.

발명가   그렇지?

블랙   꼭 어제 여기서 했던 그 모습 그대로예요.

발명가   (몸에서 셔츠를 떼어내며) 아우, 척척해. 꿈에서도 땀이 얼마나 흐르던지… 옷 좀 갈아입어야겠다. (방으로 가며) 하하, 그래도 운동 상대로는 그만한 사람도 없다. 잠자는 동안에도 이렇게 땀을 쭉 빼주니 말이다.

블랙   앞으로 운동이 부족하다 싶으면 로즈밀러 양을 생각하면서 잠드시면 되겠네요.

발명가	(옷을 갈아입으며 나온다) 끔찍한 소리 하지도 마라. 땀만 흘리는 줄 아니? 등줄기에서부터 여기(정수리)로 뭔가가 쑥 빠져나가는 거 같다니까? 어제도 그렇고 꿈에서도 그렇고. (정수리를 보여주며) 한번 볼래? 숨구멍이 엄청 커졌을 걸?
블랙	(정색하고) 앞으로는 그런 사람 부르지 마세요.
발명가	내가 불렀나? 지가 왔지.
블랙	박사님이 연락하셨잖아요.
발명가	그거야 동네 사람들한테 다 돌린 거지. (발끈해서) 아니, 사람이 말이야, 그렇게 자기를 몰라? 자기가 그런 사람인 줄 알면 이런 데는 오지를 말아야지. (풀이 죽어) 다들 그렇게 바쁜가…?
블랙	동네 사람들을 꼭 불러야 돼요?
발명가	너 왜 갑자기 엉뚱한 소리야? 내가 발명을 하는 이유가 뭔데?
블랙	알고 있어요. (접시에 담긴 채소를 입으로 먹는다)
발명가	알면서 그런 소리야? 내가 노래를 부를 줄 아니, 그림을 그릴 줄 아니? 그렇다고 술을 마시니? 나한테는, 내가 누군지 어떤 사람인지, 보여줄 방법이 없잖아, 발명밖에는. (문득 신경 쓰여) 얘, 블랙. 웬만하면 손을 쓰지 그러니? 불편하지 않아?

블랙	전 늘 이렇게 먹었어요.
발명가	그랬냐? 근데 그게 말이다 저기, 어….
블랙	알았어요. (야채를 입으로 집어 손으로 옮긴 다음 먹는다)
발명가	그러니까 보기 좋잖아. (사이. 이동하며 조금은 환상에 젖어) 난 새로운 발명을 할 때, 며칠이고 몇 달이고 밤을 새도 피곤한 줄 모르겠더라. 작품이 완성될 즈음이면 나는 이런 생각을 한다. 사람들이 얼마나 놀랄까? 아마 나를 다시 보게 될 걸? 그리고 생각하겠지. '이야~ 공동식이가 이런 사람이었구나.' (사이) 나는 늘 그런 기대를 해. 또, 이런 상상도 한다. 수만 개의 발명품들이 한데 뒤섞여 있는 거야. 거기엔 이름도 쓰여 있지 않아. 근데 내 발명품을 보자마자, 사람들이 이러는 거야. "야~ 이건 그 공동식이라는 발명가가 만든 거네. 척 보니까 알겠다." (사이. 환상에서 깨어나며) 근데 어떻게 사람들을 안 불러?
블랙	(선심 쓰듯) 할 수 없네요. 부르세요, 그럼.
발명가	그래도 되겠니? 고맙다.
블랙	그대신 가려서 부르세요. 아무나 부르고 나서 맘 상하시지 말구.

발명가	그럼, 그래야지. 앞으론 아무나 안 부를 거다.
블랙	절대요.
발명가	절대. (창으로 가서) 어이, 로즈밀러! 앞으로 내 집 주변, 반경 50미터 이내엔, (블랙에게) 반경 100미터로 할까?
블랙	100미터가 좋겠어요.
발명가	그렇지? 어이 로즈밀러! 내 집 주변, 반경 100미터 근처에 얼씬도 하지 마! 당신은 끝이야, 끝! 끝이라구~~

자동차 급브레이크 밟는 소리가 들린다.

발명가	(놀라) 뭐야, 내 목소리가 너무 컸나? (고개를 쭉 빼고 내다본다)
블랙	사고 났어요?
발명가	여기선 안 보여.
로즈밀러	(목소리) 이보세요. 도대체 무슨 생각을 하면서 운전을 하시는 거예요!
발명가	(불안) 이거… 어디서 듣던 목소리다?
블랙	흠흠. 익숙한 향순데요.
로즈밀러	(목소리) 빨간 불이건 초록 불이건, 그게 뭐가 그렇

게 중요해요? 길에선 언제나 사람이 먼저라구요! 그렇게 무시무시한 흉기를 무지막지하게 몰아대다니 부끄럽지도 않아요?

발명가   대단한 사람이다. (고개를 가로젓다가 놀라) 어? (숨으려고 급하게 앉으며) 이쪽으로 온다.

블랙   에이, 이런 시간에 무슨 볼일이 있다구요.

발명가   여기 우리 집 말고 다른 집이 또 있니?

블랙   아우, 박사님도 참. 문을 안 열어주면 되죠. 몇 번 부르다가 대답 없으면 그냥 가겠죠.

발명가   어떻게 있으면서 없는 척을 해?

블랙   그 여자는 끝이라면서요?

발명가   그야 연락을 안 한다는 거지. 저렇게 뻔뻔하게 연락도 없이 찾아올 줄 알았냐? (문득) 사과하러 오는 건가?

블랙   박사님, 사람을 그렇게 모르세요?

발명가   넌 좀 아니?

블랙   박사님보다는요.

발명가   아니다, 이렇게 일찍부터 서두른 걸 보면….

블랙   (단호하게) 사과를 해도 받아주지 마세요.

발명가   그렇지? 그래야겠지? 백번 천번 사과를 해봐라 내가 받아주나. (사이) 그래도… 얼굴은 봐야… 사과를 안 받겠다고 말할 수 있잖아.

블랙　　　　박사님. (문에 대고) 대문 닫아. 현관문 닫아.

발명가　　　야, 블랙~

로즈밀러　　(목소리) 계세요~ 계세요~ 아무도 없나…?

문을 열려고 덜컥거리는 소리, 그리고 문을 두드리는 소리가 한
참이나 들리다가 잠잠해진다.

발명가　　　간 모양이다. 잘했다. 블랙.

로즈밀러　　(목소리) 대문 열어! (철컹 문 열리는 소리)

발명가　　　(극도로 놀라 입을 벌리다가 제 손으로 막는다)

블랙　　　　뭐 저런 사람이 다 있어? (나가려는데)

발명가　　　(말리고, 소리 죽여) 타임머신 어딨어, 타임머신.

블랙　　　　타임머신은 왜요?

발명가　　　저깄다. (벽에 걸린 손목시계 모양의 타임머신을 집어
　　　　　　든다) 타임머신을 이럴 때 쓰지, 또 언제 쓰겠니? 없
　　　　　　는 척할 게 아니라 아예 없어지면 되잖아.

블랙　　　　그렇게까지 할 필요가 뭐가 있어요?

발명가　　　쉿!

로즈밀러　　(목소리) 계세요? (문을 두드린다)

발명가　　　(작동하며) 이게 왜 이렇게 빡빡하냐? 너무 오래 안

썼나?

블랙   쥐 보세요.

로즈밀러 (목소리) 인기척은 있는데…? 박사님~ 박사님?

블랙   (시계배꼽을 힘겹게 돌린다)

발명가   얼른….

블랙   됐어요.

로즈밀러 (목소리) 현관문 열어! (문이 열린다)

발명가   (절망적으로) 늦었다….

로즈밀러 (들어오며) 박사님, 안에 계시면서 왜….

3

타임머신이 작동한다.

로즈밀러 쪽 조명은 아웃 되고 발명가와 블랙이 서 있는 곳의 조명이 깜박댄다.

발명가와 블랙이 나란히 서서 팔을 뻗은 채 중심을 잡으려 애쓴다.

발명가   싼 게 비지떡이라고는 해도 말이야… 아무리 3000

원짜리 시계를 개조한 거라도 그렇지, 고새 녹이 스냐? 뭐해, 얼른 돌아가지 않구.

블랙   돌아가요?

발명가 그럼, 얼굴 빤히 봤는데, 그냥 안면몰수 해?

블랙   그러게 그냥 있었으면 될 걸….

발명가 아, 얼른 돌려.

블랙   멈춰야, 돌아가죠. 휴대용 타임머신의 한계잖아요.

발명가 빌어먹을. 이것도 발명품이라구….

블랙   박사님이 만드신 거예요. 돌아가면 손을 좀 봐야겠는데요?

덜컹 소리가 나며 조명이 급하게 깜박거린다.

블랙   다 왔네요.

발명가 여기가 어디야?

깜박거리던 조명이 완전히 꺼진다.
1장의 상황으로 돌아갔다.

(어제)

로즈밀러 꺄아아~~ 뭐하는 짓이에요!

발명가   (화들짝 놀라) 왜, 왜 그러세요?

(현재)

블랙   (소리 죽여) 어제예요. 어제 거기로 왔어요.

발명가   (소리 죽여) 하필 일루 올 게 뭐냐.

(어제)

로즈밀러   건드리지 말아요!

발명가   건드리긴 누가 건드려요!

로즈밀러   지금 내 가슴을 건드렸잖아요!

발명가   저 여기 있습니다! 여기서 어떻게 건드립니까? 지
           금 어디 계시죠?

(현재)

발명가   (소리 죽여) 내가 건드렸다.

블랙   네?

발명가   로즈밀러 양 가슴을 내가 건드렸다구. 갑자기 캄캄
           해지니까 중심을 못 잡고 비틀대다가… 나는 그 여
           자가 겁에 질려서 그냥 하는 말인 줄 알았지 뭐냐.

블랙   그럼 박사님이 진짜 겁탈범?

발명가   얘는 말을 해두….

(어제)

로즈밀러 당장 켜지 못해요?!

발명가 네? 지금 킨 건데요?

로즈밀러 지금 농담할 기분 아니에요. 얼른 켜요! 당장!

발명가 킨 거라니까….

로즈밀러 이 사람이 증말… 불을 켜! 불을 켜라구! 얼른 불을
     켜~~

(현재)

발명가 얘, 블랙. 얼른 돌아가자. 이러다가 불 켜지면 큰일
     이다. 타임머신 줘봐. 시간은 로즈밀러 양이 오기
     전으로 하고, 빠른 모드로….

블랙 제대로 갈 수 있을까 모르겠네….

4

조명이 두어 번 깜박이다 밝아지면 다시 현재로 돌아와 있다.
방안엔 아무도 없다.

발명가   (두리번거리며) 없다. 제대로 왔구나. (소파에 털썩 앉
         으며) 휴~

블랙   (냄새를 맡는) 흠흠, 흠흠. 이상한데….

발명가   이상하긴 뭐가 이상해. 아직 시간이 좀 있는 거 같
         지? 이번엔 네 말대로 여기서 숨죽이고 있자. 문은
         잠금 모드로 해놓구. 현관문 잠가.

로즈밀러 (방에서 빨랫감들을 들고 나오며) 빨래는 제때제때 세
         탁기에 넣어야죠. 찌든 때 그대로 두면 얼룩이 생긴
         다구요.

발명가   (놀라) 로, 로즈밀러 양! 어떻게 여기….

로즈밀러 제가 여기 있는 게 그렇게 놀랄 일인가요? 휙 사라
         졌다가 갑자기 척 나타나는 것보다, 더요?

발명가   아, 그건 저기… 뭐 알아볼 일이 있어서 시간여행을
         좀….

로즈밀러 (그럴 줄 알았다는 듯) 시간여행이요? 타임머신이라
         나 뭐라나 하는 걸 타고 말이죠? 그런 걸 거라고 생
         각하고 있었어요. 집안을 주욱 돌아보니까 이건 괴
         상하게 생긴 물건들만 잔뜩 쌓여 있는 게, 타임머
         신을 타고 사라졌다 한들, 뭐가 그리 놀랄 일이겠
         어요?

발명가   아, 예… 오래 계셨나 보죠?

로즈밀러	박사님이 그동안 어떤 물건들을 만드셨는지 대충 파악할 만큼은요. (빨래를 내려놓고 소파에 앉는다) 앉아도 되겠죠? 좀 어지러워서요.
발명가	(주춤 자리를 비켜주며) 그럼요. 앉으세요.
블랙	(내보내라고 재촉하는) 박사님.
발명가	어, 그래. 그래. 잠깐만.
로즈밀러	넌 인사도 할 줄 모르니?
블랙	남의 집을 그렇게 함부로 뒤져도 되는 거예요?
로즈밀러	어머, 애 좀 봐.
발명가	블랙.
블랙	그건 엄연히 불법가택침입이라구요.
로즈밀러	불법… 뭐? 이웃끼리 서로 왕래하는 게 불법행위라도 된다, 이 소리니?
블랙	아무도 없는 빈집에 들어와서 이거저거 들추고 돌아다니는 게 이웃끼리의 합법적인 왕래인가요?
로즈밀러	들추고 돌아다니다니, 내가 무슨….
블랙	쉿! 상대방이 얘기할 땐 들을 줄도 알아야죠. 자기 주장만 내세우면 대화가 되겠어요?
로즈밀러	기가, 기가 막혀서… 분명히 인기척이 있었어. 둘이서 얘기하는 소리가 들렸다구.
블랙	여기는 우리 집이에요. 우리는 늘 집에서 얘기를 나

뉘요. 그건 누군가가 불쑥 쳐들어와도 된다는 신호
가 아니라구요.

발명가　블랙….

로즈밀러　이웃의 잘못된 습관은 고쳐드려야죠.

발명가　숫, 블랙…. (로즈밀러에게) 허허허 이 녀석… 저 혼
자 키우다 보니 버릇이 좀 없어서요.

로즈밀러　아녜요, 됐어요. 틀린 말은 아니에요. (사이) 그럴
의도는 아니었는데, 어쨌거나 기분이 상하셨다니
사과드릴게요. 죄송합니다.

발명가　아뇨, 사과는 무슨….

로즈밀러　하지만 분명히 해둘 게 있어요. 아까 제가 왔을 때
두 사람이… 아니지. 한 사람하고, 개 한 마리가 사
라지는 걸 봤어요. 처음엔 놀랐고, 무서웠어요. 하
지만 걱정이 돼서 그냥 그대로 떠날 수가 없었어요.
그래서 기다리다가 여기저기 둘러보게 된 거예요.

블랙　문이 잠겨 있으면 그냥 가셔야죠.

발명가　블랙. 그만하면 됐다. 사과하셨잖니?

블랙　박사님. 아까 분명히 저랑 약속하셨잖아요.

발명가　잠깐만… 어?

로즈밀러　블랙, 너 끝내 인사 안 할 거니?

발명가　블랙.

블랙   (마지못해) 안녕하세요.

구석으로 걸어가던 블랙이 로즈밀러에게 보여주겠다는 듯 엎드려 기어간다.

발명가   너 왜 그래?

블랙   제가 개라는 걸 잊지 않으려구요.

로즈밀러   … 저렇게 착한 아이를… 쯧쯧쯧. 참, 박사님도 외출하실 땐 조심하셔야겠어요. 웬 차들이 그렇게 왱왱 내달리는지. 글쎄, 조 앞에서 사고가 날 뻔했지 뭐예요?

발명가   저런, 큰일 날 뻔하셨네.

로즈밀러   현기증이 생겨서 세상이 빙빙 도는 통에, 빨간불을 확인 못했거든요.

발명가   편찮으신가 보네요.

로즈밀러   밤새 한잠도 못 잤지 뭐예요.

발명가   그럼 댁에서 쉬시지 여긴 어쩐 일로….

로즈밀러   집에 있음, 잠들 거 같아서요. (하품을 하다가) 어머 죄송해요. 이웃이 위기에 빠졌는데 두 발 뻗고 잠을 잘 수는 없잖아요. 박사님이라면 그럴 수 있겠어요?

발명가	이웃이 위기에 처했다면, 당연히 도와야죠.
로즈밀러	그렇죠? 그래서 온 거예요.
발명가	누가 위기에 빠졌는데요…? (그녀의 시선을 피하려 하지만 눈이 맞는다) 제가요?
로즈밀러	몇 날 며칠을 뜬눈으로 밤을 새면서, 치한들을 위한 전등 같은 거에 열을 올리는 사람의 정신 상태를, 위기 말고 그럼 뭘로 보겠어요?
발명가	이보세요, 로즈밀러 양!
로즈밀러	(단호하게) 그건! 박사님의 위기이기도 하고, 또한 우리 이웃들의 위기이기도 합니다.
발명가	이웃들의 위기요?
로즈밀러	이 사실을 알면 어느 부모가 처녀애들을 거리에 내보낼 수 있겠냐구요.
블랙	뭐하세요, 박사님, 얼른요.
발명가	블랙. 가만 좀 있어봐. 로즈밀러 양, 어제는 어쩌다 보니 오해를 풀어드리지 못했습니다만, 오늘은 확실히 짚고 넘어가야겠습니다. (문득) 아, 물론 이해는 합니다. 로즈밀러 양께서 오해를 할만도 하셨더군요.
블랙	박사님. 혹시 그 얘기….
발명가	괜찮아. 오해는 풀어 드려야지.

블랙	그게 오해가 풀릴 얘기가 아니죠.
로즈밀러	무슨 말씀이죠?
발명가	아, 그러니까 그게….
블랙	박사님!
발명가	됐다니까. 그게… 조금 전에 타임머신을 타고 어제, 그때로 갔었습니다.
블랙	아우… (귀를 막고 저편으로 간다)
발명가	근데 갑자기 깜깜해지는 통에, 제가 실수로 로즈밀러 양을 건드렸더군요. 살짝. 아주 살짝… 하지만 그건….
로즈밀러	(솟구치는 분노를 애써 참으며) 그러니까… 아무것도 안 보이는 그 캄캄한 틈을 이용해서, 어제의 당신 하고 오늘의 당신, 그렇게 두 사람의 당신이, 어제의 저 한 사람을 겁탈하려 했다? 그러니까 집단으로 겁탈을 하러 시간여행을 했다? 아, 복잡해. 역겨워.
발명가	이보세요, 로즈밀러 양! 이젠 저 전등도 모자라 타임머신까지 치한들을 위한 도구로 몰아붙이시는 겁니까?
로즈밀러	(이를 악물고) 각오는 했지만 역시 시험을 견뎌내기가 쉽지가 않네요.

발명가	지금 그게 아니라고, 오해 푸시라고 말씀드리고 있는 거 아닙니까?
로즈밀러	(갑자기 발명가의 손을 잡고) 전 이겨낼 수 있어요. 각오는 돼 있다구요.
발명가	각오라뇨?
로즈밀러	물론 쉽지 않을 거예요. 박사님두, 저두. (손이 덜덜 떨린다)
발명가	떨고 계시네요? 무슨 일이죠…?
로즈밀러	이건 떠는 게 아니에요, 그냥 흔들리는 거지. 하, 하.
발명가	(그녀의 손을 털어내려 하지만 쉽지 않다) 이봐요, 로즈밀러 양. 제가 여기서 뭘, 더, 어떻게 해야 오해를 푸시겠습니까?
로즈밀러	아뇨, 아무 짓도 하지 마세요. 아무 짓두요. (마음을 진정하느라 이리저리 서성인다)
발명가	가시게요?
블랙	안녕히 가세요. 현관문 열어.
로즈밀러	현관문 닫아! (눈빛으로 제압한다) 어제 집에 돌아가자마자 제가 제일 먼저 한 일이 뭐였는지 아세요? 목욕이었어요. 이상한 상상하지 마세요. 흐르는 물에 몇 시간이고 몸을 맡긴 채, 정화되기를 기다렸죠. 하지만 그 끈적끈적한 불쾌감은 영 가시지를 않

앉어요. 그래서 살갗에 피가 배이도록 박박 문질러 대야 했죠. 빨간 이태리 타올루요.

발명가 갑자기 왜 그런 말씀을 하시는 거죠?

로즈밀러 박사님의 에로틱한 상상을 깨뜨려서 죄송하지만, 저는 지금 목욕 얘기를 하려는 게 아닙니다. (사이) 저는 욕실에서 나가면 바로 잠에 빠져들 줄 알았어요. 하지만 오히려 갈수록 정신이 더 생생해지더라구요. 아니, 생생한 건 아니구… 정신이 제정신이 아니었어요. 뭐랄까… 정신이 여러 조각으로 쪼개져서는 산지사방으로 널을 뛰었다고 할까…?

블랙 (빈정대는) 그 중 하나는 박사님 꿈으로 달려가셨겠죠? 혹시, 안나푸르나는 못 보셨나요?

발명가 (나무라는) 블랙.

블랙 알았어요, 저도 이제는 지쳤어요.

블랙이 방으로 들어간다.

로즈밀러 흩어졌던 정신은 자정 무렵이 돼서야 한데 모였어요. 눈을 붙이려고 불을 끈 바로 그 순간이었죠. 문득 그런 생각이 들더라구요. 박사님한테 재능이 없는 건 아니다. 아니 오히려 굉장한 재능이 있다.

발명가	지금… 제 얘기를 하시는 건가요…?
로즈밀러	립서비스가 아녜요. 전 진심으로 그렇게 생각해요. 박사님은 천재예요.
발명가	(솔깃) 그래요…?
로즈밀러	그런 발상을 할 수 있는 사람은 세상에 아무도 없어요. 오직 박사님 한 사람 말구는요.
발명가	(감격해서) 절 진심으로 이해하시는군요… 블랙, 너 들었어? 로즈밀러 양이 하신 얘기 들었냐구. 블랙? (아쉽다) 얘는 왜 하필 이런 중요한 순간에….
로즈밀러	전 쿨한 사람이에요. 인정할 건 인정할 줄 알아요. 아무리 의도가 불순했다고는 해도 말이에요.
발명가	정말이지 쿨하신 분입니다, 로즈밀러 양은.
로즈밀러	그 점을 인정한 그 순간, 전 동시에 제 소명을 깨달 았어요.
발명가	그런 중요한 걸 인정하셨는데, 그럼요 뭐든 깨달음 이 왔겠죠.
로즈밀러	두고 보세요. 진실된 이웃으로서, 맹세코, 박사님을 새사람으로 만들어 보이겠어요.
발명가	(혼란스럽다) 새사람이라뇨? 그럼 제가… 헌 사람이 라 이 말인가요?
로즈밀러	들어보세요. 지금 제가 말하고 있잖아요. 박사님이

말할 기회는 얼마든지 있다구요. (사이) 조금 전에
도 말씀드렸다시피, 저는 박사님이 어제의 저를 겁
탈하기 위해 집을 비운 동안, 박사님의 발명품들을
찬찬히 살펴봤어요. 알겠더라구요, 박사님이 어떤
사람인지. 이름을 써 붙이지 않은 수백만 개의 발명
품들이 섞여 있더라도 저는 아마 알아볼 거예요. 박
사님의 발명품이 어떤 건지.

발명가　(갈피를 못 잡는다) 사람들이 그렇게 생각해 주는
게… 제… 꿈이긴 합니다만… 로즈밀러 양이 그렇
게 생각하신다니까 어쩐지….

로즈밀러　그리고 또 한 가지를 알게 됐어요.

발명가　또… 뭐죠?

로즈밀러　박사님은 그 비상한 머리를 전혀 쓸모없는 쓰레기
들에 낭비하고 있다는 거예요. 그런 건 아무도 원하
질 않는다구요.

발명가　… 저는 발명가예요. 사람들이 아직은 원하지 않지
만, 언젠가는 필요로 하게 될 것들을 만드는 것이
발명가인 저의 일이라구요.

로즈밀러　지금 당장 필요한 것들이 얼마나 많은데요. 내일 필
요한 건 내일 만드시면 되죠. 몇 번이나 말했지만,
박사님에겐 재능이 있어요. 이웃들에게 유용한 발

명품을 얼마든지 발명하실 수 있다구요.

발명가   로즈밀러 양, 그거 알고 있어요? 당신은 지금, 어제
         야 비로소 약하다는 걸 알게 된 제 심장을 위태롭게
         만드는 동시에, 여기(정수리)에서 뭔가를 쑥 잡아 빼
         고 있다구요.

로즈밀러   (단호하게) 박사님은 알을 깨고 나와야 해요. 그러기
         위해선 그만한 아픔을 이겨내야 하구요.

발명가   (불안) 무슨 짓을 하려는 거죠…?

로즈밀러   … 아, 목말라. 열이 좀 있나 봐요. 물이… (테이블로
         가서 물을 따르다가 문득) 어머, 내 정신 좀 봐. 사명
         감에 빠져서 그만… 식사는 하셨어요?

발명가   아뇨, 아침은 잘 안 먹어요, 원래.

로즈밀러   아침이 얼마나 중요한데 아침을 걸러요? 설마 블랙
         까지 굶긴 건 아니겠죠? (방에 대고) 블랙, 아침 먹었
         니? (대답이 없다) 쯧쯧쯧, 대답할 힘도 없구나. (고
         개를 젓는다) 뭔가 제대로 된 일을 하고 싶다면 아침
         을 잘 먹어야 해요. 배가 고프면 자꾸 딴생각을 하
         게 되고, 그러다 보면 또 엉뚱한 길로 빠져들게 마
         련이라구요. 아무래도 그럴 거 같아서 도시락하구
         밑반찬을 좀 만들어 왔어요. (이동하며) 언제 오실지
         몰라 냉장고에 넣어 뒀는데….

발명가   (의아한) 냉장고요?

로즈밀러 저는 이해할 수가 없어요. 집안은 온통 쓰레기 같은 물건들로 꽉꽉 채워놓으면서, 냉장고는 어쩜 그렇게 텅 비워 놓을 수가 있죠?

발명가   저희 집엔 냉장고… 없는데요?

로즈밀러 (냉장고처럼 생긴 기계 앞에 서서) 그럼 이건 뭐죠?

발명가   아… 하하하 그건 물질소멸깁니다.

로즈밀러 물질… 뭐라구요?

발명가   (거드름을 피우며) 소멸기라고 했습니다. 물질소멸기요. 어떤 물질이든 분자상태로 되돌리는 장치죠. 저 안에만 들어가면 그게 뭐든 완벽하게 사라져버립니다.

로즈밀러 (급하게 열어보고) 세상에… 잠 한숨 못자고 현기증에 시달리면서 만든 건데… 사람 정성을 이런 식으로 무시하다니….

발명가   (당황해서) … 죄송합니다. 발명을 하다 보면 쓰레기들이 보통 많이 나오는 게 아니거든요. 그 처리비용도 만만찮고 해서 발명한 물건인데….

로즈밀러 변명할 거 없어요. 제 실수였어요. 그럼, 음식들은 어디다 보관하죠?

발명가   따로 보관 안 하는데요.

로즈밀러   식사는 어떻게 하시구요?

발명가   (앞에서 블랙이 음식물을 꺼냈던 기계를 집어 들고) 이 걸루… 이건 물질합성기라는 겁니다.

로즈밀러   물질합성기…요?

발명가   하하. 말 그대로 물질을 합성해내는 기계죠. 제가 필요로 하는 거라면 뭐든.

로즈밀러   이게 뭘 어떻게… 만든다는 거죠?

발명가   모든 물질은 분자가 모여 있는 거거든요. 그러니까 어떤 물질이든 분자구조만 알고 있으면, 그 물질을 합성하는 건 크게 어려운 일이 아니죠. 예컨대 점심 으로 삼선짬뽕을 먹고 싶다면… 블랙, 블랙~

블랙   (방에서 고개만 내민다)

발명가   삼선짬뽕에 뭐뭐가 들어가지?

블랙   오징어, 새우, 표고버섯, 죽순, 양송이, 청경채, 양 파, 해삼에 대파, 생강, 마늘과 고추기름… 그 정도 요. 됐어요? (들어간다)

발명가   그러니까 오징어니 뭐니 하는 그 재료들의 분자구 조들을 여기에 입력시키기만 하면 그 재료가 즉석 에서 만들어진다 이겁니다. 사전에 준비한 레시피 를 따라 그 재료들을 적당하게 요리하기만 하면….

로즈밀러   짬뽕은 건강에 좋은 음식이 아니에요.

발명가   네?

로즈밀러   짬뽕은 너무 자극적이라구요.

발명가   아니, 뭔가 오해를 하신 모양인데, 이건 짬뽕을 만
         드는 기계가 아닙니다.

로즈밀러   뭐든 마찬가지예요.

발명가   뭐가 마찬가진데요?

로즈밀러   죽순, 양송이, 청경채 같은 식재료들은요. 그게 어
         떤 분자들로 이뤄졌느냐가 아니라, 거기에 얼마만
         한 땀과 정성이 들어갔느냐가 중요한 거라구요. 그
         렇게 얼렁뚱땅 만든 재료들이 사람 몸에 좋을 리가
         없잖아요.

발명가   아뇨, 로즈밀러 양, 이건 음식만 만드는 기계가 아
         니라니까요!

로즈밀러   뭐든 다 마찬가지라니까요! (사이) 주세요.

발명가   왜요? 뭘 만들어보시게요?

로즈밀러   주세요, 얼른.

발명가   (물질발생기를 건네며) 뭐든 만들려면 분자구조를 알
         아야 하는데….

로즈밀러   분자니 뭐니 그런 건 조금도 필요 없어요. 저건(물질
         소멸기) 어떻게 작동시키죠?

발명가   코끼리를 냉장고에 넣는 방법하고 똑같습니다만….

로즈밀러   코끼리가 여기에 들어가요?

발명가   아뇨. 뚜껑을 열고, 물건을 넣고, 뚜껑을 닫으시라
구요.

로즈밀러   버튼 같은 건 없구요?

발명가   문이 닫히면 자동으로 작동됩니다.

로즈밀러   (물질소멸기로 간다)

발명가   뭐하는 거요? 다, 당신, 설마… 안 돼, 안 돼! 그건
절대 안 돼!

발명가가 말릴 사이도 없이 물질발생기가 물질소멸기 안으로 들
어간다.
발명가가 물질소멸기로 달려들어 문을 열고 손을 쑥 집어넣는다.
아무것도 잡히질 않는다.

발명가   없어. 사라졌어. 사라졌다구…. 당신 지금 제정신이
오? 그게 어떤 물건인데, 내가 그걸 어떻게 만들었
는데….

발명가가 타임머신으로 달려간다.
하지만 막 작동하려는 찰라, 로즈밀러가 달려들어 탈취한다.

발명가	왜 이래! 이거 놔! 놓으라구!
로즈밀러	이거 타임머신이죠? 아까 봤어요. 조금 전으로 돌아가서 물질발생기를 다시 찾으려는 거, 제가 모를 줄 알아요?
발명가	그거마저 없애버리겠다 이거요? 안 돼! 당장 내놔! 내놓으라구!
로즈밀러	(한 손으로 물질소멸기의 손잡이를 잡고) 가까이 오지 말아요. 한 발이라도 다가오면, 그땐….
발명가	블랙~~ 블랙~~
블랙	(목에 헤드폰을 걸고 나온다) 무슨 일이에요? 갑자기 이게 웬 난리죠?
발명가	저 여자 미쳤어. 완전히 미친 여자라구. 블랙, 어떻게 좀 해봐.
블랙	무슨 일인데요? (로즈밀러를 보고) 설마….
발명가	저 여자 좀 말려봐.
블랙	말려요? 어떻게요?
발명가	그걸 나한테 물으면 어떡해?
블랙	저한테 시키셨잖아요.
발명가	어… 무, 물어.
블랙	물어요? 사람을 어떻게요?
발명가	물어뜯지는 말고 그냥 물고만 있어. 꼼짝 못하게.

블랙   안 돼요. 전 못해요.

발명가   블랙, 넌 개야.

블랙   개라고 모든 걸 할 수 있는 건 아니죠.

발명가   개라서가 아니야. 넌 나보다 힘이 세잖아. 나보다
         날쌔고 용감하잖아. 제발 좀 막아줘. 저 미친 여자
         가 아무 짓도 못하게. 제발… 제발, 블랙….

블랙   (로즈밀러에게) 뒤로 물러나요. 제가 로즈밀러 양이
         라면 그렇게 할 거예요. 저는 아직 한 번도 폭력을
         써보지 않았지만, 이번에는 어쩔 수 없는 거 같네
         요. 로즈밀러 양, 바닥에 타임머신을 놓고 천천히
         뒤로 물러나요. 안 그랬다간, 으~

로즈밀러   블랙?

   로즈밀러가 주머니에서 공을 꺼낸다.

   공에서 윙~ 기계음이 들린다.

   그녀가 공을 획획 움직일 때마다 블랙의 고개가 획획 돌아간다.

블랙   뭐하는 짓이에요? 그거 치우지 못해요?

로즈밀러   금방 치울 거야.

블랙   치사하게 굴지 말구, 얼른 치워요.

로즈밀러   현관문 열어.

블랙	뭐하는 짓이에요?
로즈밀러	블랙, 이따가 보자. (현관문 너머로 공을 던진다)
블랙	(견뎌보려 하지만 몸이 딸려 나간다)
발명가	블랙! (블랙이 고개를 돌리는 순간)
로즈밀러	현관문 닫아! 잠가!
발명가	현관문 열어!
로즈밀러	죄송하지만 박사님. 그 공은 한없이 굴러갈 거예요. 제가 어젯밤에 모터를 달았거든요.
발명가	… 그거 내놔요, 제발, 로즈밀러 양….
로즈밀러	시간은 강물처럼 흘러가는 거예요. 왜 이따위 것으로 그 흐름을 거스르려고 하는 거죠? 과거가 그리우면 추억을 되새기세요. 미래가 궁금하면, 기다리세요. 내일이 궁금하면 하루를 기다리고, 내년이 궁금하면 1년을 기다리시라구요. (타임머신을 물질소멸기에 던져 넣는다)
발명가	아악! (심장을 움켜쥔다) 그게 나한테 얼마나 소중한지 알고 하는 짓이오?
로즈밀러	알아요, 저두. 여기 있는 것들이 박사님한테 얼마나 소중한 물건들인지….
발명가	당신은 나를 죽이고 있는 거예요. 알아요?
로즈밀러	(울먹이며) 알아요, 저두… 저도 하고 싶지 않아요.

하지만 박사님을 위해서는 어쩔 수가 없어요. 박사님은 천재예요. 박사님에겐 선량한 시민들의 인생에 보탬이 될 만한 발명품을 만들어낼 책임과 의무가 있어요. 하지만… 이런 것들에 둘러싸여 있는 한, 박사님은 한 걸음도 발전할 수 없어요. 박사님은 새사람이 돼야 해요. 이제 알을 깨고 세상으로 나가야 한다구요.

발명가　언젠가는 그러고 싶을 때가 올지도 모르지. 하지만 지금은 그러고 싶지 않아요. 지금 내가 알 속에 있다면 그냥 그대로 있고 싶어요. 이렇게 웅크린 채로 말이오.

로즈밀러　저도 여기서 그만두고 싶어요. 하지만 그래서는 아무것도 바뀌지 않을 거예요. 저는 그걸 알아요. 박사님이 다시는 저를 보고 싶지 않을지라도, 저는 할 일을 해야만 해요.

로즈밀러가 성큼성큼 걸어가서 또 하나의 발명품을 집어 든다. 발명가는 더 이상은 그녀를 만류할 수 없다.

로즈밀러　이건 공중부양 장치죠?
발명가　(멍해져서) 반중력 제어기요.

로즈밀러	천장에 페인트칠을 할 때 유용하겠네요, 하지만… 죄송하지만, 저라면 사다리를 택하겠어요. (물질소멸기에 넣는다) 저건 뭐죠?
발명가	DNA 추적기요. 머리카락 하나만 있어도 반경 500 킬로 내에 있는 생물체를 찾아낼 수 있지….

로즈밀러가 그걸 들고 물질소멸기로 가는 데서 서서히 암전.

조명이 들어오면 발명가가 소파에 맥없이 앉아 있다.
로즈밀러는 떠날 채비를 하고 있다.
블랙이 뛰어든다.

블랙	어떻게 됐어요? 그 여자는… (발명품 더미가 있던 자리를 보고 허망하게) 모든 게 사라져버렸네… 모든 게….
로즈밀러	저기요… 박사님.
발명가	….
로즈밀러	많이 힘드신 줄은 알지만, 당분간은 저를 보고 싶지 않으실 거 같아서요.
발명가	….
로즈밀러	블랙에 대해 상의드릴 게 있어요.
블랙	저요? 저에 대해 무슨 상의를 하는데요? 저는 이대

로가 좋아요.

로즈밀러   이해해. 하지만 그건 옳지 않아. (발명가에게) 블랙은 개예요. 개는 개답게 살아야 해요. 사람이 사람들 속에서 부대끼며 살아가야 하는 것처럼, 개는 개들과 어울려서 개로서 살아야 해요.

블랙   저는 지금의 제 모습에 백 프로 만족해요. 대체 몇 번이나 말해야 알아들으시겠어요?

로즈밀러   물론 쉬운 일은 아닐 거예요. 하지만 현명한 결정을 내리시리라 믿을게요. 그럼.

로즈밀러 퇴장한다.

발명가와 블랙, 멍하니 그녀의 뒷모습을 본다.

암전.

5

어둠 속에서 들려오는 TV 다큐멘터리 내레이션.

내레이션   … 겉으론 조용해 보이지만, 기린이 아래쪽에 있는 잎을 먹기 시작하면 아카시아 나무는 몹시 분주해집니다.

조명이 들어오면 발명가와 블랙 소파에 나란히 앉아 TV를 보고 있다.

내레이션　　일종의 화학적 신호가 줄기를 타고 나무 전체에 퍼져, 경계경보가 발령되는 거죠. 잠시 후, 위쪽의 잎들은 적에 맞서기 위해 독성성분으로 무장하기 시작합니다.

블랙　　(무심하게) 그렇구나…. (사이) 채널 변경 앞으로. (채널이 바뀐다. 잠시 후) 채널 변경 앞으로. (채널이 바뀐다) 채널 변경 앞으로. 채널 써치. (채널이 빠르게 바뀌다가 코미디 프로그램 소리가 들려온다. 잠시 보다가 문득) 박사님.

발명가　　(침묵)

블랙　　박사님.

발명가　　(침묵)

블랙　　무슨 생각을 그렇게 하세요?

발명가　　(침묵)

블랙　　박사님.

발명가	어쩌면… (블랙이 쳐다본다. 사이) 어쩌면 로즈밀러 양 말이 맞을지도 모르겠다.
블랙	그게 무슨 말씀이세요?
발명가	너를 이렇게 만든 건 내 욕심이었다. 욕심이었고, 오만이었고… 실수였다.
블랙	실수였다구요…?
발명가	블랙, 네 친구들을 마지막으로 만난 게 언제였는지 기억하니? (사이) 너까지 불행하게 만든 건 큰 실수였어.
블랙	저는 불행하지 않아요.
발명가	블랙, 넌 개야.
블랙	박사님….
발명가	너는 개야.

서서히 암전.

6

조명이 들어온다.

무대는 상당히 깔끔해졌고, 중앙에 통나무가 놓여 있다.

발명가가 로즈밀러와 함께 들어온다.

로즈밀러   박사님 전화를 받았을 때 제가 얼마나 감격했는지
　　　　　아세요? 저도 모르는 사이에 눈물이 줄줄 흘러내리
　　　　　더라니까요.

발명가　　훌쩍훌쩍하는 소리가 들리길래 저는 로즈밀러 양이
　　　　　감기에 걸린 줄 알았어요. 제가 그렇게 물어보지 않
　　　　　았나요?

로즈밀러   제가 그동안 얼마나 힘들게 지냈는지 박사님은 상
　　　　　상도 못하실 거예요. 심지어는 글쎄, 제가 했던 행
　　　　　동을 후회할 뻔했다니까요?

발명가　　저런, 쯧쯧. 얼마나 힘드셨으면….

로즈밀러   블랙은 아직 안 돌아왔어요?

발명가　　(고개를 가로젓는다)

로즈밀러   그런 꼴로 살아가려면 얼마나 힘이 들까… 쯧쯧
　　　　　쯧…. 이웃 분들하고 같이 오려고 했는데 여전히 다
　　　　　들 바쁘다구… 요즘엔 이웃에 대해 도무지들 관심
　　　　　이 없어요.

발명가　　저는 로즈밀러 양이 찾아와 주신 것만으로도 충분
　　　　　히 행복합니다.

로즈밀러   (방안을 둘러보고) 어머나~ 집안이 깔끔해졌어요.

발명가   감사합니다.

로즈밀러   참, 박사님 댁은 피해 없었나요? 요즘 엄청난 도둑이 설쳐대서 다들 난리예요. 어마어마한 경보장치를 단 집들도 그놈한테 찍히면, 그 다음날로 그냥….

발명가   저희 집은 좀도둑의 관심을 끌 만한 물건이 별로 없어서요. 이게 모두 로즈밀러 양 덕분이죠.

로즈밀러   … 저로서는 그럴 수밖에 없었어요.

발명가   그럼요, 이해합니다. 아, 그렇지 않아도 얼마 전부터 이웃들이 도둑놈 때문에 고생한다는 소문을 듣고, 뭘 하나 만들어봤습니다.

로즈밀러   그래요? 뭘까…? 너무 기대돼요.

발명가   로즈밀러 양께서 어떻게 생각하실지 저도 기대됩니다. 이거 보세요. (손을 흔든다) 어찌나 흥분되는지 제 손이 벌써 이렇게….

로즈밀러   박사님… 많이 달라지신 거 같아요.

발명가   달라지려고 애쓰고 있습니다.

로즈밀러   빨리 보고 싶어요. 뭘 발명하신 거죠?

발명가   이리로… (중앙의 통나무로 간다)

로즈밀러   이게 뭐죠?

발명가　　보시다시피 통나뭅니다. 아프리카산 아카시아죠.
　　　　　아, 혹시 아카시아의 '생화학적 경계경보시스템'에
　　　　　대해 들어보셨나요?

로즈밀러　생화학적… 뭐라구요?

발명가　　말하자면 아카시아의 자체 방어 시스템인데요, 기
　　　　　린이 아래쪽 잎을 먹기 시작하면 화학적 신호가 발
　　　　　생해서 줄기를 타고 저 위쪽 잎들에 경계경보를 보
　　　　　내는 거죠.

로즈밀러　글쎄요, 저는 잘….

발명가　　그냥 그런 게 있다는 정도만 이해하시면 되구요…
　　　　　(통나무) 이건 그 아카시아의 시스템을 그대로 적용
　　　　　한 발명품입니다. 한 번 건드려 보시죠.

로즈밀러　(겁을 먹고) 제가요?

발명가　　살짝만 건드리시면 됩니다.

로즈밀러　정말, 아무 일 없는 거죠? 박사님 발명품에 하도 여
　　　　　러 번 당해놔서요.

발명가　　이거 면목없습니다. 하하. (다시 권한다)

　로즈밀러가 조심스럽게 통나무에 손을 댄다.
　깜짝 놀랄 만큼 기괴한 경보음이 터져 나온다.

로즈밀러   (깜짝 놀라) 내 이럴 줄 알았어.

발명가   하하하하. (사이) 더욱 놀라운 건 여기에 어떤 전기
        적 장치도 들어있지 않다는 사실입니다. 오직 아카
        시아에서 추출한 호르몬으로만 처리했을 뿐이죠.
        따라서 이 경보장치는 단 한 푼의 유지비용도 필요
        없을뿐더러, 이 장치를 해체하려는 어떠한 시도도
        불가능….

로즈밀러   (고개를 절레절레 저으며) 나무가 소리를 지르다니…
        어디 무서워서 근처에나 갈 수나 있겠어요?

발명가   도둑들이 접근했다가는 너무 놀라서 아마 기절해버
        릴 겁니다.

로즈밀러   도둑보다는 평범한 사람들이 훨씬 많아요. 이 괴상
        한 나무를 보고 기절해버리는 사람들 중엔, 도둑보
        다 평범한 이웃들이 훨씬 많을 거라구요.

발명가   (욱 치밀지만 참는다) 예… 충분히 그렇게 생각하실
        수 있죠. 그럼요. 그래서 이걸 다시 응용해 봤습니
        다. 여기… (통나무 옆을 가리킨다)

로즈밀러   여기 뭐가 있는데요?

발명가   똑같은 통나무를 투명하게 만든 겁니다.

로즈밀러   여기 통나무가 있다구요?

발명가   한번 만져보시죠. 아, 이건 아직 호르몬처리를 안

했습니다.

로즈밀러 (조심스럽게 만진다) 세상에… 보이지도 않으면서 만져지다니, 이렇게 기분 나쁜 통나무는 처음이에요.

발명가 (주머니에서 작은 주사기를 꺼낸다) 이제 호르몬 처리를 해볼까요?

로즈밀러 잠깐만요, 박사님. 혹시… 이거 때문에 저를 부르신 건가요?

발명가 네?

로즈밀러 전화로 뭔가 보여줄 게 있다고 하셔서, 저는 박사님이 예전이랑 달라지지 않았을까 잔뜩 기대를 하고 왔어요. 그래서 내키지는 않았지만, 이웃들한테 함께 가자고 권하기까지 했구요.

발명가 그런데요?

로즈밀러 나무가 있다면 그 나무가 어디 있는지 알아야죠. 세상에, 보이지도 않으면서 만져지는데다가, 소리까지 지르는 통나무라니….

발명가 이건 단순한 통나무가 아닙니다!

로즈밀러 그래요, 단순한 통나무로는 보이질 않네요. 뭐가 보여야 단순한지 복잡한지 알 수 있죠.

발명가 당신이 그렇게 말하지 않았나요? 발명가들에겐 사람들의 인생에 보탬이 될 만한 발명품을 만들어낼 책임과 의무가 있다구.

로즈밀러　분명히 그렇게 말했어요. 그리고 여전히 그렇게 믿고 있어요.

발명가　그래서 만든 거예요. 이건 유지비용도 전혀 들지 않는 완벽한 경보장치라구요.

로즈밀러　그럴 수도 있겠죠.

발명가　그런데… 도대체 또 뭐가 문제요?

로즈밀러　박사님은 천재예요. 이렇게 괴상하게 만들지 않아도 얼마든지 완벽한 경보장치를 만들 수 있는 분이라구요.

발명가　나는 발명가예요!

로즈밀러　누가 아니라고 했어요?

발명가　발명가가 뭐하는 사람인지는 알고 있어요?

로즈밀러　그런 괴상한 걸 만드는 사람이 발명가라 이 말씀인가요?

발명가　발명가란, 남들 다 만드는 걸, 따라 만드는 사람이 아니에요. 발명가에게 가장 중요한 건 상상력과 창조성이라구요.

로즈밀러　그래서 되는 대로 아무렇게나 만들어도 상관없다 이 말씀인가요?

발명가　아무렇게라니? 이게 되는 대로 아무렇게나 만든 거 같아요?

로즈밀러 박사님의 발명품들은 너무 괴상해요. 그런 걸 원하는 사람은 아무도 없다구요.

발명가 그걸 왜 당신이 판단하는데? 누가 당신한테 그런 권리를 줬는데?

로즈밀러 저는 박사님의 이웃이에요. 이웃을 바른길로 인도하는 것이야말로 저의 책임이자 의무예요.

발명가 당신이 말하는 바른길이란 게 도대체 뭐요?

로즈밀러 이 집에 왜 아무도 오지 않을까요? 새로운 발명품이 나올 때마다 연락을 하는데도 이웃들이 외면하는 이유가 뭘까요?

발명가 나는 그들이 내 집에 오는 걸 원하지 않아요.

로즈밀러 거짓말이에요. 그건 박사님도 알고 저도 알아요. 오늘만 해도 저를 여기에 부른 건 바로 박사님이었어요.

발명가 그래, 그랬는지도 모르지. 하지만 더 이상은 원하지 않아. 이제 아무에게도 연락하지 않을 거요. 문을 닫아걸겠어요. 당신이 마지막 방문객이 되겠군.

로즈밀러 그건 올바른 해결책이 아니에요.

발명가 가세요. 더 이상 할 말 없어요.

로즈밀러 (나가려다가) 저는 도무지 이해할 수가 없어요. 왜

그 훌륭한 재능을, 모두를 쫓아내는 데에만 쓰시는
거냐구요! 이웃들도 그렇구 블랙도 그렇구.

발명가   블랙이 집을 나간 것도… 내 책임이라 이 말이오?

로즈밀러 당연하죠!

발명가   이봐요, 로즈밀러 양!

로즈밀러 블랙이 평범한 개였다면! 박사님이 그렇게 괴상한
모습으로 바꿔놓지 않았다면! 그래도 블랙이 박사
님 곁을 떠났을까요?

발명가   하, 하… (긴 침묵)

로즈밀러 이걸 만든 박사님의 의도는 존중해요. 그래요, 이웃
들을 위해 만드셨죠. 하지만 의도가 좋다고 모든 것
이 정당화될 수는 없어요.

발명가   도대체 몇 번이나 말해야 알아듣겠어요? 나는 발명
가예요!

로즈밀러 박사님이 발명가라는 게 뭐가 그리 중요해요!

발명가   뭐요? 지금 뭐라고 했소? 내가 발명가가 아니어도
상관없다?

로즈밀러 그럼요, 그건 하등 중요한 문제가 아니에요! 중요한
건, 박사님이 평범한 사람들을 위해, 쓸모 있는 무
엇인가를 만들어내야 한다는 거라구요!!

발명가   (폭발한다) 내가 발명가가 아니라면 그럼 나는 뭐

요? 그저 쓸모 없는 인간일 뿐인가? 그럼 나는 뭐가
될까? 뭐가 되면 좋겠소?

로즈밀러　(당황) 왜, 왜 이러세요?

발명가　(몹시 흥분해서 헐떡이며) 그래, 나한테 남은 건 이
제 아무것도 없소. 발명품도 사라졌고, 그 발명품
으로 인정받겠다는 기대도 사라졌소. 그리고 블
랙… 언제나 내 곁을 지키던 블랙. 블랙도 더 이상
은 없소. 근데 이제 발명가라는 이름마저 소용없
다구? 그래 좋아요, 그렇다면 그것도 버리겠소. 나
는 발명가가 아니다. 나는 발명가가 아니다. 나는
발명가가 아니다! (사이) 그럼 이제 난 뭐가 돼야
할까? 뭐가 돼야 할까… 오, 그래… 알을 깨고 나
와야 한다고 했지? 그래요, 나는 지금 알 속에 있
어요. 자자, 나는 부화되기를 기다리고 있소. 이
알이 깨면 나는 뭐가 되는 거지? 뭐가 되는 거요?
오, 그래, 그게 좋겠소! 당신의 뜻대로 여기까지
왔으니 또 당신의 뜻에 맡기겠소. 나는 이제 뭐가
되면 좋겠소? 뭐가 될까? 이봐, 로즈밀러 양. 대답
좀 해봐요. 나는 뭐가 될까? 뭐가 될까? 뭐가 돼야
하느냐구….

얼어붙은 두 사람.

암전.

7

긴 사이를 두고 결혼행진곡이 울려 퍼진다.

조명이 들어온다.

단정한 옷차림의 발명가가 소파에 앉아 신문을 보고 있다.

로즈밀러   (목소리) 여보~ 이 옷걸이 당신이 구부려 놓은 거
　　　　　 예요?

발명가　　 어, 내가 했어.

로즈밀러   (목소리) 어머나~ 어쩜… 빨래 널기가 너무 편해요.
　　　　　 흘러내리지도 않구요. 나가서 이런 얘기 하면 사람
　　　　　 들이 뭐라는 줄 알아요? 당신, 천재래요.

발명가　　 ….

로즈밀러   (목소리) 내 말 들었어요? 다들 당신을 천재라고 한
　　　　　 다니까요.

발명가　　 들었어.

로즈밀러   (목소리) 저는 당신이 자랑스러워요.

발명가   고마워….

전화벨이 울린다.

발명가가 전화를 받으면 무대 한쪽에 조명이 들어온다.

블랙이 전화기를 들고 서 있다.

아프리카 여행객 복장이다.

발명가   여보세요.

블랙   박사님이세요?

발명가   (반색) 블랙? 너 블랙 맞지?

블랙   안녕하셨어요?

발명가   너….

블랙   죄송합니다. 박사님.

발명가   지금 어디야? 얼른 와. 아님, 내가 갈까?

블랙   여기 아프리카예요.

발명가   아프리카?

블랙   답답해서 떠돌다 보니 여기까지 흘러들었네요.
       처음엔 좀 힘들었는데 이제는 제법 자리를 잡았
       어요.

발명가   돌아오기… 힘들겠구나?

블랙   네….

발명가   그렇구나….

블랙   네…. (사이) 저 결혼했어요.

발명가   결혼? 나한테 연락도 안 하구? 너… 그래, 어쨌든
          축하한다. 신부는?

블랙   여기서 만난 친군데… 좀 커요. … 기린이에요.

발명가   기린? 하하하. 크긴 크겠다.

블랙   왜 그날 박사님이랑 같이 본 다큐멘터리 있죠? 아
          카시아의 경보체계에 관해 얘기하던…. 그 친구
          한테 그걸 설명해줬더니 절더러 천재래요. 그 담
          부터는 제 뒤를 아주 그냥 졸졸 쫓아다니면서….
          거기다가 자기 친구들한테는 얼마나 자랑을 해대
          는지….

발명가   애는…?

블랙   아직요. 서두르고 싶지 않아요. 여기서는 다들 저를
          인정해 줘요. 당분간은 홀가분하게 즐기려구요.

발명가   그래… 그렇구나….

블랙   잘 지내시죠?

발명가   그럼. (어색한 침묵)

블랙   저기 친구들이 몰려오네요. 문제가 생겼나 봐요.

발명가   그럼, 가 봐야지.

블랙   늘 건강하세요.

발명가   그래 너두. 건강해라. 늘….

  블랙이 전화를 끊고 퇴장한다.

  발명가가 수화기를 귀에서 떼고 잠시 본다.

  천천히 수화기를 내려놓는다.

  암전.

판다
바이러스

1

장대장의 집.

평범한 아파트 거실이다.

벽에 고호의 귀를 자른 자화상이 걸려 있다.

두건 위에 모자까지 쓴 의문의 사내가 모자를 벗으려 버둥댄다.

그 과정이 몹시 고통스럽다.

끝내 모자는 벗겨지지 않는다.

문에서 달가닥 소리가 들린다.

의문의 사내가 허둥지둥 퇴장한다.

문이 열리고 공동식이 들어온다.

그는 몹시 지쳐 있다.

들어오자마자 소파로 가서 푹 엎어진다.

잠시 후 안에서 인기척이 들린다.

기절한 듯 엎어져 있던 동식이 놀랄 만큼 재빠른 동작으로 일어나 밖으로 나간다.

장대장이 방에서 나온다.

풍성한 잠옷과 수면모자 등으로 가려져 있어서 처음엔 평범한 노인으로 보인다.

하지만 그는 지금 어떤 변화의 와중에 있다.

다음 장면이 진행되는 동안 대장의 다크 서클은 더 짙어지고 얼굴은 더 창백해진다.

대장	분명히 기척이 있었는데…? (초인종 소리. 나가려는데 동식이 들어온다) 누구…?
동식	문이 열려 있네… 첨 뵙겠습니다. 전화로 인사드렸던… (대장의 얼굴을 보고 놀라) 어….
대장	공동식군?

동식	장대장님?
대장	왜 그러나? 무슨 신기한 짐승이라도 본 거 같은 얼굴이구만.
동식	아, 아닙니다.
대장	하긴 지금 내 얼굴, 말이 아니지? 자네가 거기에 제대로 들어갈 수 있을까, 물건을 제대로 찾아낼 수 있을까, 그 물건이 진품일까… 이런저런 생각에 며칠 밤을 내리 설쳤다네. 아마도 낯빛은 창백하고 눈은 퀭하고 다크 서클은 턱밑까지 축 늘어졌을 테고… 안 그런가?
동식	말씀하신 그대롭니다.
대장	그나마 한숨 잤더니 살 거 같네. 아~ (크게 기지개를 켠다) 왜 거기서 그러고 있나. 들어와. (소파로 가다가 문득) 혹시 좀 전에 여기 있다 나갔나?
동식	아, 예. 아무도 없는 거 같아서 들어왔다가 인기척이 들리길래 나갔죠.
대장	보통은 그거 반대로 하는 거 아닌가?
동식	습관이 돼서 저도 모르게 그만….
대장	프로는 프로구만. 아무리 그래도 그렇지, 남의 집 문을 함부로 따고 들어오면 쓰나.
동식	열려 있던데요?

대장	무슨 소리야. 내가 분명히 잠가뒀는데. 이 일을 시작한 이래 문단속 하나만큼은 잊은 적이 없어.
동식	무슨 일을 하시는데요?
대장	(당황해서) 어? 어… 문단속하는 일. 하하하.
동식	분명히 열려 있었습니다. 따고 들어오려 했더니 이미 열려 있더라구요.
대장	(미심쩍다) 그래? 그런가…? 분명히 잠가 놓았다고 생각했는데….
동식	늘 조심하셔야죠. 혼자 사신다면서.
대장	하긴… 요샌 뭐를 해도 깜빡깜빡이야. 이젠 나도 늙었나…?
동식	이거…. (가방에서 꼼꼼하게 포장된 작은 상자를 꺼낸다)
대장	(흠칫 놀라) 이건… 진짜로 거길 들어갔나…?
동식	거기가 뭐 하는 데죠? 힘들 거라고는 생각했지만, 그 정도일 줄은….
대장	대단하구만. 의뢰를 하고 기다리기는 했지만 큰 기대는 안 했어, 솔직히. 물건은 틀림없겠지?
동식	지시하신 그대로 했습니다만….
대장	했습니다만?
동식	다르더라구요. 말씀하신 거랑은.

대장	(말도 안 된다는 듯) 그게 무슨 소리야. 내가 골백번도 넘게 확인을 했는데.
동식	해보셨어요?
대장	할 수 있으면 내가 했지 뭐하러 자넬 쓰겠나?
동식	저는 분명히 시킨 대로 했습니다. … 그러니까 17번째 문을 따고 들어가서 오른쪽으로 17보. 왼쪽으로 17보. 다시 오른쪽으로 17보. 거기서 멈춰서 손을 쭉 뻗으면 보이지 않는 버튼이 손에 닿는다. 그리고 그걸 누르면 비밀의 방이…. 분명히 그렇게 말씀하셨잖습니까?
대장	근데?
동식	저 분명히 그대로 했거든요. 문을 딱 열고 들어가서….
대장	문을 딱 열고 들어가서?
동식	바로 돌았죠. 이쪽인가? 아니, 이쪽… 아, 이쪽이요. 맞죠?
대장	거기서 열일곱 발짝을 걸어야 돼. (성큼성큼 걸으며) 하나, 둘, 셋, 넷, 다섯, 여섯, 일곱, 여덟….
동식	그러니까요. (살금살금 걸으며) 하나, 둘, 셋, 넷, 다섯, 여섯, 일고….
대장	(돌아보고) 거기서 뭐하나?

동식 이게 작업할 때 제 보폭인데요. 특별한 상황이 발생하지 않는 한, 45.45센치.

대장 특별한 상황이 발생했을 땐?

동식 글쎄요. 재고 어쩌고 할 틈이 없어서.

대장 그렇구만…. 내가 자네 작업상의 특수성을 간과했어.

동식 (상자를 건네며) 확인해 보시죠.

대장 흠… (조심스럽게 상자를 열려다 감회에 젖어) 이 물건이 거기 있다는 정보를 입수한 게 꼭 3년 전 일이야. 흐… 3년 동안 얼마나 마음 졸이고 애달아했던지….

동식 이게… 뭐죠? 보관돼 있던 장소도 그렇구, 약속하신 비용도 그렇구….

대장 그만한 가치가 있는 물건이지. 아니, 그만한 가치 이상 아니, 아니 돈으로는 그 가치를 따질 수 없는 물건이야.

동식 저한테… 의뢰하실 때는 그런 얘기는 안 하신 거 같은데….

대장 그런 얘기를 꼭 해야 하나?

동식 당연히 하셨어야죠. 어떤 물건이냐에 따라 비용이 얼마나 달라지는데….

대장 계약은 계약이야.

동식	뭐 계약은 계약이죠.
대장	(상자를 열려다가) 하… 이게 어딘가에 존재한다는 걸 알고는, 반드시 손에 넣어야겠다고 결심하는데 꼭 7년이 걸렸더랬지.
동식	뭔데요, 그게?
대장	너무 깊이 알려고 들지 말게. (상자를 열려다가) 그 어마어마한 비밀을 풀 열쇠가 어디엔가 반드시 있다고 확신하는데, 그 전 12년이 걸렸어.
동식	(답답하다) 그니까 그게 무슨 비밀인데요?
대장	문제를 하나 내지. 내가 이 안에 들어 있는 물건에 의문을 품었을 때부터, 지금 손에 넣기까지 걸린 총 기간이 몇 년이지?
동식	맞히면 그게 뭔지 가르쳐 주시는 거죠?
대장	물론.
동식	22년!
대장	땡.
동식	에?
대장	이걸 손에 넣을 수 없으리라고 지레 포기했던 2년을 빼먹었어.
동식	그건… 말씀 안 하셨잖아요.
대장	그 정도는 염두에 뒀어야지. 정말, 정말 신중하게

다뤄야 할 비밀이야. 이렇게 경솔한 자네가 그 비밀을 알게 됐다간 틀림없이 어마어마한 혼란이 일어날 게야. 왜 그러나? 언짢아 보여.

동식   저 지금 굉장히 피곤하거든요. 얼른 가서 쉬고 싶은데 잔금 좀….

대장   이 사람아, 물건 먼저 확인을 해야지. (상자를 열려다가 문득 허기를 느껴) 허… 밥 먹은 지 얼마나 됐다구. 잠깐만….

대장이 방으로 간다.
동식이 궁금증을 못 이겨 상자를 열어보려는데 포장이 단단해서 잘 열리질 않는다.
기척이 들리고 대장이 나온다.
대장의 눈가 다크 서클이 한층 짙어졌다.
동식은 얼른 저쪽으로 자리를 피한다.

대장   어디 가나?

동식   아… 혼자 있을 때 누가 나타나면 저도 모르게 본능적으로….

대장   직업병이구만. 이리 와서 앉아.

동식   … 제가 알면 안 되는 비밀이라면서요.

대장	누가 자네한테 비밀을 알려 준대? 그냥 옆에서 지켜보라는 거야. 이건 역사적인 순간이라네. 국정교과서에 실릴 만한 순간이지. 조금만 늦었어도 인류의 운명은… (상상하기도 싫다는 듯 고개를 젓는다) 이리 오게.
동식	… 됐습니다.
대장	(버럭) 역사를 외면하겠다는 겐가!
동식	역사가 저를 먼저 외면할 걸요?
대장	… 역사를 아는 친구로군….

대장이 상자에서 내용물을 꺼낸다.

상자 속에 상자, 그 상자 속에 또 상자가 있다.

그리고 그 속에서 빛바랜 편지가 나온다.

대장	오… 오… 오….
동식	의뢰하신 물건이 맞습니까?
대장	자네 알고 있나? 자네가 얼마나 어마어마한 일을 해낸 건지. 오, 오….
동식	감격하고 계신데 죄송하지만, 물건이 틀림없다면 잔금 좀….
대장	(뭔가를 찾다가) 근데 이게…. (방으로 간다)

동식   어디 가세요?

대장   잠깐만 기다려.

동식이 얼른 편지를 들고 빠르게 살핀다.

잠시 후에 대장이 나온다.

다크 서클이 더 짙어졌다.

동식은 잠시 갸웃하지만 대수롭지 않게 넘긴다.

대장   자네가 한 번 큰소리로 읽어보게.

동식   예?

대장   안경이 어디 갔는지 안 보여서 그래.

동식   제가 알면… 큰 혼란이 벌어진다면서요?

대장   혼란이 두려운가?

동식   그야… 네. 저로 인해서 혼란이 오는 것도 싫고, 그
거 때문에 제가 혼란스러워지는 것도 싫습니다.

대장   자네 직능적성검사는 해봤나?

동식   … 적성에는 안 맞는데, 재주가 너무 아깝다고 하도
주변에서….

대장   흠… 뭐 어쨌거나 걱정 말게. 이걸 본 사람은 무수
하게 많아. 하지만 여기에 어떤 비밀이 숨겨져 있는
지 알만한 인간은 나까지 쳐도… (손을 펴 보인다. 2,

3번째 손가락이 붙어 있고, 4, 5번째 손가락이 붙어 있다) 꼭 이렇게밖에 안 된다네.

동식   그게 몇 명이라는 거죠…?

대장   (자기 손을 보고 갸웃거리다) 뭐 어쨌거나… 자네는 봐도 무슨 뜻인지 알 수 없다는 얘기야.

동식   만약 제가 알아보면요?

대장   그럴 일 없대도 그러네.

동식   이거 감이 영 안 좋은데….

대장   어서.

동식   '안녕. 잘 지내지?' 무슨 편지 같은데요?

대장   (계속 읽으라는 손짓)

동식   '얼마 전부터 바깥출입을 삼가고 있다. 물론 그거 때문에. 솔직히 말해서 너 꽤 웃었지? 용서할게. 넌 내 동생이니까.' 형이 동생한테 보내는 편지네요.

대장   놀랍군. 굉장한 추리력이야. 하지만 잠시 머리를 비우고 읽기만 하면 안 되겠나?

동식   뭐…. '나 요새 힘들다. 괜히 그랬어. 그러지 말걸. 내내 후회했다. 굉장히. 굉장히. 그땐 몹시 흥분한 상태였어. 그래서 저질러버린 거야. 그걸 보내자마자 너한테 바로 편지를 보냈었어. 돌려보내라고. 근데 편지가 되돌아왔더라. 네 주소란에 내 주소를 썼던 거야. 다시 보내려다 말았어. 그런 생각이 들더라. 이건 운명이야. 그리고 이런 생각도 들더라. 어떻게 해도 후회하겠지. 어떤 선택에도 후회는 따를 거야. 분명히, 분명히…. 근데 어느 쪽이 후회가 더 클까? 그건 모르겠다. 그래서 말인데, 미안, 너한테 모든 걸 맡기기로 했어. 나 때문에 늘 고생하는 너한테 또 떠맡겨서 정말, 정말 미안. 너라면 아주아주 현명하게 처리하리라 믿어. 왜냐면 넌 현명하니까. 이만 줄일게. 내가 얼마나 너를 사랑했고, 사랑하고 있는지 알았으면 좋겠다. 추신. 내가 전에 말한 그거 먹어봤니? 참, 히딩크 부인 아직 도착 안 했을라나?' (실망해서) 뭐야… 끝이야? 이게 무슨… 대장님. 대장님…?

동식이 편지를 읽는 동안, 대장은 서성대며 듣는다.
동식이 편지를 다 읽었을 때 대장의 모습은 한층 더 판다에 가까워졌다.

대장　　(감격해서) 확실하구만. 틀림없어. AP12년에 씌어진… 내가 무려 22년 동안이나 찾아 헤맨 바로 그 문서야.

동식	24년이라면서요.
대장	2년은 빼야지. 그동안은 잊고 지냈으니까.
동식	아까는 분명히….
대장	자네가 보기엔 어떤 내용인 거 같나?
동식	글쎄요….
대장	아마 감도 안 잡힐 걸? 누가, 언제, 왜 썼느냐, 그 퍼즐을 맞출 수 없다면 이 편지는 아무 의미 없는 휴지조각에 불과하니까.
동식	(기분이 상해) 그럼 저한테는 휴지조각이네요.
대장	그래도 무슨 내용인지 알고 싶지?
동식	됐습니다. 뭐가 적혀 있든 휴지는 휴지죠.
대장	솔직히 말해. 알고 싶잖아, 그치?
동식	… 무슨 얘기죠?
대장	됐네.
동식	….
대장	다 자네를 위해서야. 나도 한때는 자유롭게 살았다네, 남들만큼 누리고 즐기면서. 하지만 알아서는 안 될 것에 눈을 돌렸어. 그 대가는 결코 작지 않았지. (사이) 자네가 보기엔 내 꼴이 어떤가?
동식	(대장을 빤히 본다) 원래는 이렇질 않았는데…?
대장	어때. 그래도 알고 싶나?

동식	아뇨. 전혀. 저기… 잔금 좀….
대장	아, 그렇지. 잔금을 줘야지. 잠깐만… (일어나다가) 억!
동식	왜 그러세요?
대장	(배에 극심한 통증을 느껴) 아… 아….
동식	어디 안 좋으세요?
대장	배, 배가… 배가….
동식	배, 배요? 배가 어떻게 안 좋은데요?
대장	배고파….
동식	네? 아….
대장	뭐하나, 얼른!
동식	제가 뭘 어떻게…?
대장	전화… 전화… 전화기 어딨어!
동식	(전화기를 꺼낸다)
대장	(전화기를 낚아채 급하게 전화 건다) 거기 만리장성이 죠. 나, 장대장인데….
동식	대장님으로 유명하신가 보네.
대장	내 이름이야. 선친께서 지어주신 본명. 장대장. 내 동생은 장소장. 늘 장이 안 좋으셔서….
동식	아….
대장	어, 여기 삼선짬뽕 곱빼기 두 개….
동식	제 거도 시키시는 거예요?

대장	자네두? 그럼 세 그릇이요. 근데… 두 그릇은 파하고 고추, 배추, 청경채, 피망을 빼주세요. 아, 해물은 필요 없고… 잠깐, 잠깐…. 에… 면도 빼주세요. 네, 네. 그렇게… 빨리 좀 부탁합니다. (끊으면)
동식	그게.. 삼선짬뽕인가요?
대장	왜? 뭐가 어때서?
동식	이거저거 다 빼면 죽순밖에 안 남겠네.
대장	죽순 안 좋아하나? 죽순이 얼마나 맛있는데 그래. (소파에 길게 기대며) 무려 24년이야, 24년. 그게 얼마나 힘겨운 세월이었는지 자네는 상상도 못할 거야… (문득) 죽순? 죽순…? 죽순! (공포에 사로잡힌다) 이게… 이게… 아니, 아니, 안 될 말이야. 설마… 설마….

대장이 조심스럽게 모자를 벗는다.
판다의 귀가 드러난다.

동식	(놀라) 어….
대장	왜 말하지 않았나? 왜 말을 안 했어!
동식	모르셨어요…?
대장	하… 그래, 그렇지. 분명히 문을 잠갔었어. 내가

그걸 잊을 리 없지. 보안을 생명처럼 여기며 살아온 세월이 벌써 22년이야. 이런 나쁜 놈들… 나쁜 놈들….

동식   대장님… 괜찮으세요?

대장   (넋이 빠져서) 이럴 수가… 이럴 수가… 판다가… 판다가… 내가 판다가 되다니….

동식   원래는 이렇지 않으셨던 건가요?

대장   원래 이러면 판다지, 그게 인간이야!

동식   왜 저한테 화를 내세요?

대장   그럼 웃을까? 춤을 출까? 파티라도 열어? 아, 그 오랜 세월을 버텨왔건만, 마지막 열쇠를 손에 쥔 이 순간에… 이 내가… 장대장이… 판다가! 윽! (혼절한다)

동식   대장님. 대장님. 대장님~ 내 잔금! (암전)

2

로즈의 병원 진료실.
대장을 업은 동식이 숨을 헐떡이며 들어온다.

대장의 얼굴은 마스크로 가려있다.

로즈   무슨 일이죠? 사고라도 났나요?

동식   갑자기 쓰러지셨어요. (가슴을 부여잡고) 으윽, 이러 시더니….

로즈   보호자 분도 안색이 안 좋으세요.

동식   차가 안 잡혀서 업고 줄곧 뛰었거든요.

로즈   어디 좀 볼까요?

동식   계속 업고 있을까요?

로즈   아, 저쪽으로… (진찰대로 안내한다) 전에도 이런 적 이 있었나요?

동식   쓰러진 사람을 업고 뛰어다닌 적이요?

로즈   아뇨… 이분 이렇게 쓰러진 적이요.

동식   아… (진찰대에 눕히며) 글쎄요. 잘 모르는 분이라서 요.

로즈   (놀라) 모르는 분을 업고 뛰어 오신 거예요?

동식   아는 사람은 다들 튼튼해서 그럴 일이 없거든요.

로즈   대단하세요.

동식   오해 마세요. 그러지 않을 수 없어서 그렇게 한 거 뿐입니다.

로즈   (청진기를 대 보고, 맥을 짚어 보며) 그러지 않을 수 없다고 모두가 그러지는 않죠. 바이탈 사인은 정상이네. 곧 깨어나실 거예요. 반드시 그렇게 해야만 하는 일도 나 몰라라 하는 사람이 얼마나 많은데요.

동식   오해라니까요. 저요, 좋은 일이나 하면서 돌아다니는 그런 놈 아니거든요.

로즈   좋은 일하구 돌아다니는 게 나빠요?

동식   칭찬받으면 자꾸 하고 싶어질까 봐요.

로즈   아… 근데 이분 얼굴은 왜 이렇게… (대장의 마스크를 벗기려는데)

동식   스톱!

로즈   놀래라.

동식   잘 놀라는 편이시네.

로즈   아뇨, 전혀. 사람들이 가끔 놀라요. 제가 너무 안 놀라서.

동식   지금 놀랐잖아요.

로즈   환자를 보려는데 누가 옆에서 소리를 지를 때는 예외죠.

동식   안 되겠는데… 마스크를 떼기 전에 심호흡을 해두시는 게 좋겠어요. 이분, 보통 사람이랑은 다르거든요.

로즈   … 특별한 진료를 원한다는 말씀인가요?

동식	그래야 하지 않을까 싶은데….
로즈	(냉정하게) 병원을 잘못 찾아오셨습니다. VIP든, VVIP든 제 병원에서는 다 똑같은 환잡니다.
동식	아뇨, 진짜 다르거든요. 일단 보시고 나서….
로즈	대체 얼마나 대단한 사람이길래…. (조심스럽게 마스크를 벗기다가 놀라 멍해져서) 다르네….
동식	그렇다니까요.
로즈	모르는 판다를 업고 뛰어오다니… 정말 대단하세요. 하지만 병원을 잘못 찾아오셨어요. 동물병원은 옆 건물에….
대장	(깨어나며) 으… 으….
동식	정신이 좀 들어요?
대장	자네는…? 여기가 어딘가…?
로즈	(놀라) 판다가… 판다가… 들었어요? 판다가… 판다가 말을….
동식	봐, 잘 놀라면서.
대장	여전히 판단가…? (자기 얼굴을 감싸며) 꿈이 아니었어….
로즈	내 꿈인가?
동식	몸은 좀 어떠세요?
대장	됐어, 괜찮아…. 그보다 편지는?

동식	여기….
대장	챙겨 왔구만. 잘했어. 고맙네. (받으려는데)
동식	근데 이게 무슨 내용이죠?
대장	모르는 게 약이야. 이리 주게.
동식	잔금….
대장	나중에 줄게. 이리 줘.
동식	나중에 드릴게요.
대장	자네….
동식	계약은 계약이니까.
로즈	이게 어떻게 된 일이죠? 어떻게 판다가 말을….
동식	저도 이렇게 된 다음에야 봐서 잘은….
로즈	이렇게 됐다면… 원래는….
대장	(깊은 한숨과 함께) 바이러스야.
로즈	바이러스?
동식	바이러스였다구? 원래 사람 아니었어요?
대장	바이러스에 감염돼서 이 꼴이 됐다 이 소리야. 내가 바이러스였다는 게 아니라.
로즈	그러니까… 사람을 판다로 만드는 바이러스가 있다…?
대장	… 판다 바이러스라네.
로즈	판다 바이러스라니… 돼지 독감은 들어 봤어두…

118

	(핸드폰을 꺼내 자판을 누르며) 판다 바이러스를 아시
	나요…?
대장	자네 지금 뭐하는 겐가?
로즈	아는 사람 있는지 보려고, 트위터에….
대장	(핸드폰을 뺏는다) 이게 무슨 짓이야? 큰일 낼 친구
	로구만.
로즈	얘가 왜 이래?
동식	(신경질적으로 몸을 홰홰 털며) 이럴 줄 알았다니까,
	좋은 짓 하면 꼭 끝이 안 좋아.
대장	걱정 말게. 판다 바이러스는 접촉만으로는 감염되
	지 않아.
동식	… 믿어도 돼요? (로즈에게) 저기요… 괜찮아 보
	여요?
로즈	뭐가요?
동식	제 얼굴이요.
로즈	어머… 어쩌나… 그쪽은 제 취향이 아닌데….
동식	아니 그게… 거울이 어디… 아, 저기…. (거울을 보
	러 간다)
로즈	그런 게 진짜 있어? 의사 생활 10년이 넘었지만 그런
	바이러스가 있다는 소리는 들어본 적도 없어서….
대장	나는 인간 생활 70년이 넘었어.

로즈	진짜?
대장	왜? 안 믿겨?
로즈	너무 동안이시라… 죄송해요. 몰랐어요, 전혀. 정말 죄송합니다.
대장	됐네. 어때 이제 믿고 싶은 생각이 좀 드나?
로즈	나이 때문에요? 글쎄요 그건 좀.
대장	그래, 믿을 수 없겠지. 당연해. 하지만 여기 실체가 있지 않나. 판다가 된 인간이… 여기 있지 않나…. 하… 내가, 이 장대장이 판다가 되다니… 으윽!
로즈	왜 그러세요?
대장	으으윽….
로즈	어디가 안 좋으세요? 이리 누우세요.
대장	으윽….
동식	삼선짬뽕?
대장	삼선짬뽕… 짬뽕… 아… 짬뽕!
로즈	짬뽕 좋아하세요? 시켜드려요?
대장	아… 아냐… 안돼….
동식	왜요?
대장	… 먹고 싶지 않아.
동식	아까부터 배고파 하셨잖아요. 드세요.
대장	먹고 싶지 않아! 안 먹는다구! 안 먹겠다는데, 왜

자꾸….

로즈   그러세요, 그럼. 배가 고프면 그때 말씀하세요.

대장   왜 안 고파! 고파! 너무 고파서 정신이 하나도 없어. 너무 너무 너무 너무 너무 너무 배가 고파… <u>흐흐…</u> <u>으흐흐흐흑…</u>.

동식   우세요? 뭘 그런 걸 갖구….

대장   자네는 몰라. 판다가 돼보지 않은 자네들은 절대 몰라. 허기가 얼마나 지독한지. 이건 단순한 허기가 아니라 공포야. 속을 채우지 않으면 금방이라도 죽어버릴 것만 같아. 무서워. 온몸이 떨려….

로즈   (멍해져서) 어…. (저리로 간다)

동식   그러니까 드시라구요….

대장   … 그걸 먹으면 다시는 이전으로 돌아갈 수 없어. 나는 그걸 알아.

동식   안 먹으면요? 돌아갈 수 있어요?

대장   아 그러니까!

로즈   (메모지를 펼쳐들고 오며 읽는다) '이건 단순한 허기가 아니라 공포다. 속을 채우지 않으면 금방이라도 죽어버릴 것 같다. 무섭다. 온몸이 떨려온다.'

동식   (노트를 보고) 좀 전에 대장님이 하신 말씀이네? 언제 받아 적었어요?

로즈   저희 아빠가 남긴 메모예요.

동식   (놀라) 댁의 아버님께서 받아 적었어요? (주위를 둘러본다) 언제?

로즈   제가 인턴 때였어요.

동식   인턴 때? 야… 점점….

로즈   며칠 만에 집엘 갔더니 책상 위에 이게 남겨져 있었어요. 그리고 아빠를 다시는 볼 수 없었죠.

대장   저런….

로즈   저는 그런 것도 모르고 아빠를 얼마나 원망했는지… 하필 제가 한창 사춘기 때 그런 일을 겪어서….

동식   인턴 때였다면서요.

로즈   남들보다 조금 늦었어요. 사춘기가.

동식   아….

로즈   (울먹이며) 아빠가 다시 나타난다 해도 안 보겠다고, 아버지를 아버지라고 부르지 않겠다고, 밤마다 울면서 다짐하곤 했는데….

대장   알려지지 않아서 그렇지, 그렇게 희생된 사람들이 한둘이 아니라네. (동식과 로즈를 이윽히 보다가) 그래, 그렇군. 이제 때가 됐어.

로즈   무슨….

대장	조만간 PPP가 가동된다는 소문이야. 그렇게 되면 인류의 운명은⋯.
동식	PPP?
대장	내가 그 오랜 세월, 온 세상에 흩어진 퍼즐조각들을 찾아 헤맨 건 다 PPP를 막기 위한 일념에서였지.
동식	그게 뭔데요?
대장	마침내 그 마지막 조각을 손에 넣었어. 헌데⋯ 이 꼴이 되고 만 거야.
동식	(약이 올라) 그러니까 PPP라는 게 도대체⋯.
대장	이 사람 왜 이러나 얼굴이 벌겋게 달아서⋯.
동식	편지도 그렇고, 이거도 계속 운만 떼고, 뭘 물어봐두⋯.
대장	좀 기다려. 얘길 듣다 보면 저절로 알게 될 테니까.
로즈	그래요, 기다리세요, 좀.
대장	하필이면 오늘⋯ 자네들과 내가 지금 여기에 함께 있게 된 것이 단순한 우연일까?
동식	우연에 한 표.
대장	운명에 한 표.
로즈	나도 운명.
동식	(절망해서) 운명이구나⋯ (꿈틀) 하지만!
대장	운명에 맞서려고 하지 말게.

로즈	동의.
동식	(절망해서) 안 되는구나….
대장	난 이제 늙었어. 게다가 이 꼴이 돼버리고 말았구. 이제 물러나야 할 때가 된 거야.
동식	저기… 말씀 중에 죄송한데 이제 기력도 웬만큼 회복하신 거 같은데 잔금 좀….
대장	얘기 끝나면 어련히 주지 않을까.
동식	언제쯤….
대장	오래 걸리지 않을 거야. 지금부터 내가 밝혀낸 모든 것을 자네들한테 전해 주겠네. 그 전에 자네들이 치를 소정의 절차가….
동식	(슬그머니 나간다)
대장	이봐. 어이. 어디 가나?
동식	얘기들 나누세요. 바람 좀 쐬고 오겠습니다.
대장	거기 서!
동식	왜요?
대장	나는 20년이 넘는 세월 동안 저쪽에 한 번도 모습을 드러낸 적이 없어. 놈들은 그런 나를 찾아냈고, 게다가 가장 결정적인 순간에 공격을 가했지.
로즈	공격을 당해요? 누구한테요?
대장	그건 내 이야기 속에서 자연스럽게 밝혀질 거야. 지

금 중요한 질문은 '왜'야.

로즈   왜죠?

대장   왜냐? 놈들은 판다 바이러스가 세상에 알려지는 걸 막아야 했던 거야. PPP가 가동되기 전까지는.

로즈   저는 납득이 안 가는데요. 제가 그들의 입장이라면 어르신을….

대장   장대장이라고 부르게.

로즈   아… 대장님이세요?

동식   동생은 장소장.

로즈   누군지 장이 안 좋으셨나보네… 저는 로즈라고 합니다. (동식을 보면)

동식   저는 모르셔도 되는 놈입니다.

대장   그래서? 자네가 놈들 입장이라면?

로즈   저라면 이렇게 변한… 대장님이 돌아다닐 수 있도록 내버려두지 않았을 텐데요. 결과적으로 저도 그렇고, 이름을 몰라도 되는 저분도 그렇고, 판다 바이러스에 대해 알게 됐잖아요.

대장   내 얘기가 바로 그 소리야. 꽤나 영특한 친구로군.

로즈   아뇨, 누구라도 생각할 수 있는 문젭니다.

대장   이 친구는 몰랐어. 그렇지?

동식   모르셔도 됩니다.

대장	자네 때문이었어.
동식	저요? 제가 뭘요?
대장	놈들이 나를 끌고 가려는 바로 그 순간에 자네가 찾아온 거야.
동식	제가요?
로즈	그렇구나. 이름을 몰라도 되는 이 분이 대장님을 구한 거네. 거기다 업고 뛰어오기까지 하고….
대장	게다가 편지까지….
동식	그야 뭐….
대장	내가 몇 번을 말했나. 그 편지야말로 판다 바이러스의 비밀을 밝힐 마지막 퍼즐 조각이라고.
동식	(겁을 먹고) 저는… 모르고 한 일입니다. 뭔지 얘기 안 해줬잖아요. 무흅니다, 이건. 저는 아무것도 몰랐고, 그러니까 아무 짓도 안 한 거나 마찬가집니다.
대장	(단호하게) 알고 모르고는 중요하질 않네. 역사는 한 개인이 어떤 행위에 앞서 무슨 생각을 했는지 따위는 묻지 않아. 다만 중요한 것은 행위 그 자체지.
동식	저랑 역사는 서로 외면하는 사인데요.
대장	아니, 자네는 역사의 일부야. 원하든 원하지 않든 자네는 이 일에 깊이 연루돼 있어.

동식	말도 안 돼. 그게 무슨…. (문득 불안해져서) 그럼, 전 이제 어떻게 해야 하죠?
대장	둘 중 하나를 선택해야 하네. 하나는 판다 바이러스의 진실에 눈과 귀를 여는 것.
동식	열기만 하면 되나요?
대장	일단은.
동식	또 하나는요?
대장	또 하나는 판다 바이러스를 기억에서 지워버리는 것.
동식	(솔깃해서) 기억을 지울 수 있어요?
대장	판다 바이러스에 관한 모든 기억을 삭제한다면 놈들도 굳이 자네를 해하려 들지 않겠지. (주섬주섬 주머니를 뒤져 알약 두 개를 꺼내 양손에 하나씩 들고 보이며) 자, 선택하게.
로즈	그거 무슨 약 같은데… 노파심에서 드리는 말씀인데요, 약 좋다고 남용하거나, 약 모르고 오용해서는 안 됩니다.
대장	검증된 약이야. 남용할 일 없구.
로즈	성분 표시도 없는데… 무슨 약이죠?
대장	이걸(빨간약) 먹으면 판다에 대한 기억은 잊게 돼. 평범한 일상으로 돌아갈 수 있지. 이걸(파란약) 먹으면 진실에 눈을 뜨게 돼지. 하지만 평범한 일상의 세

계와는 이별을 고하게 되는 거야. 자, 준비됐나?

동식　좋습니다, 그럼. (약을 집으려는데)

로즈　잠깐!

동식　놀래라.

대장　왜 그러나?

로즈　저도 판다를 봤습니다. 판다 바이러스를 알게 됐구요. 이름을 몰라도 되는 이분도 오늘 알게 된 거 같은데, 저나 이름을 몰라도 되는 이 분이나 같은 조건 아닌가요?

동식　… 공동식입니다.

로즈　아, 예. 로즙니다. 저한테도 기회를 주십시오.

대장　자네 어디 딴 데 갔다 왔나? 원래 그러려고 했잖아.

로즈　아, 그렇습니까? 전 그런 것도 모르고….

대장　자, 선택하게.

로즈　(재빨리 파란 약을 고른다)

동식　이거 어쩌나…? 나는 선택의 여지가 없네?

대장　(파란 약이 가득한 약병을 꺼내며) 선택의 여지를 주지.

동식　아뇨… 한 번 칼을 뽑았으면 휘둘러는 봐야죠.

대장　두 사람 모두 결정에 만족하나?

동식, 로즈　예.

대장　(로즈에게) 쉽지 않은 길을 선택한 거야. 후회하지 않을 자신 있나?

로즈   예.

대장   (동식에게) 지금까지 한 일만으로도 자네는 상당한 인정을 받게 될 게야. 물론 지금이랑 다른 쪽을 선택한다면.

동식   됐습니다.

대장   인생을 바꿀 수 있는 기회야. 후회하지 않겠나?

동식   후회를 두려워하면 저 하는 일 못 합니다.

대장   알겠네. 선택은 온전히 자신의 몫이니까.

동식과 로즈가 약을 먹는다.

대장   문득문득 그런 생각이 들 때가 있어. 그때… 아, 그 얘기를 안 했군. 나도 자네들과 똑같은 상황을 겪었지. 내 앞에 두 개의 약이 놓였고 나는 그중에 하나를 선택해야 했어. 가끔… 아주 힘들고 외로울 때 말이야, 정말이지 부끄러운 얘기네만… 다른 선택을 했으면 어땠을까 하고 생각하곤 한다네. 그때 파란 약을 고를 걸 하고 말이지.

동식   빨간 약이겠죠.

대장   파란 약.

동식   빨간 약이요.

대장   파란 약이라니까.

동식   무슨 소리예요. 빨간 약이죠.

대장   무슨 소리야. 진실의 약이 빨간 약이야.

동식   … 조금 전에는 빨간 약이 기억을 지우는 약이라
        고… (로즈에게) 왜 아무 말도 안 해요?

로즈   이럴 수가… 판다가… 판다가 말을 하다니… 이봐
        요, 저만 들은 건가요? 판다가 말을 했어요.

동식   지금… 뭐 하는 거예요? 판다 바이러스잖아요….

로즈   판다 바이러스라니… 돼지 독감은 들어 봤어두…
        (핸드폰을 꺼내 자판을 누르며) 판다 바이러스를 아시
        나요…?

대장   (뺏는다) 뭐 하는 짓이야. 이거 아주 큰일 낼 친구
        로군.

동식   이건 뭐지…? 데자뷰?

대장   내가 늙긴 늙은 모양이야. 걸핏하면 깜빡깜빡이라
        니까.

동식   (약을 토해내려 구역질을 한다) 욱, 욱….

    그때 갑자기 조명이 꺼진다.

동식	뭐야. 정전인가?
로즈	잠깐만요…. (스위치를 조작해 보고) 이상하네… 관리실에서 정전된단 얘기 없었는데?
동식	아냐, 아냐. 지금 대낮이에요. 전기가 나갔다고 이렇게 깜깜해질 수는 없지. 여기가 지하도 아니고… 랜턴이나 양초 같은 거 없어요?
로즈	어딘가에 있긴 있는데….
동식	제가 찾아볼게요.
로즈	뭐 보여요?
동식	저는 깜깜한 쪽이 더 편합니다.

사이.

랜턴이 켜진다.

동식이 랜턴을 휙 돌리면 의문의 사내가 깜짝 놀란 얼굴로 서 있다.

하지만 랜턴 빛은 의문의 사내를 스쳐 로즈에게로 향한다.

대장은 보이질 않는다.

조명이 들어온다.

대장도 의문의 사내도 보이질 않는다.

| 동식 | 뭐야, 겨우 찾았는데… (랜턴을 끈다) 대장님. 파란 약 있죠? 그걸 먹으면… 대장님. 대장님…? |

로즈	대장님이 누구죠?
동식	화장실에 가셨나…? 대장님… 대장님….
대장	(목소리) 안 돼~ 안 돼~ 이거 놔~ 놔~
동식	대장님?
대장	(목소리) 이보게들 잊지 말게~ 인류의 운명이 자네들 어깨에 달려 있어~
동식	내, 내 파란 약. 안 돼~ (달려나가려다 머뭇댄다)
로즈	왜 그러고 있어요?
동식	… 제가 폭력을 좋아하지 않거든요.
로즈	폭력은 저쪽에서 쓰고 있잖아요.
동식	제가 특히 안 좋아하는 폭력이 그겁니다. 저쪽에서 쓰는 거.
로즈	아우 참…. (나간다)
동식	(머뭇대다가) 같이 가요.

3

대장의 집.

로즈가 거실에서 뭔가를 찾고 있다.

의문의 사내가 소파 끄트머리에 앉아 그녀를 보고 있다.

로즈가 문득 고호의 자화상을 본다.

의문의 사내가 그런 로즈를 유심히 본다.

로즈는 참아보려 애쓰지만 어떤 기억에서 연유된 슬픔이 그녀를 사로잡는다.

동식이 방에서 나온다.

동식   왜 그래요?

로즈   아, 아니에요.

동식   무슨 일 있어요?

로즈   … 엄마 없이 자란 제게 아빠는 아빠이자 엄마였어요. 우상이었고 친구였어요…. 아빠가 그렇게 된 줄도 모르고 얼마나 원망했는지…. 하필 제가 한창 사춘기 때 그런 일을 겪어서….

동식   아버님이 다시 나타난다 해도 안보겠다고, 아버지를 아버지라고 부르지 않겠다고, 밤마다 울면서 다짐하곤 하지 않았어요?

로즈   … 그걸 어떻게 알아요?

동식   그 입장이라면 누구라도 그랬을 거예요. 저라두요.

로즈   참 따뜻한 분이세요. 감사합니다.

동식   아뇨. 별말씀을…. 뭐가 좀 나와요?

로즈   아직… 방에는 뭐가 좀 있어요?

동식   (고개를 젓는다)

로즈   더 찾아봐요.

동식   틀렸어요. 이만큼 찾아서 없으면, 아무것도 없는 겁니다.

로즈   여기 온 지 10분도 안 됐어요. 그렇게 단정적으로 말하기엔 너무 이른 시간 아닌가요?

동식   그쪽이 제 전문분야거든요.

로즈   단정적으로 말하는 거요?

동식   숨어 있는 물건 찾는 거요.

로즈   그럼 그 재능을 발휘하세요.

동식   할 만큼 했거든요? 헛수곱니다.

동식이 고개를 돌리다 고호의 그림에서 멎는다.

그 눈빛이 자못 날카롭다.

의문의 사내는 마치 동식의 시선을 받은 것처럼 어색하게 고개를 돌린다.

동식이 그림으로 향하자 의문의 사내가 안절부절못한다.

동식이 액자 뒤로 손을 넣어 더듬는다.

의문의 사내가 기대감을 품고 동식을 지켜본다.

로즈   뭐해요?

동식   아뇨, 혹시나 해서…. (손에 묻은 먼지를 의문의 사내의 옷자락에 닦고는 그 곁에 털썩 앉는다)

로즈   뭐든 단서가 나오겠죠. 쪼끔만 더 찾아봐요.

동식   나올 거면 벌써 나왔지…. 사람들한테 물어보는 건 어떨까요?

로즈   누구한테요?

동식   뭐…여기 저기….

로즈   숱한 분들이 목숨 걸고 지켜온 비밀이에요. 왜 그랬을까요?

동식   왜 그런 건데요?

로즈   … 그럴만하니까 그랬겠죠.

동식   다른 사람들도 아는 게 낫지 않나? 자기도 모르는 새에 판다가 돼버릴 수도 있잖아요. 대장님도 그렇구, 그쪽 아버님도 그렇구….

로즈   이건 그쪽하고 저한테 맡겨진 임무예요. 당장은 힘들더라도 우리 힘으로 부딪혀 봐요.

동식   그러니까 뭐가 있어야… (문득) 맞다. 이거….

로즈   뭐죠?

동식   판다 바이러스의 비밀을 밝혀줄 마지막 퍼즐조각. 대장님의 행방을 좇는 데 도움이 될 수 있지 않을까요?

로즈 　그걸 왜 이제야….

동식 　정신이 없어서….

로즈 　아… (펴보고) 편진 거 같은데… 무슨 내용이에요?

동식 　글쎄, 저는 어렵더라구요.

로즈 　어디…. (눈으로 읽는다)

동식 　(같이 보려고 바싹 다가가 고개를 들이민다)

로즈 　(눈이 맞는다. 어색하다. 살짝 옆으로 앉으며 헛기침한다)

동식 　아… 되게 피곤하네. 모르는 판다를 업고 뛰어서 그
　　　　런가…. (일어나 기지개를 켜며 저리로 간다)

의문의 사내가 로즈에게 다가가 편지를 들여다본다.

로즈가 자리를 옮기고 헛기침을 해도 막무가내다.

그의 어깨가 떨리다가 울음이 터진다.

로즈 　저기….

의문의 사내 (흠칫 놀란다)

로즈 　왜…?

의문의 사내 (뒷걸음질 친다)

로즈 　왜 그래요? 뭐 문제 있어요?

의문의 사내 (후닥닥 퇴장한다)

로즈	이보세요, 여기요. 잠깐만요. (동식에게) 저 사람 왜 저래요?
동식	누구요?
로즈	아는 사람 아녜요? 아무 말 안 하고 있길래 나는 당연히….
동식	누굴 말하는 건데요?
로즈	지금 나간 사람이요.
동식	나가긴… 누가 나가요?
로즈	아까부터 조기 앉아 있던 사람 있잖아요.
동식	누가 앉아 있었는데요?
로즈	그만해요…. 지금이 장난칠 때예요?
동식	장난? 누가 할 소리를….
로즈	그러니까… 그… 제 옆에 딱 붙어 앉아 가지구, 이걸 이렇게 들여다보던 남자 있잖아요. 무슨 일인지 훌쩍훌쩍 울던….
동식	훌쩍훌쩍? 왜 그래요…. 아, 소름 돋은 거 좀 봐. (팔의 소름을 쓸어내린다)
로즈	진짜 못 봤어요?
동식	저요, 그쪽이 혼자서 중얼중얼하길래 그때부터 계속 무서웠거든요.
로즈	(갑자기 온몸에 소름이 끼쳐) 꺄악~

동식	왜요? 뭐가 또 나왔어요?
로즈	아뇨, 됐어요.
동식	(주위를 살피며) 뭐야 이거… 되게 찝찝하네.
로즈	보지도 못했다면서요.
동식	그쪽은 보기라도 했죠. 보이지도 않으면서, 소리도 없이 훌쩍대는 남자가 주위를 떠돈다고 생각해 보세요.
로즈	… 내가 낫네.
동식	(사이) 평소에 그런 걸 잘 보는 편이세요?
로즈	그런 남자가 그렇게 흔할 리가 없잖아요.
동식	그런가?
로즈	가만…. 그 남자 무슨 관계가 있는 게 아닐까요, 이 일하고?
동식	관계는 무슨 관계가 있겠어요? 그냥 떠도는 유령이지.
로즈	이걸 이렇게 넘겨다보면서 훌쩍거렸다니까요.
동식	왜요?
로즈	그러니까 하는 얘기잖아요.
동식	그러네…. 그럴 수도 있겠네…. 신원을 알아볼 만한 건 없었구요?
로즈	어떤…?

동식	뭐, 일테면… 여기(가슴) 신분증을 달았다든지….
로즈	못 봤어요. 그래도 다시 만나면 알아볼 수 있을 거 같애. 친숙한 얼굴이었거든요, 꽤.
동식	아는 사람? 그러니까… 유령이 되기 전에.
로즈	(고개를 젓고) 왜 그런 느낌 있죠…? 분명히 처음 보는 사람인데 오래전부터 알고 있는 거 같은 그런…. 모른다는 걸 알면서도 '어디서 봤더라…' 하고 자꾸 기억을 더듬어보게 되는…. (고호 초상화를 본다)
동식	왜요?
로즈	아뇨.
동식	편지는 다 봤어요?
로즈	뭘 모르겠다는 거죠? 이게 어려워요?
동식	아… (자존심이 상해) 나한테만 그런가…? 제가 의외로 가방끈이 그리 길지 않아서….
로즈	아….
동식	무슨 내용인데요?
로즈	형이 동생한테 뭔가를 보냈어요.
동식	아….
로즈	동생이 그걸 보고 웃을까 봐 걱정하고 있어요.
동식	그렇죠… 그리구요?
로즈	동생이 '그걸' 잘 처리할까 걱정은 되지만 믿고 맡겼

네요.

동식   그러니까… '그게' 뭐죠?

로즈   모르죠. 그건.

동식   네?

로즈   이 편지엔 누가, 언제, 왜 썼느냐가 나와 있지 않잖
아요. 그중에 하나라도 있으면 모를까….

동식   아… AB…? 아, AP! AP12년에 쓴 편지라 그랬어요.

로즈   AP? AD겠죠. Anno Domini. 우리말로 서기.

동식   (자신 없는) … AP라고 들었던 거 같은데.

로즈   그런 연호는 없거든요.

동식   그런가…? (짜증) 아, 그 양반, 이게 무슨 내용인지
힌트라도 줬으면 좀 좋아?

로즈   그렇게 될 줄 모르셨잖아요.

동식   모르긴 왜 모릅니까. 심지어 나한테 협박까지 했으
면서…. (불안해진다) 아… 그래… 그렇구나….

로즈   뭐가요?

동식   대장님이 왜 하필, 오늘, 놈들한테 공격을 받았을
까요?

로즈   왜요…?

동식   무려 22년, 혹은 24년 동안 찾아 헤매다가 겨우 손
에 넣었는데 하필 그날 판다가 돼버렸어요. 이게 우

연일까요? 나는 우연이 아니다에 한 표.

로즈   그놈들이 대장님을 줄곧 찾았겠죠. 그러다가 마침 오늘 찾아낸 거고. 우연이다에 한 표.

동식   (실망해서) 무승부네. 그렇게 쉽게 생각할 문제가 아니라니까요.

로즈   만약 이거 때문에 대장님을 판다로 만들고 또 납치까지 한 거라면 왜 이걸 놔두고 갔겠어요?

동식   그야 대장님이 품에 지니고 있다고 생각한 거죠. 너무 중요한 물건이니까. 안 되겠다. (라이터를 꺼내 편지를 태우려 한다)

로즈   뭐하는 거예요?

동식   아까 대장님이 그러셨거든요. 언제, 누가, 왜, 라는 퍼즐을 맞출 수 없다면 이 편지는 휴지조각에 불과하다고.

로즈   그래서요?

동식   짐만 되는 휴지조각 태워버리려구요. (라이터에 불을 붙인다)

로즈   이 사람이 정말. (편지를 빼앗는다)

동식   어쩌려구요?

로즈   어쩌려는 건 그쪽 아닌가요?

동식   이거요, 내용이 뭔지도 모르는데 위험하기만 한 물

건입니다. 유치원생들한테 맡겨진 폭탄이라고나
할까?

로즈　　그래서 폭탄을 태워버리겠다구요?

동식　　폭탄을… 태우면 되나요? 비유하자면 그렇다는 얘
　　　　기죠. 주세요.

로즈　　안 돼요. 지금 우리가 기댈 데는 이거밖에 없어요.

동식　　우리? 이건 제 일이거든요?

로즈　　이게 왜 그쪽만의 일이죠?

동식　　빨간 약을 먹은 건, 접니다.

로즈　　그게 무슨 큰 권리라도 되는 것처럼 말씀하시네요?

동식　　권리가 아니라 책임이 저한테 있다는 말씀입니다.

로즈　　유일한 단서를 태워버리는 게 책임 있는 행동인가요?

동식　　그야… 아우, 왜 약은 먹여가지구.

로즈　　권리도 책임도 없지만 저도 알고 싶어요. 그걸 알
　　　　아가는 길 끝에 아빠를 찾을 수 있는 단서라도 있다
　　　　면… 어느 정도 위험은 감수해요, 우리. 찾아보면
　　　　무슨 내용인지 아는 사람이 있겠죠.

동식　　(손가락을 펴 보이며) 그걸 알아볼 사람은 이만큼밖
　　　　에 없거든요?

로즈　　몇 명이라는 거죠, 그게?

동식　　대장님이 이렇게 하길래… 나만 못 알아듣는 건 줄

알았는데….

로즈 아무래도 좋아요. 찾아내야죠. 두 사람이 됐든, 한
사람이 됐든.

동식 그 전에 놈들이 우리를 찾아내면요?

로즈 그쪽에선 우리가 그걸 갖고 있든 아니든, 상관하지
않을 걸요?

동식 그놈들이 우리를… 판다로 만들까요?

로즈 그건 만난 다음에 물어봐도 늦지 않아요.

동식 (경이로운 눈으로 본다) 겁… 안 나요?

로즈 겁나요?

동식 …네.

로즈 저도 겁나요. 하지만 하지 않을 수 없는 일이잖아요.

동식 아… 어쩌다 이렇게 됐냐….

로즈 후회돼요?

동식 (울컥해서) 내가 후회할 일이 뭐가 있습니까? 원해
서 이렇게 된 게 아니잖아요. 왜 후회가 되겠어요?
그냥 분하고 억울하죠. 내가 왜 지금 여기서 판다
가 될지 말지, 보이지도 않으면서 훌쩍대는 남자가
주위를 떠도는지 어쩌는지, 불안에 떨고 있어야 되
느냐구요.

로즈 너무 괴로워하지 마세요.

동식	괴로운 걸요.
로즈	정 그렇게 힘이 들면….
동식	힘이 들면?
로즈	떠나시면 되잖아요.
동식	누군 그런 생각 안 해본 줄 알아요? 그러고야 싶죠. 내 맘대로 하자면 여기 오지도 않았습니다.
로즈	근데요?
동식	빨간 약을 먹었잖아요!
로즈	아….
동식	하…. (소파에 벌렁 눕는다)
로즈	방엔 진짜 뭐 없나…?

로즈가 방으로 간다.
편지를 들고 잠시 망설이던 동식이 방 앞으로 가서 기색을 살핀다.
그때 의문의 사내가 등장해서 동식을 따라간다.
동식이 조심스럽게 라이터를 꺼내 들고는 편지에 불을 붙이려는데 의문의 사내가 입김을 불어 꺼버린다.

동식	뭐야…. (다시 붙이면 다시 끈다) 어… 왜 이래? 불량인가? (다시 켠다. 꺼진다) 씨….
로즈	(방에서 나오며) 뭐야 당신.

동식	네?
로즈	지금 뭐하는 거죠?
동식	(자기한테 하는 말인 줄 알고) 아니 그… 아무리 생각해도 이게 너무 부담스러워서… 아, 부끄럽다.
로즈	(편지를 낚아채서 의문의 사내를 똑바로 보며) 당신….
동식	어? (로즈의 시선을 따라간다) 혹시… 보이지도 않으면서 훌쩍대는 그….
로즈	훌쩍대진 않아요, 지금은.
동식	뭐 하는데요?
로즈	이쪽을 쳐다보면서 뒷걸음질치고 있어요. 당신은 이거에 대해 뭔가 알고 있어요, 그렇죠?
동식	뭐래요?
로즈	아무 말도.
의문의 사내	(문을 향해 슬금슬금 뒤로 물러난다)
로즈	(따라가며) 뭔가 할 말이 있어서 온 거잖아요, 그렇죠? 알고 있는 게 조금이라도 있으면 제발 얘기해 주세요.
동식	뭐래요?
로즈	아무 말도.
의문의 사내	(문을 향해 돌아선다)
로즈	이봐요, 또 어딜….

동식	왜요, 어딜 가요?
로즈	가지 말아요. 잠깐이라도 얘기를….
동식	(로즈와 의문의 사내 사이에 끼어들어 양팔을 벌려 막는다)
로즈	뭐야, 무슨 짓이에요?
동식	못 가게 막아야죠.
로즈	뒤에 있어요.
동식	에? (돌아보면)
의문의 사내	(후닥닥 뛰쳐나간다)
로즈	나갔어요. 얼른 쫓아가요. (나가려다) 뭐해요?
동식	… 누구를 쫓는 일은 익숙하지 않아서… 저는 주로 앞에서 달리거든요.
로즈	(뛰어나가며) 이봐요, 이봐요~
동식	어이~ 어이~ 씨… 뭐가 보여야 말이지. (뛰어나간다)

4

동물원 판다 우리 앞.

동식과 의문의 사내가 나란히 뛰어들어온다.

둘 다 지쳤다.

동식   이 친구 이거 어디 갔지? 어이, 어이~ 여기 있어
             요? 여기 있어? 이거 뭐 보여야…. (뒤에 대고) 뭐
             야 이 사람은… 왜 안 와? 이봐요~ 이봐요~ 아우
             씨… 뭐야….

의문의 사내 (우리 앞에 앉아 동식을 지켜본다)

동식   어이, 어이…. (여기저기를 더듬다가) 에이 갔어도,
             벌써 갔지 아우….

동식이 의문의 사내 바로 옆에 철퍼덕 앉아 다리를 주무른다.

로즈   (목소리) 이봐요~ 뭐하고 있어요? 그 사람 지금 바
             로 오른쪽에 있어요.

동식   볼 수 있는 그쪽이 좀 알아서 하세요.

로즈   (목소리) 뭐해요? 손만 뻗으면 잡을 수 있어요.

동식   어이. 당신 거기서 움직이지 않을 거지?

의문의 사내 (슬그머니 일어나 퇴장한다)

동식   당신 아직 거기 있는 거지? 훌쩍이거나 뭐 그러고
             있는 건 아니겠지? 우리 인간적으로 놉시다. (자기
             옷소매를 잡아 내밀며) 여기 잡아요, 자….

로즈	저기, 저기…. (뛰어서 등장해서 바로 의문의 사내를 쫓아간다)
동식	뭐야…. (쫓아가려는데 로즈가 돌아온다) 왜요?
로즈	(두리번거리며) 분명히 여기까지는 봤는데….
동식	뭐 하다 이제 와요?
로즈	동물원에 입장료도 안 내고 들어와요? 걱정 말아요. 그쪽 거도 냈으니까. (입장권을 펼쳐 보인다)
동식	표가 왜 석 장이에요?
로즈	그 남자도 안 내고 들어가더라구요.
동식	아, 누가 본다구.
로즈	보이든 안 보이든 들어왔잖아요. 나랑은 안면도 있는 사이구. 근데 갑자기 어디로 사라졌지? (우리 안을 들여다보며) 혹시…. (놀라) …여기요.
동식	왜요?
로즈	저기 좀 봐요.
동식	있어 본들, 보여야 말이지… (우리 안을 보고는 놀라) 대장님…?
판다	(어슬렁대며 우리 너머에 나타난다)
동식	대장님… 대장님….
판다	(물끄러미 쳐다만 본다)
동식	대장님… 왜 아무 말 안 하세요?

로즈   (유심히 보다가) 아니다.

동식   네?

로즈   잘 봐요. 이 판다는 얼굴에 점이 있잖아요.

동식   … 분장한 거 아닐까요? 점 하나만 찍으면 흔히 못
        알아보잖아.

로즈   대장님은 얼굴이나 신체비율 같은 것들이 어중간했
        어요. 뭐랄까, 인간에 가까운 판다라고 할까, 판다
        에 가까운 인간이라고 할까…. 하지만 이 판다는 완
        벽해요. 우리가 흔히 봐왔던 바로 그 판다예요. 진
        짜 판다.

동식   그러고 보니 그러네….

판다   (느리고 묵직하게) 착각하지 말게.

동식   깜짝이야.

로즈   어머.

판다   자네들은 진짜 판다를 본 적이 없어. 자네들이 본
        녀석들은 모두 감염된 판다… 아, 아… 혹시 내 목
        소리 이상하지 않나?

로즈   말하는 게 이상하지, 목소리는 글쎄….

판다   말을 한 지가 하 오랜만이라 내 목소리가 귀에 설
        어. 아아. 하나, 둘, 셋. 하나, 둘, 셋.

동식   대장님… 맞죠?

판다	자네들 대장을 왜 여기서 찾나?
동식	에이, 왜 이러세요. (다가가서 작은 소리로) 이러고 계신데 이런 말씀 드리긴 좀 그렇지만… 대장님, 파란 약 아직 갖고 계시죠?
판다	파란 약이라면… 장대장? 장대장이… 당했나?
동식	대장님 아닌가?
로즈	대장님을 아세요?
판다	장대장도 당했어?
로즈	대장님을 아시냐구요.
판다	아니까 묻지!
동식	당하셨습니다.
판다	(충격) 그… 그렇게 되고 말았군…. 인과응보야.
로즈	네? 그게 무슨…?
판다	아, 실수. 놀람과 안타까움을 표현하려고 했는데… 하도 오랜만이라 어휘력이….
로즈	대장님하고는 어떻게….
판다	오랜 친구야. 하… 그래, 언제?
동식	아까 오전 중에….
판다	그렇군, 그래… 흠… 이로써 빨간 약의 동지들은 전멸인가….
동식	네? (절망하는) 아….

로즈	이봐요, 왜 그래요? 괜찮아요?
동식	괜찮을 리가 있어요?
로즈	힘들다는 거 알아요. 하지만….
동식	내버려두세요.
로즈	이럴 때일수록 힘을 내야죠.
동식	그쪽이 보기에 힘을 안 내도 되는 때는 어떤 땝니까?
로즈	그럴 때는… 글쎄요.
동식	난 있는데 딱 지금이거든요.
로즈	아직 판다가 된 것도 아니잖아요. 힘내세요.
동식	뭐 여쭤볼 게 있는데… 판다 생활은 좀 어떤가요?
판다	처음이 어렵지 적응만 되면 뭐 그럭저럭….
로즈	이봐요, 지금 뭐 하는 거예요?
동식	이왕 그렇게 될 거라면 미리미리 준비해 두려구요.
로즈	해볼 거 다 해보고 그래도 안 되면, 그다음에 준비해도 늦지 않아요. 참고로 우린 지금 아무것도 안 해봤어요.
동식	해 보면 뭐합니까. 어차피 정해진 운명인데.
판다	(로즈에게) 자네… 아, 아니야.
로즈	저한테 무슨 할 말 있으세요?
판다	별거 아냐. 말투나 생김새가 내가 아는 누군가랑 꼭 닮아서.

로즈	누구…?
판다	그런 사람이 있어.
로즈	누군데요, 그게?
판다	혹시….
로즈	혹시?
판다	요구르트를 아나?
로즈	(흠칫 놀라) 요구르트!
동식	그게… 이름이에요?
로즈	아빠는 요구르트에 굉장히 집착했어요. 세상 모든 문제의 해답은 요구르트에 있다면서….
판다	그랬지, 그랬어.
로즈	(울컥) 아빠….
판다	(창살에 딱 붙어서) 이렇게 보게, 이렇게. 어디 손 좀 잡아 봐도… 붕어빵이야. 그 친구 그렇게 국화빵을 좋아하더니…. (동식에게) 자네 뭐 하나?
동식	(철창을 살피며) 문을 열 수 있을 거 같아서요. 머리 핀 있어요?
로즈	없어요.
동식	(주머니를 뒤적거리며) 열쇠 대용으로 쓸 만한 게 어디….
판다	그러지 말구… 자네 발치께를 잘 보면… 아니, 그

152

옆에… 어, 그래 그거….

동식 (열쇠를 집어 든다) 이건…?

판다 하도 오래 안 써서 어떨지 모르겠구만. (열쇠를 받아 안쪽에서 철창을 열고 나온다) 흠흠. 이게 얼마만인가… 좋구만, 역시 자유의 냄새란….

로즈 그렇게 좋으면 나와 계시면 되잖아요.

판다 좋은 건 아껴야지.

로즈 … 아빠는 어떻게 되셨죠?

판다 어느 날 소식이 뚝 끊겼어. 그때가… AP127년이든가, 8년이든가, 하여튼 제 1차 판다사태가 나기 직전이었지.

동식 AP! (로즈에게) 들었어요? 그런 거 없다면서요? AP가 뭐죠?

판다 모르는 게 좋아.

동식 아니, 그게….

로즈 제 1차 판다 사태는 뭔데요?

판다 그, 그건… 누군가의 배신으로 빨간 약 동지들의 대부분이 한꺼번에… 나도 그때 감염됐고….

로즈 지금 그 말씀은… 저희 아빠가…?

판다 난 그런 말 한 적 없네. (사이) 차라리 잘 된 일이야. 그때 감염됐으니 망정이지, 요새 감염된 신참들은

TO가 없어서 주거문제가 적잖이 힘들다더군.

로즈　아뇨, 아뇨. 그럴 리가 없어요. 절대, 절대… 저희 아빠도 선생님처럼….

판다　이미 다 지난 일이야. 더 이상 왈가왈부하고 싶지 않네.

로즈　심증은 있지만, 딸인 저한테는 말하고 싶지 않다는 말씀인가요?

판다　집요한 친구로군. 영락없이 요구르트의 딸이야.

로즈　제 질문에 대답해주십시오.

판다　지난 일은 지난 일이야. 들춰봐야 묵은 먼지밖에 더 나오겠나.

로즈　선생님….

판다　언제 시작해서 어디까지 왔는지는 모르지만, 이 일에서 손을 떼게. 너무 위험해.

동식　솔직히 저도 그러고는 싶지만….

로즈　이봐요.

동식　대장님은 어떻게 되셨을까요?

판다　그만 하래두. 더 이상의 희생은 불가피하다네. 아니, 아니, 실수. 더 이상의 희생은 원하지 않아.

로즈, 동식　(동시에) 아뇨, 도와주셔야 합니다, 선생님. 아빠(대장님)를 찾아내야 합니다. (동식이 그녀에게 먼저 말하

라고 권한다)

로즈	아빠를 꼭 만나서 진실을 알아야겠습니다.
동식	(판다에게 다가가 귓속말로) 대장님을 만나서 파란 약을 꼭….
판다	잊게. 그냥 잊고 살아.
동식	그러니까 파란 약을….
판다	여기서 멈춰! (우리로 돌아간다)
동식, 로즈	선생님.
로즈	선생님. 정 그러시면 딱 하나만… (편지를 꺼낸다)
판다	그게 뭔… (깜짝 놀라) 아니 이, 이, 이건….
로즈	알아보시겠어요?
판다	알지 알다마다. 해냈구만. 드디어 해냈어. 하… 이걸, 이걸 손에 넣다니… 하지만 이걸로 과연 PPP를 막을 수 있을까?
동식	PPP!
로즈	알아요?
동식	대장님한테 들었어요.
로즈	뭔데요?
동식	저도 몇 번이나 물어봤지만…. (판다에게) 그게 뭐죠?
판다	모르는 게 좋아.

동식   아, 진짜. 내가 뭘 물어보기만 하면….

로즈   설마….

동식   설마 뭐요?

로즈   PPP에서 앞의 P는 피플, 중간의 P는 판다… 그러니까 사람들을 전부 판다로 만드는 프로젝트….

동식   그게 말이 되나. 어떤 놈이 무슨 이득을 보겠다고 그런 짓을….

판다   놀라운 직관이야. 역시 요구르트의 딸답군.

로즈   그렇군요….

동식   역시 가방끈이 중요하구나….

로즈   (편지를 건네받아) 그러니까… 여기에 PPP를 막을 방법이 있다…?

동식   (편지를 낚아챈다) 여기에? 여기 어디에?

판다   장대장의 판단이 맞다면… 아니다. 원래 그건 요구르트의 가설이었지.

로즈   아빠의 가설이요…?

판다   그렇다네. 판다 바이러스의 시작점에 연결된 편지가 있다…. 그리고 그 편지를 소유한 자가 세상을 구한다… .

로즈   세상을 구해요?

동식   (편지를 얼른 넘겨주며) 구하세요, 세상.

로즈	같이 해요, 우리.
동식	아우 저 같은 놈이 뭘….
로즈	이 편지는 언제, 누가, 왜 쓴 거죠?
판다	놀라지들 말게. 이 편지를 쓴 사람은… 고호라네.
동식	누구요?
로즈	고호? 빈센트 반… 고호?
판다	고호가 동생 테오한테 보낸 편지야.
로즈	맞다… 고호! 고호였어! 선생님, 저 고호를 만났어요.
판다	고호를 만나다니…?
로즈	(동식에게) 왜 있잖아요, 아까 그….
동식	누구? … 훌쩍훌쩍?
로즈	왜 제가 어디선가 본 거 같다고 했죠?
판다	고호가 인도를 했구만. 음… 알겠어. 이 편지를 이해할 수 있는 건… 나까지 포함해서 (손가락을 보여주며) 이렇게밖에 안되니까.
동식	그게 몇 명이라는 거죠?
판다	어? 이게 그러니까….
로즈	고호가 테오에게 대체 뭘 보낸 거죠?
판다	그렇지 바로 그거야. 요구르트의 딸다워. 단번에 핵심으로 치고 들어오는구만. 고호가 테오에게 보낸 건 바로… 윽!

로즈	왜 그러세요?
판다	으으윽….
로즈	어디가 안 좋으세요?
판다	배, 배, 배가….
로즈	배가 어떻게 안 좋은데요?
판다	배가, 배가, 배가 고파….
로즈	아….
동식	짬뽕?
판다	(구미가 당긴다) 짬뽕… 짬뽕… 아… 짬뽕! 아냐… 짬뽕을 기다리기엔 너무나 배가… 나 좀… (동식의 부축을 받아 우리로 간다)
로즈	선생님, 고호가 테오에게 보낸 물건이 뭐죠?
판다	그건… 고호가 테오에게 보낸 물건은… (놀라) 아니! 이, 이, 이럴 수가….
동식	왜 그러세요?
판다	다 어디 갔어. 다 어디 갔어! 다 어디 갔어….
동식	뭐가요, 뭐가 없어졌는데요?
판다	내 죽순… 내 대나무들… 내 죽순… 내 대나무들… (우리 안에 털썩 주저앉아 헐떡이는) 하… 하… 하… 놈들이야… 놈들이야….
로즈	놈들이요? 놈들이 누군데요?

동식	잠깐만요, 잠깐만 기다리세요. 제가 가서 구해올게요.
판다	가.
동식	네?
판다	가.
로즈	선생님.
판다	가!
동식	선생님.
판다	가! 가라구, 가… 제발… (흐느낀다) 안 그럴게. 안 그럴게. 아무 말도, 아무 말도 하지 않을게. 이대로, 이대로 지낼게. 이대로, 이대로… 배고파… 배고파… 배고파….

암전.

5

대장의 집.

의문의 사내가 액자에서 고호의 자화상을 빼내 소파 등받이에

걸쳐 놓는다.

하지만 위치가 마음에 들지 않는다.

소파 바닥에 놓아보지만 마찬가지다.

그림을 어디에 놓을까 고심하는데 인기척이 들린다.

의문의 사내가 허둥대며 문밖으로 나가려다 그림을 든 채로 방

으로 피신한다.

동식과 로즈가 주위를 살피며 조심스럽게 등장한다.

방에서 달가닥 소리가 들린다.

동식은 그대로 달아나고, 로즈가 살피러 간다.

잠시 후 동식이 다시 들어온다.

동식   뭐해요?

로즈   쉿.

동식   (잡아끌며) 누가 있는 거 같아… 얼른 가요….

로즈   확인해 봐야죠.

동식   슛, 조심해야지. 세상 구해야 할 사람이….

로즈   (팔을 빼며) 잠깐만요….

동식   저기요. 제가 가볼게요. 만약 뭔 일 생기면 앞뒤 보

          지 말고 뛰어요.

로즈   같이 가요.

동식   백 미터 몇 초?

로즈	19초 F.
동식	나가 있어요. (도둑걸음으로 주위를 살피며 방으로 간다)
로즈	조심해요.
동식	쉿!

로즈가 조심스레 실내를 살피다가 액자를 보고 놀란다.

그녀가 액자로 다가간다.

그때 의문의 사내가 방에서 조심스럽게 나오다가 동식과 맞닥뜨린다.

의문의 사내는 놀라 경직된다.

하지만 동식은 그를 볼 수 없다.

방 안을 엿보고 돌아서던 동식이 의문의 사내가 들고 있던 그림을 본다.

동식	됐어요. 아무도 없네. 근데… 이게 왜 공중에… (그림을 잡자 의문의 사내는 방으로 들어간다)
로즈	뭐가 달라졌는지 알 거 같아요. (빈 액자를 가리키며) 그림이 없어졌어요.
동식	이거요?
로즈	그게 왜 거기….
동식	여기 공중에 떠 있더라구요.

로즈   말도 안 돼… 그림이 어떻게 공중에.

동식   진짜요. 이게 여기 이렇게… (공중에서 놓는다. 떨어
         진다) 좀 전에는 분명히… 피곤해서 헛걸 봤나? (소
         파에 가서 푹 엎어진다)

로즈   (그림을 살피며) 좀 쉬세요.

동식   잠깐만 이러고 있을게요. 어제부터 한숨도 못 잤
         더니….

로즈   (문득 그림에서 뭔가를 느낀다) 아빠가 사라진 게 AP
         127년이면.. 지금은 AP 136년… 편지가 몇 년에
         쓰여졌다 그랬죠?

동식   12년이요….

로즈   136에서 12를 빼면 124… 2013년에서 124를 빼
         면… 1889… 1889…?

   의문의 사내가 살그머니 나와 로즈를 살핀다.
   처음에 멀찍이서 살피던 그는 점점 대범해져서 로즈의 바로 뒤
   까지 다가온다.
   동식이 벌떡 일어나다가 의문의 사내와 눈이 맞는다.
   의문의 사내는 일순 얼어붙지만 동식은 그를 못 본다.

동식   저기요.

로즈   네? (돌아본다)

의문의 사내가 잽싸게 로즈의 시선을 벗어난다.

그리고 다음 상황이 진행되는 동안, 로즈의 뒤 혹은 동식의 뒤로 옮겨 다니며 로즈의 시선을 피한다.

로즈   왜요?

동식   보이지도 않으면서 훌쩍대는 그 유령 여기 없어요?

로즈   고호? 고호가 왔어요?

동식   나야 모르죠. 느낌이 좀 이상해서… 머리맡이 영 썰렁한 게….

로즈   (휙 돌아본다. 의문의 사내는 놀라서 휙 따라 돈다. 실내를 찬찬히 살핀다) 없어요. 방에 가볼까요?

동식   됐어요. (그림 앞으로 가서) 근데 이게 왜 공중에….

로즈   … 이거예요.

동식   네?

로즈   고호가 테오에게 보낸 물건이요.

동식   이게요?

로즈   이걸 그린 시기랑 편지를 쓴 시기가 같아요. 1889년. 게다가 내용도…. (편지를 꺼내) 들어 봐요. '나 요새 힘들다. 괜히 그랬어. 그러지 말걸. 내내 후회했다. 굉장히. 굉장히. 그땐 몹시 흥분한 상태였어. 그래서 저질러버린 거야.' 어때요? 알다시피 이건 고호의 귀를 자른 자화상이에요.

동식 　귀를 자른 자화상이요…?

로즈 　몰랐어요?

동식 　에이, 아닌데… 줘봐요. (편지를 받아 읽는다) '솔직히 말해서 너 꽤 웃었지? 용서할게. 넌 내 동생이니까' 동생이 아무리 막돼먹은 놈이라도 그렇지. 형이 그 꼴이 됐는데 웃어요? 배다른 동생인가…?

로즈 　저도 그 점이 걸리긴 해요.

동식 　배다른 동생이라는 게?

로즈 　테오는 고호에게 단순한 동생 그 이상이었어요. 동생이자, 친구이자, 보호자이자 절대적인 후원자였죠.

동식 　근데요?

로즈 　왤까…? 왜 고호는 테오가 웃을 거라고 생각했을까…?

동식 　이 그림이 아닌 건 아닐까요?

로즈 　아뇨. 이거예요, 틀림없이. 이 그림엔 뭔가 있어요. 어쩐지 처음부터 마음에 걸렸어….

동식 　육감?

로즈	아빠 방에도 늘 이 그림이 걸려 있었어요….
동식	아….
로즈	(그림을 들여다보다가) 아빨까요…?
동식	고흐가요?
로즈	배신자요.
동식	아… 아직도 그거 생각하고 있어요?
로즈	아빠 그럴 사람이 아니에요. 저는 믿어요.
동식	그럼 됐네.
로즈	믿어요, 믿는데….
동식	(사이)… 잊어요. 잊어버려요.
로즈	어떻게 잊을 수가 있겠어요?
동식	지난 일이잖아요, 벌써 오래전에. 솔직히 아버님이 배신을 했든 안 했든 그 결과를 바꿀 수 있는 것도 아니고. (어깨가 축 처진 로즈가 안쓰럽다. 어깨를 다독이려 손을 드는데 망설여진다. 주춤거리다가 손을 내리며) 힘내요. (로즈가 못 들었다) 힘내요. (못 들었다) 힘내요!
로즈	(생각에 잠겼다가) 네?
동식	아, 아뇨….
로즈	고마워요.
동식	네? 아… (서로 눈이 맞는다. 어색하다. 얼른 편지로

시선을 돌려) 테온가 뭔가 하는 동생은 그걸 먹었을라나…?

로즈　　네?

동식　　아뇨, 그냥… 근데 말예요. 귀를 자른 자화상이면 귀가 없어야 되는 거 아녜요? 코를 자른 자화상이면 코가 없어야 되구.

로즈　　붕대로 가려 놓은 거잖아요.

동식　　그러니까 웃기다는 거죠. 어차피 없는 건데… 그쪽이 '해바라기가 없는 정물'을 그린다면 해바라기를 안 그리겠어요? 아님, 붕대로 가려놓겠어요?

로즈　　동생한테 보낸다고 생각해봐요. 끔찍한 모습을 보여주기 싫었겠… 잠깐만… 이거(그림) 좀 들고 있어봐요.

동식　　왜요?

로즈　　(그림의 일부를 손바닥으로 가렸다 뗐다 하며 유심히 본다) 이건… 그러니까… 그렇지….

동식　　왜 그래요?

로즈　　알아냈어요.

동식　　뭐를요?

로즈　　동생 테오가 웃을까봐 걱정한 이유… 그래, 그거였어.

동식	뭔데요?
로즈	그러니까 그게요. (문득) 그건 그거고… 그래, 그거구나.
동식	(문득 불안해서 주위를 살핀다) … 뭡니까. 자꾸 말을 하려다 말고….
로즈	(편지를 꺼내들고 혼잣말로) 판다 바이러스의 비밀을 밝혀줄 열쇠라면….
동식	나도 좀 압시다, 혼자서 그러지 말구. 이봐요.
로즈	잠깐만요. (편지를 다시 읽는다)
동식	이봐요.
로즈	아, 아… 이건가? 이건….
동식	아, 이봐요!
로즈	에?
동식	테오가 왜 웃냐구!
로즈	지금 그건 중요한 게 아니에요. 지금 중요한 건 여기(편지)….
동식	지금 중요하고 중요하지 않고가 뭐가 그렇게 중요합니까. 전부건 일부건 나도 좀 알자구요. 세상은 그쪽이 구해요, 안 말릴게, 근데 나도 여기까지 같이 왔으니까 조금이라도 아는 게 있으면….
로즈	왜 그래요? 갑자기 왜 신경질을….

동식	신경질은 누가.
로즈	지금 내고 있잖아요.
동식	신경질이 아니구… 생각해봐요. 대장님도 그렇고 동물원 영감님도 그렇고 자기가 알고 있는 거 말 안 하고 뜸들이다가 갑자기….
로즈	저도 갑자기 사라져 버릴까봐 겁나요?
동식	누가 그렇대요?
로즈	(해사하게 웃는다)
동식	왜 웃습니까?
로즈	그분들은 저들에게 위협이 되는 존재들이에요. 하지만 저는… (불이 꺼진다)
동식	뭐야 이거. 오늘은 걸핏하면 정전… 설마… 이봐요, 어딨어요? 이봐요. 로즈… 로즈. 로즈~ 아, 진짜! 그러니까 얼른 얘길 하라니까!

6

다음 날.

비밀의 방.

벽에 고호의 자화상이 걸려 있다.

인간으로 돌아온 대장이 로즈가 잠든 침대 곁에서 앉아 있다.

의문의 사내가 등장한다.

그는 대장이 자신을 알아보는지 조심스럽게 확인한다.

대장은 그의 존재를 전혀 느끼지 못한다.

의문의 사내가 로즈에게 다가간다.

로즈가 깨어난다.

의문의 사내가 화들짝 놀라 대장 뒤로 숨는다.

대장   오, 이제 깼나? 그런 얼굴 하지 말게. 지금까지 꿈
       꾼 거 아니니까. 자넨 붙잡혔고, 여긴 놈들 소굴
       이야.

로즈   (불안해서 얼굴을 만지는)

대장   괜찮아. 감염되지 않았어, 아직은. (일어나며) 물 한 잔
       마시게. 한참을 자서 입에서 군내 꽤나 날 거야….

대장이 물을 따라주려 움직인다.

그 바람에 로즈와 의문의 사내가 눈이 마주친다.

의문의 사내가 주춤주춤 물러나다가 대장과 부딪혀 멈춘다.

로즈   당신이 누군지 알아요.

대장	(자기한테 하는 말인 줄 알고) 어?
로즈	이리 가까이 와요.
대장	그래, 그래. (의문의 사내와 대장이 같이 로즈에게 간다)
로즈	(짠하다) 그 오랜 세월, 혼자서 얼마나 외롭고 답답하고 고통스러웠을까….
대장	이, 이 사람이 갑자기 왜 그런… (목이 멘다) 뭐… 아, 이거 참. 음음. … 누가 알아주길 바랐던 건 아냐. 그런 짓이 벌어지고 있는 걸 알게 된 걸 어떡하나. 알면서 어떻게 외면해. 하지 않을 수 없었지. 하지 않으면 안 되는 일이니까….
로즈	(의문의 사내의 손을 잡는다)
의문의 사내	(흐느낀다)
대장	(손을 같이 잡고 흐느낀다)
로즈	그래요, 그 마음 알 거 같아요. 울어요, 후련해질 때까지.
대장	고맙…. (뭔가 이상해서 로즈의 눈길을 따라 의문의 사내를 본다. 보이지는 않지만 뭔가 있다는 걸 깨닫고 흠칫 놀라) 뭐야, 이거…. (주춤주춤 물러난다)
의문의 사내	(수줍은 듯 그녀에게서 떨어져 침대에 앉는다)
로즈	(그 곁에 앉으며) 빈센트… 맞죠?
의문의 사내	(고개를 끄덕인다)

대장   빈센트? 빈센트, 반, 고호!? 고호가 여기? (의문의
       사내 곁에 앉는다)

로즈   빈센트 당신은 판다 바이러스에 감염됐어요. 그리
       고 그 사실을 사람들한테 알리려고 했죠.

의문의 사내 (무겁게 끄덕인다)

로즈   (벽에 붙은 그림을 보고) 저건… 빈센트 당신이 그린
       그림이 아닙니다. 맞죠?

의문의 사내 (로즈를 의아한 얼굴로 보며 고개를 젓는다)

로즈   아, 물론 자화상은 당신 작품이에요. 하지만 당신이
       저걸 처음 그렸을 때, 붕대는 없었어요. 테오에게
       전해지기 전에 누군가가 손을 댄 거죠.

의문의 사내 (한숨과 함께 고개를 끄덕인다)

로즈   그때… 무슨 일이 있었던 거죠? (응시한다)

대장   이거 유령을 보는 거야, 나를 보는 거야? 어색해 죽
       겠구만.

로즈   말해 봐요, 망설이지 말구. (사이)

갑자기 조명이 꺼진다.
멀리서 사이렌이 울린다.

로즈   뭐야… 이젠… 유령까지? 안 돼, 안 돼… 어떻게 이

럴 수가 있어, 어떻게… 이 비열한 놈들아! 어둠 속
에 숨어 있지 말고, 나와! 나와서 정정당당하게….

사이렌이 그치고 조명이 들어온다.
의문의 사내는 그 자리에 있다.

로즈   뭐야, 난 또… 알고 싶은 게 많아요. 말해주실 수 있
          는 거죠? 어서 말해 주세요. 어서요.
대장   이거 참… 그냥 내가 대답해도 될까?
로즈   아시는 게 있다면.
대장   알지, 알다마다. (사이) 모든 일은 19세기 말, 유럽
          에서 시작됐어. 그때 판다를 처음 접한 유럽인들은
          그 생김새에 매료됐지.
로즈   그렇겠죠. 판다처럼 생긴 건 판다밖에 없으니까.
대장   그런데… 얼마 후, 판다의 생태에 관심을 보이는 사
          람이 나타났지. 바로 광산업자이자 미치광이 천재
          과학자, 니더마인이었어.
로즈   니더마인…?
의문의 사내 (깜짝 놀라 파르르 떤다)
로즈   괜찮아요. 괜찮아요, 빈센트….
대장   (두려움에 주춤 물러나며) 어… 흠….

로즈	계속하세요.
대장	광산업자에겐 골칫거리가 있었어. 광산업은 막대한 이익을 주었지만 언제나 일손이 부족했거든.
로즈	(끄덕이며) 이해해요. 워낙 힘든 일이었을 테니까.
대장	힘이 들기도 했지. 하지만 보다 중요한 이유는 따로 있었네.
로즈	… 그게 뭐죠?
대장	그땐, 누구나 원하는 일을 할 수 있었고, 일이 맘에 안 들면 언제든 떠날 수 있었지.
로즈	그런 시절이 있었어요?
대장	있었지, 암, 있었구 말구. 우리는 그때를 판다 이전의 세상이라고 부르지.
로즈	판다 이전의 세상…? (문득) 그렇구나, AP는… after panda… 판다 이후의 세상!
대장	(끄덕이고) 어느날 머리를 식히려 동물원을 찾았던 광산업자는 듣도 보도 못한 흥미로운 존재를 만났어.
로즈	판다?
대장	그는 몇 날 며칠을 계속 찾아와 판다 우리 앞에서 서성댔어. 그때 니더마인은 뭔가를 확인하고 싶었던 거야.

로즈	뭘를요?
대장	판다의 식생활.
로즈	판다의 식생활이 어때서요…?
대장	첫날, 광산업자는 판다에게 1++ 등급 소고기 등심 150그램과 흑돼지 오겹살 200그램을 제공했어.
로즈	각 1인분이네….
대장	광산업자는 판다가 그걸 어떻게 할까, 한순간도 눈을 떼지 않고 예의주시했지.
로즈	판다는 눈길 한 번 주지 않았을 거 같은데….
대장	그랬다네. 다음 날, 니더마인은 지역 경영인 만찬에서 몰래 빼돌린 푸아그라와 달팽이, 캐비어 등등의 최고급 요리들을 판다에게 넌지시 건넸어.
로즈	반응은 마찬가지 아니었을까요?
대장	그랬지. (사이) 이 미치광이 과학자는 다음날도, 그리고 또 다음날도… 판다 우리 앞에 모습을 드러냈고 산해진미로 유혹했지. 하지만 판다가 관심을 보이는 음식은 단 하나였어.
로즈	대나무… 맞죠? 판다의 주식은 그거니까.
대장	바로 그렇다네. 생각해 보게. 세상에 대나무만큼 부적절한 먹이가 또 있을까? 거칠고 딱딱한 데다 영양가는 비할 바 없이 형편없어. 그래서 판다는 쉴

새 없이 먹어야만 한다네. 잠시라도 쉬면 허기져서 죽어버릴 테니까.

로즈　　불쌍해라… 어쩌다 대나무 같은 걸….

대장　　만약 자기가 머물던 대나무 숲이 파괴되면 어떻게 될까?

로즈　　떠나면 되지 않나…?

대장　　떠나면 될까?

로즈　　아녜요…?

대장　　그러고야 싶지. 하지만 다음 숲에 도착하기 전에 판다는 죽고 말아. 왜? 대나무만 먹고 살았으니까.

로즈　　그러니까… 판다는 하루 종일 먹어대기만 하면서두, 다음 숲까지 갈 만한 체력도 비축하질 못 한다 이 말씀인가요?

대장　　왜 아니겠나. 판다의 그 비참한 습성에 주목한 광산업자는 그것이야말로 자신이 애타게 찾던 해결책이라는 걸 깨달았어.

로즈　　그게 무슨… 해결책이라는 거죠?

대장　　생각해보게. 영양 많은 먹이 다 놔두고 대나무만 찾는데다가, 아무리 힘들고 고달파도 떠나지 못하는 판다의 습성을.

로즈　　(차츰 깨닫는다) 아… 아… 아~ 일이 아무리 힘들고 대우가 아무리 형편없어도 광부들이 떠날 생각도 못 한다면….

대장 　니더마인은 그 길로 연구실에 자신을 감금했고, 얼마 후, 판다 바이러스가 세상에 그 모습을 드러냈지. 그리곤….

의문의 사내 　(고통스럽다)

로즈 　(의문의 사내의 어깨를 쓰다듬어주며) 광부들을 감염시켰군요….

대장 　그들이 최초의 희생자였다네. 물론 광부들만 희생됐던 것은 아니었지. 비록 미량이지만 바이러스가 비와 바람을 타고 온 세상에 퍼졌어. 그날 이후 세상은….

로즈 　AP…?

대장 　(끄덕인다)

로즈 　빈센트는 그때 그들과 함께 있었군요.

대장 　… 그때 고호는 아직 화가가 아니었어.

로즈 　알아요. 전도사였죠. 부임지는 벨기에의 보리나주에 있는 탄광이었구.

대장 　(끄덕이고) 고호는 테오에게 보낸 편지에서 그곳 광부들의 모습을 이렇게 묘사한다네. '이들의 하루치 급료는 꼭 하루 먹고 지낼 만큼이야. 이곳을 떠나고

싶어도 이 산속에서 나가는 동안 굶어죽고 말아. 그래서 아무도 이곳을 벗어나지 못한단다.'

의문의 사내 (그때의 광경이 떠오르는 듯 고통스럽다) 으….

로즈 빈센트는 언제 감염됐죠? 거길 떠날 때까지는 멀쩡했어요. 그림 공부를 위해 이곳저곳을 전전할 때까지두요.

대장 고호가 이곳저곳을 떠돌았던 건 그림공부를 위해서가 아니라네.

로즈 … 쫓기고 있었군요.

대장 비밀을 안고 광산을 떠난 유일한 인간이었으니까.

로즈 아….

대장 10여 년이 지난 어느 날… 그때 고호는 그림 동지인 고갱과 함께 프랑스의 남부 도시 아를에 머물고 있었지. 그곳으로 누군가 찾아왔어.

의문의 사내 으….

대장 때마침 고호가 고갱과 미술에 대한 견해차이 때문에 크게 다툰 직후였어. 고갱은 화를 내며 떠났고, 바로 그때 그자가 나타났지. 그리고는….

의문의 사내 (모자를 벗으려고 발버둥을 친다. 벗겨지지 않는다)

로즈 진정해요, 빈센트. 진정해요… 진정해요… 제가 도와 드릴게요. 제가….

로즈가 천천히 모자를 벗겨주고는 두건과 붕대까지 벗긴다.

의문의 사내가 부끄러운 듯 귀를 가린다.

로즈가 그 손을 잡아 내린다.

갑자기 조명이 꺼진다.

멀리서 사이렌이 울린다.

대장   왜 자꾸 이러나, 불안하게시리….

로즈   빈센트, 빈센트… 어디 있어요, 빈센트?

조명이 들어온다.

의문의 사내는 그 자리에 서 있다.

판다의 귀가 드러나 있다.

의문의 사내의 얼굴이 점점 밝아진다.

의문의 사내가 홀가분한 얼굴로 목례를 하고는 퇴장한다.

로즈   (대장에게) 시간이 많지는 않으시겠죠?

대장   어? 아니 뭐….

로즈   요점만 말할게요. (마치 탐정이 추리과정을 설명하는
       것처럼) 빈센트가 테오에게 보낸 편지에서 중요한
       건 그림 얘기가 아닙니다. 그렇죠?

대장   (당황) 어?

로즈	편지는 빈센트가 판다 바이러스에 감염되었다는 암시에서 시작하고 거기에서 끝나요. 하지만 빈센트가 감염됐다는 건, 공공연한 비밀이었습니다.
대장	그게 무슨 소린가?
로즈	여기까지 오는 동안 세 분의 판다를 알게 됐죠. 근데 그분들은 하나같이 저 자화상을 염두에 두고 있었어요.
대장	자네가 천운을 타고 났군. 그 엄청난 비밀을 아는 건 잘 해봐야…. (손가락을 펴려다 주춤한다)
로즈	처음엔 너무 막연했어요. 사전정보도 없고, 단서도 없고, 거기에 대해 말해줄 수 있는 분들은 갑자기 사라지거나 겁에 질려 입을 닫아버렸으니까.
대장	그래서?
로즈	할 수 있는 건 딱 하나였어요. 제가 알게 된 모든 전제들을 의심 없이 믿는 것.
대장	그래 어떤 전제들이 있던가?
로즈	첫째, 빈센트는 판다 바이러스에 감염됐다. 둘째, 빈센트는 그 사실을 그림으로 남겼다. 셋째, 편지는 판다 바이러스의 비밀을 밝혀줄 열쇠다.
대장	그렇지….
로즈	그리고 그림을 다시 봤죠. 문득 의문이 들더라구요.

귀를 자른 자화상인데 왜 굳이 붕대를 그렸을까. 귀를 안 그리면 되잖아… 하고 말이죠.

대장　　(감탄) 오….

로즈　　그러자 그 속에 숨어 있는 보다 중요한 진실이 저절로 떠오르더군요.

대장　　숨어 있는 진실이라….

로즈　　빈센트는 바이러스에 감염됐음에도 불구하고 완전한 판다가 되지는 않았다!

대장　　허… 정말 그걸 혼자 힘으로, 단 한 순간에 깨달았다는 말인가…?

로즈　　(으쓱) 바로 그 순간! 저는 또 하나의 사실을 깨달았습니다. 감염된 빈센트가 불완전하나마 인간으로 남았다는 사실 자체는 큰 의미가 없다. 편지를 쫓던 사람들은 이미 알고 있는 얘기니까….

대장　　그렇지. 음… 그래.

로즈　　저는 다시 편지에 매달렸어요. 그런데 어느 순간, 그런 생각이 들더라구요. '테오는 그걸 먹었을까?'

대장　　헉… 거, 거기까지 단숨에?

로즈　　빈센트는 편지 말미에 이렇게 썼습니다. '추신. 내가 전에 말한 그거 먹어봤니? 참 히딩크 부인 아직 도착 안 했을라나?' (사이) 고향 사람인 히딩크 부인과 함께 지내며, 그녀가 만들어 준 뭔가를 먹는 동안 빈센트는 무사할 수 있었어요. 하지만 그녀는 테오를 향해 떠났고 그러자 빈센트는 감염되고 말았죠. 면역성분이 아직 혈청에 남아 있어서 완전한 변신은 막았던 거구요.

대장 (감탄) 허….

로즈 빈센트는 편지를 통해 테오한테 이렇게 외쳤던 겁니다. '히딩크 부인이 도착하는 대로 그걸 먹어. 반드시 먹어야 해, 테오.'

대장 훌륭하군, 완벽해. 어쩌면 그 짧은 시간 동안 이렇게… 자네 같은 딸을 둔 아버지는 얼마나 자랑스러울까?

로즈 (당황) 네? 아, 아빠요…?

대장 자, 이제 말해주게. 고호가 말한 그게… 뭔가?

로즈 … 그걸 왜 저한테… 저한테 그걸 가르쳐주시려고 남아 계신 거잖아요.

대장 무슨 소리야? 내가 그게 뭔지 어떻게 알아서? 물론 이렇게 느닷없이 끌려오지만 않았어도 가능했겠지, 하지만….

로즈 끌려… 오다뇨…? 빈센트하고 같이 오신 거잖아요.

대장 같이 오긴 뭘 같이 와?

로즈   분명 제가 깨났을 때, 두 분이 같이… 빈센트 대신
        저한테 대답도 해 주시구.

대장   뭐가 있긴 있었나? 자네 혼자 중얼거리는데 얼마나
        무서웠다구.

로즈   제 눈엔… 이쪽이나 저쪽이나 다 똑같이 보여서…
        (경계하며) 누구세요?

대장   누구긴 누구야. 나야 나 장대장.

로즈   무슨 소리예요? 대장님은… 감염되셨는데….

대장   근데, 그게 뭐? 자네 왜 그러나…. (문득 자기 얼굴을
        더듬으며) 설마… 설마….

로즈   … 대장님 맞아요?

대장   빨리 말을 했어야지! 이 친구들이 아주 번갈아 가
        면서….

로즈   어떻게 된 거죠? 저절로 치유가 되신 건가요?

대장   (문득) 아뿔싸. 여기 도착하자마자 놈들이 제공하
        는 음료를 섭취했어. 그저 단순 접대음론 줄 알았
        건만….

로즈   그게 치료제였군요. 음료라 그랬죠? 무슨 음료죠?
        성분표시는 보셨어요?

대장   (입맛이 몹시 쓰다) 요구르트야….

로즈   (놀라) 네?

대장	요구르트 음료였어.
로즈	(허둥대는) 아, 네… 요구르트, 아… 그… (아버지 얘기일까 싶어 꺼려지지만 같은 이유로 생긴 호기심을 이길 수 없어)… 그러니까 빈센트의 판다화를 막아준 '그것'이 히딩크 부인이 만들어 준 특별한 요구르트라는 거죠?
대장	(끄덕이고) 톡톡 알갱이가… 터지는… 사과 맛… 요구르트야.
로즈	네?
대장	맛과 느낌을 표현하자면 그랬다는 말일세.
로즈	톡톡.. 알갱이가 터지는 사과 맛 요구르트…
대장	(허탈감에 빠져) 허허, 이렇게 되고 말았구만. 요구르트라니… 그 친구한테 또 지고 말았어. 평생을 뒤꽁무니만 보고 쫓아왔는데 마지막까지 완패야….
로즈	누군가… 요구르트일 거라고 예상하는 사람이 있었다는 말씀인가요?
대장	(깊은 한숨을 내쉬며 끄덕인다)
로즈	누구죠?
대장	누구라고 하면 자네가 아나?
로즈	아, 아뇨… 그분이 뭐라고 하셨는데요?
대장	(누군가를 흉내 내며) 당연히 요구르트지, 그럴 수밖

에… 고호의 조국, 네덜란드는 낙농업의 본고장이 아닌가.

로즈   아….

대장   그 소리 듣는 순간 눈이 번쩍 뜨이더군. 하지만 여기(머리)는 수긍하는데 여기(가슴)가 차마 따르질 않는 거야. 그 친구한테 또 지고 싶지는 않았던 거지. 말도 안 되는 소리 하지도 말라고 심하게 몰아붙였지.

로즈   (울음을 애써 참느라 어깨가 흔들린다)

대장   그렇잖아도 그 친구 하나뿐인 딸이 삐뚤어져서 몹시 힘들어하던 와중이었는데….

로즈   (울먹이며) 아, 아빠….

대장   (돌아보고) 그, 그게 무슨… 설마… 자네…?

로즈   제가 누군지 이제 아시겠어요?

대장   아냐… 아냐… 그럴 리가 없어. 난… 난… 아직 숫총각이야. 판다 바이러스에 내 인생 모든 것을 걸었어. 아빠라니… 아빠라니….

로즈   죄송합니다. 그 친구분은 그 후 어떻게 되셨죠?

대장   이게 누구 작품이겠나?

로즈   … 아빠?

대장   아니라니까. 그럴 수가 없다구. 난, 난….

로즈	아, 죄송합니다.
대장	후… 그 녀석이 나한테 복수를 한 거야… 이래도 아니라고 할래? 이래도? 나한테 그렇게 으스대고 있는 거라구. 그뿐인 줄 아나. 인간으로서 인간의 피눈물을 흘리면서 지켜보라는 거야. 앞으로 무슨 일이 벌어지는지.
로즈	치료제까지 개발된 지금… 무슨 일이 벌어진다는 거죠?
대장	그걸 몰라서 묻나?! 치료제가 나왔다는건, PPP가 임박했다는 얘기야, 이 헛똑똑이 아가씨야.
로즈	네?
대장	놈들은 오래전부터 판다 바이러스를 손에 쥐고 있었어. 이제까지 PPP를 미뤄온 이유가 뭐라고 생각하나?
로즈	….
대장	그러고 보니 자네는 니더마인이 그 후, 어떻게 됐는지 묻지 않았군.
로즈	네? 아….
대장	아직 늦지 않았어.
로즈	니더마인은 그 후, 어떻게 됐죠?
대장	좋은 질문이야. 광산업자에겐 천국 같은 날들이 펼

쳐졌지. 인부들을 관리하기 위해 미간에 세로줄을 새길 필요가 없었어. 판다가 된 광부들에겐 말라비 틀어진 대나무 몇 조각만 던져주면 그만이었으니 까. 그렇게만 해도 자기 권리를 주장하기는커녕 오 히려 쫓겨날까 전전긍긍, 삽과 곡괭이를 손에서 놓 지 못했으니까. 그런데… 어느 날 니더마인의 가슴 속에 욕망 하나가 잉태됐어. 그놈은 점점점점 자라 났고 그걸 감당하기에 탄광은 너무 작고 누추했지. 니더마인은 밖으로 눈을 돌렸어. 꿈을 꿨지. 온 세 상이 판다로 가득한 세상을…. 그 미치광이 과학자 는 다시 연구실에 자신을 감금했고, 엄청난 양의 판 다 바이러스를 배양했어. 하지만 마음이 너무 앞섰 지. 취급부주의로 그만 그 자신이 감염되고 말았던 거야.

로즈 그러니까… 알갱이가 톡톡 터지는 사과 맛 요구르트 는 순전히 니더마인을 위해서란 말씀인가요…?

대장 끝까지 인간으로 남아 있을 극소수의 니더마인들을 위해서지.

로즈 아냐… 그럴 리가 없어요. 그분은… 톡톡 알갱이가 터지는 사과 맛 요구르트를 개발한 사람 말이에요. 그분은 가난한 학자였어요. 박애주의자였구요. 아빠… 아니, 그분이 왜 그런 짓을….

대장   판다가 되었으니까. 판다는 아무것도 묻지 않는다네. 대나무 몇 조각을 쫓아 움직일 뿐….

로즈   아무리 그렇게 됐다 해도 그분은 결코 그럴 분이….

대장   오펜하이머는 원래 그런 사람이었을까?

로즈   오펜하이머? 원자폭탄의 아버지? 갑자기 그 사람은 왜…?

대장   수백만의 목숨을 한 번에 앗아갈 그 무시무시한 무기의 개발에 앞장설 만큼, 오펜하이머는 원래 극악무도한 인간이었을까?

로즈   오펜하이머도… 판다였어요?

대장   AP64년… 그러니까 1941년에 감염됐지. 히로시마에 리틀 보이가 떨어지자 그는 이렇게 중얼거렸어. '맙소사, 도대체 내가 무슨 짓을….' 그 친구는 그러면서 대나무를 우적우적 씹어댔지.

로즈   (고개를 저으며) 왜 이런 엄청난 얘기들을 저는 이제야 듣는 걸까요?

대장   감염된 직후, 오펜하이머는 탈출을 시도했어. 거리의 많은 시민들이 그 낯선 동물을 목격하곤 어리둥절해했지. 그러자 그 다음 날, 뉴욕 타임스와 워싱턴 포스트에 이런 기사가 실렸다네. '일본과 전쟁

중인 중국의 장개석 총통이 미국의 지원에 대한 감
사와 우정의 표시로 판다 한 쌍을 보내와… 그런데
동물원으로 이송 중에 수컷인 양양이 달아나는 해
프닝…'

로즈 판다 바이러스와 관련된 정보들은 줄곧 조작되고
    통제되어 왔네요… 빈센트의 자화상처럼….

대장 (무겁게 끄덕인다)

로즈 … 이러고 있을 때가 아냐. (돌아다니며 방안을 살핀다)

대장 어쩌려고?

로즈 (문을 두들기고 벽을 걷어차는 등 탈출을 모색한다)

대장 뭐하는 겐가?

로즈 뭐든 해야죠. 인류의 운명이 달린 문젭니다. 지금
    무슨 일이 벌어지고 있는지, 어떻게 해서든 세상에
    알려야죠.

대장 이 친구야, 답답해도 내가 더 답답하구, 속이 상
    해도 내가 더 상해. 자네는 이 모든 일을 속성으로
    마스터했지만 나는 여기까지 오는데 (손가락을 곱
    아보며) 24년 반인가…? 2년은 빼야지. 그래도 무
    려….

로즈 (문득) 빈센트… 빈센트… 빈센트!! 돌아와요, 빈센
    트~ 빈센트~

대장	헛수고 말게. 한풀이 다 끝낸 유령이 뭐가 아쉬워서 다시 오겠나.
로즈	해볼 수 있는 건 다 해봐야죠. 그래도 안 되면 더 해보고….
대장	그거… 누굴 생각나게 하는 말투로군….
로즈	빈센트~ 빈센트~

7

의문의 사내가 등장한다.

로즈	빈센트!
대장	뭐야… 그가 왔나?
로즈	빈센트…. (다가간다. 하지만 의문의 사내는 그녀를 지나쳐 그림으로 간다)
대장	지금 뭐 하고 있는데?
로즈	그림을 보고 있어요. (의문의 사내에게) 빈센트, 부탁이 있어요. 가시는 길에… 가시는 곳이 어딘지는 모르지만요, 공동식씨한테 어… 잠깐만요. (메모지를

찾아 거기에 뭔가를 쓴다)

의문의 사내가 그림을 떼어내서 응시한다.
그리곤 잠시 후 만족한 듯 고개를 끄덕이곤 그림을 벽에 건다.
그림은 원래의 자화상, 그러니까 붕대가 없고 그 대신 판다의
귀가 있는 자화상으로 바뀌었다.

대장   (놀라) 이게 어찌 된 일인가? 그림이 저 혼자 공중
          에….
의문의 사내 (퇴장한다)
로즈   잠깐만요, 빈센트. 잠깐만요. (의문의 사내에게 메모
          를 건네며) 그 사람한테 이걸 꼭 전해주세요. 꼭 해
          주셔야 해요, 꼭이요, 꼭….
의문의 사내 (메모지를 받아 퇴장한다)
대장   (바뀐 그림을 보며 감회에 젖어) 역사적인 순간이로
          군. 국정교과서에 실릴 만한 순간이야. 이 완벽한
          고흐의 자화상을 보기 위해 난… 내 젊음을, 내 인
          생 전체를 바쳤어… 결코 쉽지 않은 걸음이었어. 그
          래도 헛되지 않았군.
로즈   대장님. 무슨 소리 안 들리세요?
대장   소리? (귀를 기울인다)

동식	(나직하게 목소리만) 열다섯, 열여섯, 열일곱, 돌고… 하나, 둘…
대장	아니 저건….
로즈	그쵸? 그 사람 목소리 맞죠?

동식이 뛰어들어온다.

동식	(숨을 헐떡이며) 하아… 하아… 하이. 어, 대장님도 여기 계시네?
대장	얘기가 길어.
로즈	어떻게 된 거예요?
동식	여기 있을 거 같아서… 다른 덴 가 볼 데도 없구. (로즈를 이리저리 살피고) 다행이다. 아직 무사하시네.
로즈	고호는 만났어요?
동식	고호? 아, 그게 고호였구나… 메모지가 혼자 날아오더니 여기… (주머니에서 메모지를 꺼낸다)
대장	아, 이 사람아, 그걸 봤으면 되돌아 나갔어야지. 세상을 구할 인간, 딱 자네 하난데 뭐 할라고 여길 기어들어와, 기어들어오길.
동식	혼자 갈 수야 없죠. 여기까지 왔는데. 게다가 이쪽 (로즈)은 세상을 구할 사람이라….

로즈	저 혼자가 아니라, 같이 하기로 한 거죠.
동식	아뇨, 제가 무슨….
대장	이 안에 오글오글 모여서 세상을 잘도 구하겠다.
동식	이러고 있을 시간 없어요. 얼른 나가요.
대장	나가긴 어떻게? 다들 자네 같은 줄 아나? 경비가 이렇게 삼엄한데 한 번도 아니고 제집 드나들 듯, 그게 아무나 할 수 있는 일인 줄 알아?
동식	저도 걱정했는데 지난번보다 경비가 허술하더라구요. 다들 뭐가 그렇게 바쁜지 정신없이 왔다갔다, 왔다갔다….
대장	PPP다! PPP가 시작되려는 거야….
동식	경비들은 거의 따돌렸거든요. 여기도 불이 들어왔다 나갔다 했을 텐데?
대장	오~ 그래서 아까부터 깜빡깜빡… 아, 뭐 하나, 얼른 가야지.
동식	이쪽이요, 이쪽으로 오세요.
로즈	잠깐만요, 잠깐만… (귀를 기울인다)

달려오는 발소리가 들린다.

| 대장 | 뭐 하고 있나? |

동식	하나, 둘… 셋. 세 놈이에요.
대장	역시 전문가는 전문가로군.
동식	여기서 기다리세요. 제가 살피고 올게요.
로즈	공동식씨!
동식	네?
로즈	조심하세요.
동식	걱정 마세요. (가려다) 근데 그거 아세요? 그쪽이 제 이름 처음으로 불렀다는 거….
로즈	전에도 불렀던 걸로 기억하는데…?
동식	(당황해서) 어… 전 별 뜻 없이 그냥….
로즈	(고집스레) 전에도 불렀어요. 분명히, 몇 번이나.
동식	아, 예… 다녀오겠습니다. (뛰어나간다)

잠시 후 주먹을 날리고 맞고 쓰러져서 신음을 뱉는 소리가 연속으로 들려온다.

휙, 퍽, 쿵. 으~ 휙, 퍽, 쿵, 으~

로즈	들켰나 봐요. 어떡해요….
대장	오~ 저 친구 보기보다 세구만. 갈겨, 갈겨~

동식이 팔로 온몸을 감싼 채, 비틀거리며 등장한다.

로즈	왜 그래요? 다쳤어요?
동식	전에 말한 거 같은데 제가 폭력은 좋아하지 않거든요. 으~
대장	지금까지 자네 혼자 맞은 건가?
동식	저쪽은 안 되겠어요. 잠깐만요. (반대편으로 나간다)

획, 퍽, 쿵. 으~ 동식이 비틀거리며 등장한다.

동식	저쪽도 안 되겠어요. 으….
대장	그러기에 뭐하러 여기까지 와서는… 어쩔 거야, 이제.
동식	제가 일루 가서 놈들을 저쪽으로 유인할게요. 속으로 열을 세고 달려나가세요. 그냥 쭉 직선으로 달리면 됩니다.
로즈	당신은 어쩌려구요?
동식	걱정 안 하셔도 됩니다. 전 제가 알아서….
대장	… 열!
동식	하나부터 세셔야죠.
대장	속으로 셌어.
동식	천천히요.
대장	하나….

동식	그럼….
로즈	안 돼요. (팔을 붙든다)
동식	놔요. 서둘러야 돼요.
로즈	폭력, 좋아하지 않잖아요.
동식	맷집은 좀 있는 편이거든요.
로즈	겁도 엄청 많은 사람이.
동식	제가요? 사람들이 가끔 놀라거든요, 제가 겁이 너무 없어서.
대장	아랫도리를 그렇게 덜덜덜 떨면서?
동식	아, 이건 좀 피곤해서. 자, 갑니다. 아, 차차… 이거… (주머니에서 요구르트 두 개를 꺼낸다.)
로즈	이게… 뭐죠?
대장	경황도 없었을 텐데 웬 음료를 다… (뚜껑을 따서 먹고는) 이건… 톡톡 알갱이가 터지는 사과 맛 요구르트…?
동식	아세요?
로즈	그쪽이 이걸 어떻게…?
동식	지금 그거 설명할 시간 없습니다. 얼른 마셔요.
로즈	그쪽은요…?
동식	아… 전… 대장님이 계실 거라고 생각을 못 해서….
대장	자네 몫이었나?

동식 아, 예….

대장 그럼 그렇다고 미리 말을 하지, 이 사람아. 난 필요 없는데 괜히….

동식 네?

로즈 (의혹의 시선을 던지며) 어떻게 된 거죠? 어떻게 그쪽이 이걸….

동식 지금 이러고 있을 시간 없거든요? 자, 마음들 단단히 잡수시고….

로즈 (막아서며) 말해요. 어떻게 된 거예요?

동식 왜 이래요? 이러다 진짜 완전히 갇혀 버린다구요. 비켜요.

로즈 여기 끌려오기 직전까지 그쪽이랑 줄곧 함께 했어요.

동식 근데요?

로즈 그때까지 그쪽은… 판다 바이러스에 대해 거의 아무것도 몰랐어요.

동식 그래요. 그랬어요. 그래서요?

대장 그거 이상하군. 나는 22년 동안, 이게 뭔지를 알아내기 위해 안간힘을 다했어. 그러고도 내 힘으론 불가능했지. 이걸 어떻게 알아냈나? 이건… 어디서 어떻게 구했지?

동식   뭐야 지금… 제가 첩자라도 된다는 말입니까?

대장   왜, 찔리나?

로즈   그러고 보니 그것도 이상해….

동식   또 뭐가요?

로즈   판다 바이러스의 진실을 추론하는 과정에서, 제가 벽에 부딪힐 때마다 그쪽이 단서를 툭툭 던져줬어요.

대장   뭐야… 아까는 혼자서 다 알아낸 것처럼 말하더니….

동식   그랬어요, 제가?

로즈   그랬어요, 분명히. 지나가는 말처럼, 툭툭.

대장   뭔가 있어….

동식   근데요? 그게 뭐가 문제죠? 그거 반대라야 문제 되는 거 아닌가요?

로즈   (당황) 그, 그건… 중요한 건 그게 아니에요. 당신이 뭔가를 알고 있으면서도 숨겼다는 게 문제지.

동식   진짜 아무것도 몰랐다니까요. 아, 지금 이 상황에서 왜 이런 걸로… 제가 첩자라면 왜 두 분을 여기서 빼내겠다고, 여기저기 얻어터져가면서 이 짓을 하고 있겠습니까? 그것도 PPP가 막 시작되려는 이 시점에.

대장   흠… 그건 또 그래…. (로즈에게) 그렇잖은가?

로즈　그러니까 말을 하세요. 당신이 어떻게 톡톡 알갱이가 터지는 사과 맛 요구르트를 갖고 있는지….

동식　아 답답하네, 진짜. 그런 얘기는 나가서, 세상 구하면서 천천히 할 수도 있잖아요.

로즈　말해요, 얼른!

동식　… 할 수 없네. 짧게 말할게요. 그쪽이 그렇게 사라지고 혼자가 돼버리니까 난 아는 게 아무것도 없더라구. 고호가 뭐? 고호가 왜? 그러면서 이걸(머리) 계속 굴렸는데 난 그쪽처럼 아는 것도 없구, 논리적으로 이런저런 걸 꿰맞출 능력도 없구… 솔직히 거기서 딱 멈추고 도망가고 싶더라구요. 내가 뭘 했는지 본 사람도 없구, 아는 사람도 없구, 뭐 내가 어쩐다고 욕먹을 것도 아니니까.

대장　그런데 어째서?

동식　그러지 않을 수 없더라구요. 짧은 시간이었지만 같이 고생한 사람이 그렇게 사라져버렸는데 어떻게… 근데, 뭔가 하긴 해야겠는데, 뭘 해야 할지, 어떻게 해야 할지 엄두가 나야죠. 그래서….

대장　그래서?

동식　뭐… 두 분 다 그러면 안 된다고 했지만 그 방법밖에 없어서….

로즈	그 방법이라뇨…?
동식	인터넷이랑 트위터에 올렸죠. 판다 바이러스를 아는 사람 있냐구.
대장	뭐? 이 친구 아주 큰일 낼 친구야. 보나 안 보나 뻔해. 세상이 뒤집어졌지?
동식	아뇨, 전혀요. 그냥 조용하던데요.
대장	그래…? 하기야… 그걸 아는 사람들은 전부 판다가 돼버렸으니….
로즈	그래서요?
동식	안 되겠다 싶어서 동물원으로 달려갔어요. 가서 대장님 친구 분한테 사정사정해서 인터뷰를 찍어가지고 또 올렸죠.
대장	미쳤나? 어쩌려고 그런 짓을…. 우리는 뭐 그런 짓할 줄 몰라서 안 한 줄 아나? 섣불리 움직였다가 놈들한테 이용만 당할 뿐이야.
동식	마음은 급해 죽겠는데 물어 볼 데라곤 아무 데도 없구, 그럼 제가 뭘 어떻게 했어야 했습니까?
대장	쯧쯧쯧, 안 봐도 뻔해. 세상이 아주 뒤집어졌겠구만.
동식	아뇨, 동영상에 댓글만 몇 개 달리고는 그냥… '안녕 판다, 합성 쩌네. 싱크로율 100' 뭐 그 따위 것들만 잔뜩….

로즈	댓글 알바들이에요.
동식	아… 그럴 수도 있겠네….
로즈	그래서요?
동식	미치겠더라구. 시간은 자꾸 가구… 이러다가 정말 큰일 나겠다 싶어서… 동종업자 중에 해킹 천재가 있거든요. 그 친구한테 부탁해서… 포털 대문에 편지를 공개했습니다.
대장	뭐야! 그걸, 그걸… 내가 그걸 어떻게 찾아냈는데… 그걸 그런 식으로 허… 허… 이런, 이런….
로즈	계속하세요.
동식	얼만가 있다가 트윗으로 사진이 한 장 날아오데요. 아 나, 상황은 심각해 죽겠는데 그거 보구 웃겨 죽는 줄 알았네.
로즈	무슨 사진이었는데요…?
동식	고호 그림 있잖아요. 그걸 판다랑 합성해 놨더라구요. 그것도 귀만… 뭐 자기가 생각하기엔 원래 그림이 그거였다나? (벽에 걸린 그림을 보고) 어, 저기도 있네?
대장	(충격을 받아) 저걸 아는 사람은… (세 손가락 펴며) 이렇게밖에 안 되는데… 그게 누구야? 누구라고 하던가?

동식   신원은 안 밝혔구요, 오랫동안 혼자서 판다 바이러스를 연구해왔답니다.

대장   뭐?

동식   그때부터 멘션이 우르르 몰려들더라구요. 고호가 보리나주에서 감염됐다느니, 판다 바이러스는 니더마인이 만든 거라느니, 원자폭탄이 어떻구 장개석이가 어떻구… 처음엔 다 헛소리처럼 보였는데 가만 생각해 보니까 이게 한 줄로 쭉 꿰어지는 거라.

로즈   그러다가 톡톡 알갱이가 터지는 사과 맛 요구르트까지?

동식   그걸 제가 알아낸 건 아니고… 뭐 어쨌거나 그러다, 그러다… 이제 됐습니까?

대장   이럴 수가… 어떻게 이런 일이…. 24년 동안 나는 무슨 짓을 하고 있었던 거지…?

로즈   대장님…. (대장을 부축한다)

동식   자, 이제 진짜 갑니다. 열까지 세고 무조건 뛰세요.

그때 절도 있는 군화소리가 착착 들려온다.

우왕좌왕해보지만 그들은 이내 포위된다.

쿵쿵, 문을 부수는 소리가 들려온다.

동식	저쪽, 저쪽 문 잠가요. 아, 그러게 시간 없다니까! (내다보고) 완전 포위됐네. 다 틀렸어…. (짜증) 그거 안 먹고 뭐합니까. 빨랑….
로즈	제가… 아빠를 만나겠어요.
동식	아빠라면… 요구르트…선생님이요?
대장	그건 또 무슨 말인가…?
로즈	제가 요구르트 딸입니다.
대장	(놀라) 뭐야? 난 꿈에도 생각 못했어. 어떻게 그렇게 감쪽같이….
로즈	제가 아빠를 만나 설득해 보겠어요.
동식	아버님이 어디 계신데요?
대장	여기 어디 있겠지. 요구르트는 바로, 자네가 들고 온 요구르트의 개발자라네.
동식	저도 압니다.
대장	그래? (자책에 열등감이 더해져) 많이도 알아냈군, 그 짧은 시간 동안. 난… 난 대체… 하….
로즈	혹시… 이걸 아빠가…?
동식	제가 그걸 그 양반 말고, 어디서 구했겠어요? 아… 말하지 말라 그랬는데….
로즈	아빠를 만났어요?
동식	예.

대장	만난 건 둘째 치고… 그 친구가 그걸 자네한테 줬 다구…?
동식	자기를 반대했던 동료가 있었나 봐요. 본때를 보이려고 먼저 그 분한테 먹이고, 그 양반도 톡톡 알갱이가 터지는 사과 맛 요구르트를 드셨답니다. 그러자 문득 정신이 들었고, 선생님은 이렇게 중얼거리셨답니다. '맙소사, 도대체 내가 무슨 짓을….'
대장	맙소사, 도대체 내가 무슨 짓을….
로즈	아빠… 어디 계시죠?
동식	아직 할 일이 더 있으시다면서 은신처에…. 당신한테 미안하다고, 안부 전해 달라고 하셨어요.
로즈	아빠….

문을 부수는 소리가 거세다.

동식	먹어요, 얼른. 판다가 된 그쪽은 별로 매력 없을 거 같으니까.
로즈	아뇨, 이건 제 게 아닙니다.
동식	무슨 소리야? 세상 안 구할 거예요?
로즈	알잖아요, 너무 늦어버린 거.
동식	왜 그래요, 당신답지 않게. 해볼 거 다 해보고 그래

도 안 되면, 더 해 보는 사람 아닌가?

로즈   그런 줄 알았는데 아니네, 지금 보니까.

동식   아, 뭐야 나는 그쪽 구한다고 정신없이 뛰어다니구,
여기저기 얻어터지면서 생난리를 다 쳤는데.

로즈   그냥 달아나 버리지, 왜 그랬어요?

동식   그러지 않을 수 없었으니까.

로즈   그러지 않을 수 없다고, 아무나 그렇게 하지는 않아
요. 이건 동식씨 거예요.

동식   아, 진짜. 미치겠네.

로즈   살아남아요. 어떻게든 살아남아서, 시간 되면 나 구
해줘요.

동식   아뇨, 안 그럴래. 나 혼자서는 안 돼.

로즈   할 수 있어요. 자신을 믿어요.

동식   자신이 없는 게 아니라, 불가능한 일이에요. 지금
뭐가 어떻게 돌아가는지도 하나도 모르겠구만.

쾅, 문이 부서지는 소리.

로즈   얼른 먹어요.

동식   고집 그만 피우고 그쪽이 얼른 먹어요.

로즈   사람들이 가끔 놀라거든요. 아무도 제 고집을 꺾을

수 없어서.

동식   그건 나랑 똑같네.

로즈   정말 이럴 거예요?

동식   누가 할 소리를.

대장   이젠 정말 끝이로군. PPP를 막으려 온 생애를 바쳤 건만… 차라리 잘 된 일이야. 이것으로 됐어…. (멀리서 함성이 들려온다).

로즈   잠깐만요, 이게 무슨 소리죠…?

쨍그랑, 유리창 깨지는 소리.

이어서 뭔가가 크게 부서지는 소리.

와~ 함성소리.

그 소리가 점차 무대를 압도한다.

대장   이게 무슨 소린가?

동식   설마…? (밖을 내다보며) 왔구나….

로즈   오다뇨, 누가? 누가 왔는데요?

동식   여기로 출발하기 전에 여기저기 메시지를 남겼어요. 만약 누군가 내 얘기를 본다면, 내 얘기를 믿는 사람이 있다면 여기로 와 달라구….

동식과 로즈 함께 밖을 내다본다.

9

세 시간 후.

로즈의 병원.

코고는 소리와 함께 조명이 들어온다.

동식이 진료대에 누워 자다가 살짝 깨난다.

밖에서 로즈의 목소리가 들려온다.

로즈   (목소리) 아, 그러니까 들어오시라구요. 치료비는 걱
       정 안 하셔도 된다니까? 이봐요, 이봐요. (등장하며)
       좀 더 쉬지, 왜…?

동식   됐어요, 이제 좀 살 거 같네… (하품) 근데 누구
       랑….

로즈   누가 조 앞에서 서성대는데, 굉장히 고통스러워 보
       이더라구요. 들어가서 진찰을 좀 해보자고 했는데
       그냥 말없이 가버리네.

동식   아는 사람인데?

로즈	아뇨. 근데… 어쩐지 낯이 익어요. 왜 그런 느낌 있 죠…? 분명히 처음 보는 사람인데 오래전부터 알고 있는 거 같은 그런… 모른다는 걸 알면서도 '어디서 봤더라…' 하고 자꾸 기억을 더듬어보게 되는… 왜 그래요?
동식	(불안한) 어… 그냥 좀….
로즈	… 고마워요.
동식	네?
로즈	거기까지 오실 줄은 정말 생각도 못 했어요. (손을 잡는다)
동식	뭐… 쑥스럽게…. (눈이 맞는다)

대장이 몹시 지친 몰골로 등장한다.
동식과 로즈가 후닥닥 떨어진다.

대장	하던 거 계속하게.
동식	아뇨 뭐, 천천히….
로즈	가신 일은 어떻게…?
동식	어딜 다녀오셨는데요?
대장	(한숨) 처음엔 국사편찬위원회엘 갔지. 그간의 일을 얘기했더니, 대단한 일을 하셨다고 놀라더군. 하지

만 이건 국내에 국한된 문제가 아니라며 세계사 편찬위원회에 가보라는 거야. 그래서 그리로 갔지. 근데 그 친구들은 이건 소수의 탐욕과 관련된 문제라며 국민윤리 쪽을 소개하더라구. 그래서 또 갔더니 아무래도 고흐가 관련돼 있으니 미술 쪽으로 가보라구….

동식   … 좀 쉬세요. 많이 피곤해 보이시는데….

대장   화장실이 어딘가?

로즈   나가시면 바로 왼쪽에.

대장   찬물로 세수라도 좀 해야겠다. (모자를 벗는다. 판다의 귀가 드러난다.)

동식, 로즈   (놀라) 대장님.

대장   됐어. 동정할 거 없네.

동식   아뇨, 그게 아니라….

대장   나중에 얘기하자구. 나중에 천천히….

동식   보셨죠?

로즈   어떻게 된 거지…? 대장님은 분명 톡톡 알갱이가 터지는 사과 맛 요구르트를 드셨는데… 것도 두 병씩이나….

동식   요구르트 선생님께서 그러셨어요.

로즈   아빠가요?

동식	톡톡 알갱이가 터지는 사과 맛 요구르트가 완벽하게 치료를 못하면… 변종 바이러스가 출현한 거라구… 새로운 싸움이 시작된 거라구….
로즈	새로운 싸움…? (사이) 좋아, 이번에야 말로….
동식	아… 뭐야 이거…. (불안하다) 대장님, 대장님~ 혹시 파란 약 갖고 계세요?

변기 물 내리는 소리가 들린다.
대장이 어리둥절한 얼굴로 들어온다.

대장	이게 어찌된 일인가…?
동식	거울 보셨어요?
대장	왜 자네들이 잊혀지지 않지?
로즈	무슨 말씀이세요?
대장	난 분명히 빨간 약을 먹었는데… 왜 이렇게 기억이 또렷한 건가…?
동식	파란 약은요? 파란 약은 어쩌셨는데요?
대장	자네 같은 희생양을 더 이상은 만들지 않으려고 몽땅 변기에….
동식	네? 아~
로즈	(문득) 뭉크!

동식	네?
로즈	좀 전에 왔다는 그 사람이요. 누군가 했더니 뭉크의 '절규' 그 사람이에요.
동식	그건 또 뭔 소리야? 뭉크예요, 절규예요?
로즈	뭉크가 그린 절규라구요.
동식	그러니까 어쨌거나 또 그림이라 이거죠…?
로즈	(안 보이는 누군가를 보고) 오셨어요? 잘 오셨어요. 이리로… (동식에게) 저분이에요.
동식	(잔뜩 얼어서 고개를 젓는다)
로즈	… 진짜? 그렇구나… 저한테는 이쪽이나 저쪽이나 다 똑같아 보여서… 어, 어디 가세요? 이봐요, 이봐요. (동식에게) 쫓아가요.
동식	아니… 저기….
로즈	가요, 얼른.

두 사람이 퇴장한다.
대장은 얼빠진 얼굴로 진료대에 걸터앉는다.
동식과 로즈의 목소리가 들려온다.

| 동식 | 그래요, 가요… 가긴 가는데 이번엔 뭐든 알게 되는 게 있으면 바로 바로 좀… 예? |

로즈   이 사람이 어디로 갔지?

동식   왜 대답을 안 해요. 그럴 거죠?

로즈   저깄다. 가요, 우리.

　　서서히 암전.

거기에
있는 남자

등장인물

남자

여자

1

폭우소리가 한동안 이어지다가 그친다.

전형적으로 평화로운 새소리가 들린다.

조명이 들어온다.

이곳은 인적이 끊어진 산속의 작은 공터이다.

무대 앞쪽에 작은 벤치가 하나 놓여 있다.

무대 복판에 남자가 엉거주춤 서 있다.

남자가 이물감이 느껴지는 발목 언저리를 내려다본다.

두 개의 막대를 가로지르는 가는 줄에 남자의 발목이 닿아 있다.

남자가 황망한 얼굴로 중얼거린다.

남자 이게… 왜… 이런 게, 어떻게 이런 곳에… 설마… 아
     니겠지… 아닐 거야. 그럼. (발을 떼려다) 진짜면…?
     너무 진짜 같은데…. (겁에 질려) 여기요, 여보세요.
     아무도 없어요? 여기요~ 사람 살… 아니야, 아닐 거
     야. 이게 그거면 이렇게 조잡할까…? 누가 장난친
     거지. 괜히 시끄럽게 굴었다가 아니면… 하하하…
     몰래… 카메라…?

남자가 휙 돌아본다.
아무도 없다.
다시 휙 돌아보지만 여전히 아무도 없다.

남자가 조심스럽게 발을 떼려는데 끼릭, 안전핀 빠지는 듯한 소
리가 난다.
남자는 겁을 먹고 웅크린다.
아무 일도 벌어지지 않는다.
남자가 극히 조심스럽게 다시 한 번 시도한다.
지축이 흔들리면서 폭발하려는 듯한 소리가 들린다.
남자가 그대로 동작을 멈춘다.

진동과 소리도 멈춘다.

남자가 숨을 헐떡이며 주머니에서 휴대전화를 꺼낸다.

남자   지뢰 담당이… 119야, 112야? 112? 119? …상관
         없어. 자기들이 알아서 처리하겠지, 내가 낸 세금이
         얼만데. (버튼을 누르려다) 가만… 여기 위치가…?

남자가 지형을 살피려 고개를 돌리자 마치 맹수가 위협이라도
하는 듯, 우르릉 폭발의 전조음이 들린다.

남자   (잔뜩 경직돼서) 으… 그래, 그래. 위치추적이 있잖
         아. 지들이 하는 일이 뭔데. 알아서 와야지. 그럼.
         알아서 올 거야, 알아서. (버튼을 누르려다) 내 말을
         믿을까…? 안 믿으면…? (비교적 덤덤하게 통화연습
         을 한다) '제가요 낯선 길을 가다가 이상한 기분이 들
         어서 보니까 지뢰를 밟았더라구요.' …나라도 못 믿
         겠다. (코맹맹이 소리로 구슬프게) '제가요, 길을 가다
         가요…' 아냐… 술꼬장 같잖아. (공포에 질려) '제가
         요, 낯선 길을 가다가, 하하하하, 지뢰를 밟았습니
         다. 하하하하.' 오… 믿음이 간다. 안 믿을 수가 없
         네. (버튼을 누르려다) 구조대가 달려왔는데 이게 지

뢰가 아니면…? (발을 조심스럽게 떼려다가) 쓸데없
는 짓 하지마. 쪽 팔리면 어때… 아닌 거로 밝혀지
면 더 좋은 거야. 자자, 정신 똑바로 차리구… (버튼
을 누르려다) 뭐야 이거 왜 안 터져… (지뢰에게) 너
말구! 안테나가 하나도 없네… (방향을 이리저리 바
꿔본다) 야, 야… 야. 좀 터져라 좀… 너 말구. 아우
씨… 아… (휴대전화를 집어던지려다 주머니에 넣는다.
그리고는 목청껏 소리친다) 여기요, 여보세요. 아무도
없어요? 여기요~ 왜 아무도 안 지나가냐? 어이~
어이~ 거기 아무도 없어요? 아무도 없어요? 여기
요~ 여기요~ 살려 주세요~ 살려 주세요~ 사람 살
려요~ 불이야~ 불이야~

2

2시간 후.
몹시 후줄근해진 남자가 여전히 지뢰 위에 서 있다.
그는 이러지도 저러지도 못하고 지뢰를 노려보고만 있다.
뒤쪽에서 여자가 조심스럽게 등장한다.

그녀는 경계심을 품은 채 남자를 지켜보다가 조심스럽게 돌아선다.

그때 남자가 인기척을 느낀다.

남자   거기… 거기 누구 있어요? 누구 있어요? 누구… 있는 거 같은데? 여기요… 아무도 없어요? 없어요…?

여자   (망설이다가) 있어요….

남자   헉! 하… (돌아보지 못하고 여자의 반대쪽을 향해) 있으면 있다고 빨리 좀 대답해 주시지. 아우… 나는 또 정신이 오락가락해서 잘못 들은 줄 알구….

여자   저기요… 조용조용 좀 말하시면 안 될까요?

남자   아, 제가 흥분해서요. 사람이 이렇게 반갑기는 평생 처음입니다.

여자   근데… 왜 거기다 대고 말을 하세요? 그렇게 반갑다면서?

남자   (고개를 돌려보려 하지만 돌아가질 않는다) 아 그게… 제가 지금 그럴만한 사정이 좀….

여자   사정이 어떻든 대화할 땐 상대방 얼굴을 보면서 얘길 해야죠. 그게 예의 아닌가요?

남자   그렇죠… 그게 예의죠.

여자   알면 지켜야죠.

남자	죄송합니다. 근데 그게… 벌써 몇 시간 동안 이러고 있거든요…. 바보 같은 소릴 수도 있는데요, 제가 지금 뭔가를….
여자	아까 그분이 맞네….
남자	네? 저를 보셨어요?
여자	아뇨. 두 시간 쯤 전부터 이쪽에서 이상한 소리가 나길래 무슨 일이 생기나 가슴 졸이다가, 아무 일 없길래 너무 불안해져서 나온 길이거든요.
남자	그걸… 들었어요?
여자	물론… 들으려고 했던 건 아니구요, 듣지 않으려고 애를 썼죠. 근데 들리더라구요. 목청이 워낙 좋으셔서….
남자	(허탈하고 어이없어서) 댁이… 이 근처세요…?
여자	(가리키며) 저쪽으로 돌아가면 바로… (남자가 보지 않자 부아가 나서 혼잣말로) 보지도 않을 거면서 왜 묻는담?
남자	아, 그럼, 일찍 좀 나오시지…. 혼자서 얼마나 힘들고 무서웠는데….
여자	저두요. 저도 얼마나 힘들고 무서웠는데요.
남자	… 그쪽이 왜…?
여자	입장을 바꿔놓고 생각해 보세요. 여긴 늘 조용한 곳

이에요. 들려오는 소리라곤 새소리, 바람소리, 때로 빗소리가 전부죠. 근데 느닷없이 그 괴상하고 끔찍한 고함소리가 끼어든 거예요.

남자 　무슨 일이 생겼나 보다, 나가봐야겠다, 그런 생각은 안 들던가요?

여자 　그런 생각이 왜 안 들었겠어요? 하지만 꾹 참았죠.

남자 　왜요?

여자 　어머니가 잠든 다음에 나오려구요.

남자 　어머니도 계셨어요…?

여자 　제 어머니요.

남자 　…그렇죠, 그쪽 어머니요.

여자 　어머니는 늘 집에 계세요.

남자 　그쪽 어머니께서도 그 소리를 다 들으셨겠네요?

여자 　다행히 어머니는 못 들었어요. 제가 마침 마당에 나왔다가 그 소리를 듣고, 그게 듣기 편한 소리는 아니잖아요, 어머니는 여기(심장)가 많이 안 좋으세요. 그래서 방문 창문 다 꼭꼭 닫아걸고 음악도 크게 틀고 해서….

남자 　그럼, 다른 사람들은요…?

여자 　다른 사람 누구요?

남자 　저야 모르죠. 아버님이나 오빠나 고모나 이모나 어짰든 같이 사는 다른 분들은 어떠셨나 해서….

여자　호구조사 나오셨어요?

남자　아뇨, 그냥 궁금해서.

여자　어머니하고 저, 둘이 살아요.

남자　… 여기 오다 보니까 한참 동안 마을 같은 거 안 보이던데 여자 분 두 분이서 어떻게….

여자　뭐가 알고 싶으신 건데요?

남자　아뇨, 아닙니다. 알고 싶기는요, 뭘.

여자　실례지만… 계속 여기 계실 예정이세요?

남자　네?

여자　… 여기엔 늘 아무도 없었고 저한테는 그게 익숙해서요. (벤치를 가리키며) 저게 제 자리예요. 저는 하루에 두 번씩 꼭 저 벤치에서 시간을 보내요. 볕도 쬐고 바람도 쐬고 새소리도 듣고….

남자　아 예….

여자　지금이 그 시간인데….

남자　예….

여자　여기 누군가와 같이 있는 건 너무 어색해서요.

남자　저기… 그게요….

여자　여기보다 서 있기가 더 좋은 곳을 소개해 드릴 수도 있는데… 원하신다면요.

남자	저도 그쪽 혼자 있게 해드리고 싶습니다. 지금 당장이라두요.
여자	그러시구나. 전 또… 이렇게 오랫동안 계시길래, 아주 오래 계시려는 건가 해서… 그럼 살펴 가세요. (꾸벅 인사하고 벤치로 간다)
남자	저기… 당장은 갈 수가 없습니다. 제가요 지금 움직일 수 있는 형편이 아니거든요.
여자	… 여기까지 움직여서 오신 거 아닌가요?
남자	물론 그랬죠, 움직여서 왔습니다. 근데….
여자	근데요?
남자	그게… 아닐 수도 있어요, 아닐 거라고 생각하고는 있는데….
여자	역시 무슨 문제가 있는 거죠?
남자	예, 그렇습니다. 제가 지금….
여자	무슨 문젠지는 모르지만 빨리 해결되기를 바랄게요. 저는 나중에 다시 오죠 뭐. 그럼 이만….
남자	잠깐, 잠깐만요!
여자	깜짝이야. 저 여기 있습니다, 왜 그쪽에다 소리를 치세요? (걱정스레 집 쪽을 본다)
남자	그니까, 좀 전에 말씀드리려고 했던 그거 때문에요.
여자	조용, 조용 좀 말해 주세요. 위험합니다.

남자	네?
여자	왜 그렇게 고함을 치시는 건데요?
남자	여기 좀 봐주세요. 제발… 이런 데에 그런 게 있다는 게 말이 안 된다는 건 아는데요, 생긴 게 제가 알던 거하고는 다르기도 하고… 근데 느낌이 아무래도….
여자	(그제야 지뢰를 본다. 놀라 주춤주춤 물러난다) 저, 저건….
남자	(더럭 겁을 먹고) 설마… 제가 생각하는 그건…가요?
여자	뭘 생각하셨는데요?
남자	제 생각엔….
여자	움직이지 말아요!
남자	깜짝이야. 놀랬잖아요.
여자	제발 조심해 주세요.
남자	아, 예… 근데… 지금 전쟁 중인 것도 아니구, 그렇게 위험한 물건이 사람들 다니는 길 한복판에….
여자	여기, 사람들 안 다녀요.
남자	예?
여자	꽤 오래됐습니다. 이 길로 사람들 안 다닌 지.
남자	아니 저는요, 사람들이 다니고 안 다니고를 따지는 게 아니라, 지뢰 같은 게 있을 만한 장소가 아니라

는 거죠.

여자   그랬으면 얼마나 좋겠어요. 그쪽한테두 저한테두.
(집 쪽을 돌아보며) 또….

남자   (울고 싶은) 정말 그게 아닐 가능성은 없는 걸까요?

여자   제가 들은 거랑 똑같이 생겼어요.

남자   직접 보신 건 아니구요?

여자   그럴 수는 없었죠. 저는 그때 어머니 뱃속에 있었는
데….

남자   아… 그래, 무슨 얘기를 들으셨는데요?

여자   (잠시 망설이다가)… 전에도 여기서 누군가가 지뢰를
밟았어요.

남자   전에도 이걸… 밟은 사람이 있었어요?

여자   그건 아니고 똑같이 생긴 다른 거.

남자   여긴 아무도 안 다닌다면서요.

여자   그때 이후로 그렇게 된 거구요, 그전에는 사람들 왕
래가 아주 없진 않았답니다.

남자   (넋이 나간 얼굴로 한참이나 지뢰를 보다가) 죽었다. 진
짜 지뢰를 밟았어… 하….

여자   그때도 큰비가 내린 다음에 그런 일이 생겼다던데….

남자   저기….

여자   네?

남자	그 사람은 어떻게 됐죠…?
여자	무례하시네요. 만난 지 얼마나 됐다고 그렇게 사적인 질문을….
남자	네?
여자	그리고 이런저런 거를 떠나서, 제 생각엔 안 들으시는 게 좋을 거 같습니다. 거기 그리고 서 계신 것만 해도 굉장히 힘드실 텐데….
남자	(절망) 아….
여자	(집 쪽을 보며) 하….
남자	아….
여자	(깊은 고민) 하….
남자	아….
여자	이제 어쩌실 건데요?
남자	지금 이 마당에 제가 뭘 어쩌겠습니까? 구조될 때까지 버티는 수밖에.
여자	구조대가 오고 있어요?
남자	신고를 해야 오죠.
여자	뭐하세요. 신고하세요, 얼른.
남자	하고야 싶죠. (핸드폰을 꺼내) 근데 안 터져서….
여자	(놀라)… 터진 다음에 하시려구요?
남자	아아, 아뇨… 핸드폰이 안 터진다구요.

여자　　그것도 터져요?

남자　　아니 그러니까… 통화가 안 된다구요. 신호가 안 잡혀서….

여자　　아….

남자　　어쨌든 상황이 이렇습니다. 얼른 신고 좀 해주십시오.

여자　　신고요? 제가요…?

남자　　그럼 제가 할까요? 얼른 신고하고 달려와서 다시 서 있어요?

여자　　… 농담을 좋아하시나 봐요?

남자　　뭐….

여자　　농담도 할 때가 따로 있지… 남은 심각해 죽겠는데.

남자　　… 죄송합니다.

여자　　… (서성대며 고민하는)

남자　　뭐하세요?

여자　　신경 쓰지 마세요. 그쪽하고는 상관없는 일입니다.

남자　　저하고 상관이 없어요? 그럼 누구랑 상관있는데요? 그쪽이 그러고 있는 동안, 이게 터져버리면요?

여자　　… 제 생각이 짧았네요. 맞는 말씀이에요. 상관있어요, 그쪽이랑…. (고민에 빠져 서성댄다)… 그래요. 해보죠. 해볼게요.

남자	하… 감사합니다, 감사합니다.
여자	근데… 부탁드릴 게 있어요.
남자	무슨…?
여자	어렵더라도 꼭 들어주셔야 합니다.
남자	할 수 있는 거라면 뭐든 들어드려야죠. 뭔데요?
여자	여기서 무슨 일 생기면 절대, 안 됩니다.
남자	그게… 부탁의 전분가요…?
여자	제가 드릴 수 있는 부탁이 그거 말고 뭐가 있겠어요?
남자	… 그러네. 내가 할 수 있는 일은 둘 중 하나네…. 하… 감사합니다. 이 은혜는 평생 잊지 않겠습니다.
여자	아뇨, 꼭 그쪽만을 위해서 하는 일은 아니니까. 그럼…. (집의 반대쪽으로 간다)
남자	… 저기요, 잠깐만요. 왜 글루 가세요?
여자	신고하러 가는 건데요?
남자	아니… 댁은 저쪽이라면서… 신고를 하시려면…. (손으로 전화 거는 시늉)
여자	집엔 전화가 없어요.
남자	(놀라) 전화가 없어요?
여자	없으면 안 되나요?
남자	이쪽으론 왕래하는 사람도 없다면서요… 근처에 다른 집이 있나요?

여자   (고개를 젓는다)

남자   (몹시 안타까운) 사람들이랑 연락 같은 거는 하면서
      살아야죠.

여자   안 해도 살아요.

남자   아니 어떻게 그렇게 살아요?

여자   (화가 나서) 이보세요. 저는 그쪽이 지금까지 어떻게
      살아왔고 앞으로 어떻게 살아갈지 관심 없습니다.
      저는 제 방식대로 삽니다. 이제까지 아무 문제 없었
      고, 앞으로도 그럴 거예요.

남자   아… 저는 간섭하려는 게 아니라요. 소방서나 경찰
      서까진 거리가 꽤 되지 않을까 싶어서….

여자   걱정 마세요. 두 시간 이상은 안 걸릴 거예요.

남자   두… 시간이요…?

여자   쉬지 않고 달리면요.

남자   이러고 두 시간을 더 있으라구요…?

여자   오는 시간도 생각해야죠. 신고 접수하고 나서 저쪽
      에서 준비하는 시간도 필요할 테고… 지뢰를 다룰
      수 있는 사람이 때맞춰 대기하고 있으리라는 보장
      도 없는 거고….

남자   (완전히 절망해서) 죽었구나… 끝났어….

여자   저는 있는 그대로를 말씀드린 거뿐인데….

남자	(머리카락을 뽑는다)
여자	뭐하세요?
남자	만약 저한테 무슨 일이 생기면 이걸….
여자	쓸데없이… 왜 그런 생각을 하세요?
남자	그런 생각을 하기에 지금보다 적당할 때가 또 있을까요?
여자	왜 그런 말 있죠? 호랑이한테 물려가도 정신만 차리면….
남자	침착하게 뜯어 먹히겠죠.
여자	힘내세요. 지금까지 잘 버텨오셨잖아요.
남자	지금까지야 그랬죠. 근데 이게 두 시간을 버티면, 그거 알아주고 '오, 대단한데? 두 시간이나 버티다니, 잘했어, 10분 동안 자유', 그런 게 아니잖습니까. 벌써 아까부터 머리는 뱅뱅 돌고 속은 메슥거리고… (구역질) 욱, 보셨죠? 게다가 온몸이 저절로…. (손을 떤다) 으… 그쪽까지 가버리고 나면 혼자서 얼마나 버틸 수 있을지….
여자	그럼… 어떡할까요?
남자	(짜증) 아우, 지뢰를 밟아도 하필 이런 데서 밟냐….
여자	어떡해요? 가요, 말아요?
남자	가셔야죠, 당연히. 근데 최대한 빨리….

여자   최선을 다해 볼게요. (가려다) 조금 더 걸릴 수도 있어요. 어제 내린 비로 길도 질척거릴 테고, 게다가 어머니 때문에 요즘엔 통 운동을 못해서….

남자   아, 예… 그야 어쩔 수 없죠.

여자   그럼… (가려다) 다시 한 번 부탁드릴게요. 제가 갔다 올 때까지 무슨 일 생기면 안 됩니다.

남자   애는 써보겠습니다만….

여자   물론 힘드시겠죠. 알아요. 하지만 애를 써 보는 정도로는 안 됩니다. 마음 약하게 먹지 말고, 끝까지 버텨주셔야 해요. 그럴 수 있죠?

남자   (울컥해서) 하… 감사합니다. 처음 보는 저를 위해서 이렇게까지….

여자   최대한 빨리 다녀오겠습니다. (퇴장한다)

남자   하… 벌써 온몸이 다 굳어버린 거 같은데… 이러고 언제까지… 아냐, 날 위해 저렇게 애써 주는 사람이 있는데 마음 굳게 먹자. 흔들리면 안 돼. 힘내자. 힘. 힘!

남자의 뒤쪽에서 가늘게 종소리가 들린다.

그 소리는 모스부호처럼 두세 번씩 이어졌다 끊어지며 반복된다.

땡땡 땡땡땡 땡 땡땡땡땡….

남자 　… 아무도 없다더니… 학교가 있나…? 무슨 신호를 보내는 거 같은데? (문득 지뢰를 보고) 10분 동안 자유? … 쓸데없는 생각 말자. 저거… 아무래도 누구랑 연락을 하는 거 같은데… (문득) 맞다! 핸드폰… (여자가 떠난 쪽을 보며) 이봐요~ 이보세요~ 이봐요~ 여기요~ (손을 흔들며) 예~ 후… (핸드폰을 들어 보이며 소리친다) 이거요. 이거요, 이거! 갖고 가시다가 터지면… 지뢰 말구요, 통화가 터지면, 그때 신고하시라구요~ 예~ 예~ (중심을 잃고 넘어질 뻔 한다) 죽을 뻔했다. 하아, 하아….

잠시 후.
여자가 등장한다.
그녀는 화가 나 있다.

남자 　죄송합니다. 제가 너무 정신이 없어서… 어떻게 이걸 까먹냐…. 진짜로 대여섯 시간을 서 있을 뻔… 아우, 생각만 해도 아찔하네. 자, 받으세요…. (여자의 표정을 보고) 왜…?

여자 　사람이 어쩜… 제 말이 그렇게 하찮게 들리던가요?

남자 　네?

여자   그렇게 신신당부를 했으면 듣는 시늉이라도 해야
      하는 거 아녜요?

남자   당부라니, 무슨 당부요?

여자   모른 척하기예요? 제가 분명히 부탁했잖아요. 출발
      하기 직전에도 다시 한 번 다짐을 받았구.

남자   무슨 일 생기면 절대 안 된다구… 그냥 그렇게만….

여자   기억하고 계시네. 그러면서 어떻게….

남자   (자기 몸을 살피며) 아무 일 안 생겼는데요.

여자   사람이 어쩜 그렇게 이기적이에요?

남자   네?

여자   어떻게 자기 생각만 하느냐구요?

남자   무슨 말씀이신지…?

여자   분명히 말씀드렸죠? 제발 큰소리 내지 말라구.

남자   상황이 상황이잖습니까? 평상시라면 제가 뭐하러
      그렇게 소리를 질러댔겠어요? 제가 직접 달려가서
      전해주지.

여자   평상시라면, 여기에 아무 일 없으면, 그쪽이 그런
      거 위에 서 있지 않으면 제가 왜 그런 부탁을 드렸
      겠습니까?

남자   이게 생각났을 때, 그쪽이 막 저 모퉁이를 돌고 있
      었어요. 어쩝니까? 텔레파시로 불러요?

여자 제가 출발하기 전에도 시간은 얼마든지 있었어요.

남자 말했잖아요, 너무 정신이 없어서 깜빡했다구.

여자 늘 그런 식이시네요? 밟아보니 지뢰더라. 보내고
      나니 생각나더라.

남자 무슨⋯ 말씀을⋯ 그렇게 하세요?

여자 밟기 전에 살피고, 보내기 전에 떠올렸어야죠.

남자 ⋯ 부르지 말 걸 그랬네, 그쪽이 두 시간을 뛰든, 세
      시간을 달리든⋯.

여자 오호, 절 위해서 목청을 세우신 거다?

남자 그럼요, 당연하⋯ (눈치 보고 꼬리를 내리는) 아⋯ 제
      가 원래 이런 놈이 아닌데, 이런 거 위에 서 있으려
      니까 자꾸 헛소리를⋯ 죄송합니다. (핸드폰을 내밀
      며) 이거⋯.

여자 (걱정스럽게 집 쪽을 본다)

남자 저기요⋯ 저기요⋯ 아, 진짜 죽겠네⋯ 이보세요. 이
      봐요. 지금 시간 없다니까요.

여자 제가 없는 동안 그쪽이 무슨 짓을 저지를지 모르는
      데, 제가 어떻게 이 자리를 뜨겠습니까?

남자 무슨 짓을 저지르다뇨? (문득. 여자의 진의를 오해하
      고) 아⋯ 그런 일 없습니다. 뭔가 오해하시는 거 같
      은데⋯ 저요, 무슨 다른 맘을 먹고 여기 이러고 있

는 거 아닙니다.

여자   다른 맘이요?

남자   그러니까… 아무리 힘들고 괴롭더라도 경거망동할 사람이 아니다, 이 말씀입니다.

여자   경거망동은 하셨잖아요, 이미.

남자   제가요?

여자   도대체 어쩌자고 그런 걸 밟습니까?

남자   (발끈해서) 제가 밟고 싶어서 밟았습니까?

여자   사람이 어쩜 그렇게 부주의할 수가 있죠? 발밑에 뭐가 있는지 쳐다도 안 보고 다녀요?

남자   이런 게 있을 줄 알았어야죠.

여자   있다고 다 밟습니까!

남자   왜… 화를 내세요?

여자   엉뚱한 사람이, 내 집 주변에서, 그 위험한 물건을 밟고 서 있는데, 그럼 마음이 평온하겠어요?

남자   이렇게 위험한 물건을 집 주변에 방치하시면 안 되죠.

여자   방치를 해요? 제가 이걸 여기다 갖다 놓기라도 했다는 말입니까?

남자   누가 그렇답니까? 전에도 이게, 아니 똑같이 생긴 다른 게 여기 있었다니까 하는 소리죠.

여자 비에 쓸려 온 거라고 말씀드렸잖아요. 그때도 그렇
     고, 지금도 그렇고.

남자 어쨌거나 있었던 건 있었던 거잖아요. 그런 위험이
     있음, 출입을 통제하든 금지하든 하다못해 작은 안
     내판이라도 설치해야 하는 거 아닌가요?

여자 아무도 안 밟는 이런 거, 있으면 있는 대로 척척 밟
     는 사람이, 작은 안내판 하나 있다고 퍽이나 조심하
     고 주의했겠네요.

남자 (말문이 막혀) … 하….

여자 게다가… 그러잖아도 사람 얼굴 1년에 한두 번 볼
     까 말깐데, 30 몇 년에 한 번, 큰비나 내리면 나타
     날까 말까 한 그거 때문에 길을 막아야 옳습니까?
     (어색한 침묵)

남자 … 뭐… 아우, 아우, 그래요. 생각 없이 부주의한 행
     동으로 심려를 끼쳐드리게 돼서 정말 죄송하게 됐
     습니다.

여자 왜 그런 소리를 하죠? 미안하지도 않으면서.

남자 미안하다니까요?

여자 안 미안하잖아요.

남자 그쪽이 그걸 어떻게 아는데요?

여자 미안한 걸 아는 사람이 그런 짓을 할 리가 없죠.

남자	그만 좀 하세요. 저요, 지금, 인생 최대의 위기에 직면한 놈입니다.
여자	지금, 인생 최대의 위기에 직면한 사람은 그쪽만이 아닙니다.
남자	에? … 이건요, 무슨 비유나 상징을 말하는 게 아닙니다. 진짜로 죽는 거라구요.
여자	누가 비유나 상징을 얘기합니까?
남자	그쪽도 뭘 밟았습니까?
여자	제가 그렇대요? 어머니 얘기죠.
남자	… 그쪽 어머니가 왜요…?
여자	(어이없다는 듯) 아까 다 말씀드렸을 텐데요…?
남자	글쎄요, 저는 잘….
여자	네네, 그러시겠죠, 마냥 자기 안에만 빠져 있는데 남 얘기가 들렸을 리가 있나.
남자	(울컥해서) 이봐요, 나는 지금… (가라앉히고) … 저한테 뭐라고 하셨는데요?
여자	시끄러운 건 질색이라구….
남자	(어이없어) 하.
여자	조용, 조용, 말해 달라구.
남자	하.
여자	안 그럼 위험하다구.

남자	… 위험해요?
여자	어머니 여기, 심장이 많이 안 좋다구.
남자	여기가 거기…? 그땐 뒤에서 말씀하셔서….
여자	다른 사람한테 관심이 없어서는 아니구요?
남자	후….
여자	절대안정을 취해야 하는 상황입니다. 여기서 그렇게 시끄럽게 떠들고 불안하게 만들면….
남자	저는 정말 몰랐습니다. 그래요, 제 잘못이에요. 하지만 그런 얘기는 정확하게 해주셨어야죠.
여자	그럼 그런 거를 밟고 서 있는, 처음 보는 사람한테, 우리 어머니가 이렇다 저렇다 구구절절 설명을 늘어놓습니까?
남자	하….
여자	후….
남자	(어색한 침묵. 문득 처지를 깨닫고 눈치를 보다가) 저기요… 얼른… 꼭 저를 위해서가 아니라, 어머니를 위해서도 제가 얼른 이 자리를 비워드리는 게 좋을 거 같은데… 그러려면 아무래도 서두르시는 게….
여자	주세요. 주세요, 얼른.
남자	예, 예. 여기… (핸드폰을 건넨다) 지금부턴 정말 조심하겠습니다. 다녀오실 때까지 한마디도 안 하고….

여자	제발 그래 주세요.

여자가 핸드폰을 낚아채 돌아선다.
땡땡, 가늘게 종소리가 들려온다.
여자가 흠칫 놀라 얼어붙는다.

남자	이게 무슨 소리죠?
여자	쉿! (귀를 기울인다)
남자	뭔데요?
여자	쉿!
남자	좀 전에도 들렸었는데….
여자	… 그걸 왜 이제야 얘기하는데요?
남자	어디 그럴 틈이 있었어야죠.
여자	좀 전… 언제요?
남자	그쪽이 출발하고 조금 이따가….
여자	… 내 이럴 줄 알았어.
남자	잘 들어보세요. 소리에 무슨 규칙이 있는 거 같은데….
여자	응급신홉니다.
남자	응급신호라면…? (들떠서) 내가 여기 이러고 있다는 걸 누가 알았네. 그죠? 여기서 무슨 일이 벌어졌는

지 알고 어딘가에 구조요청을 하고 있는 거예요. 맞죠? 이야~

여자　　그런 거 아닙니다.

남자　　아니긴요.

여자　　(단호하게) 글쎄, 아니라니까요.

남자　　응급신호라면서요? 지금 여기에서 구조신호 보낼 일이 이거 말고 또 뭐가 있는데요? 저 말고 이거… 아니, 똑같이 생긴 다른 거를 밟고 있는 사람이라도 있어요? 뭐 이 주변이 무슨 지뢰를 파종하고 수확하는 덴니까?

여자　　여기서 무슨 일이 벌어졌는지 알았고, 그래서 구조요청을 보낸 거예요.

남자　　… 제가 방금 그렇게 얘기했잖습니까.

여자　　아뇨, 아뇨. 다릅니다, 전혀.

남자　　뭐가 어떻게 다른데요?

여자　　여기서 무슨 일이 벌어지고 있는지 어머니가 알게 됐고, 그래서 어머니한테 문제가 생겨서 저를 급히 찾고 있는 거라구요.

남자　　어머니께서요…?

여자　　그렇다니까요. (원망) 그러길래 왜 그렇게….

남자　　저는 몰랐다니까요. 몰랐으니까 그렇게…. (종소리

가 들린다)

여자 얼른 가봐야겠어요.

남자 네? 무슨 그런… 그럼, 안 되죠.

여자 응급신호라니까요. 어머니한테 문제가 생겼다구요.

남자 저는요? 저는 어떡하구요…?

여자 이게 누구 때문에 생긴 일인데요?

남자 그, 그건… 그건 죄송한데요… 아무리 그래도 이런 거를 밟고 있는 놈을 두고 그냥 가버리시겠다뇨….

여자 그냥 가는 건 아니구요, 다시 올 겁니다, 최대한 빨리… 기다려 주세요.

남자 아니 저기….

여자 다시 한 번 부탁드릴게요. 제가 올 때까지 무슨 일 생기면 절대 안 됩니다. (뛰어간다)

남자 이봐요, 그냥 가면 어떡해요. 이봐요. 이봐요… 이 보세요….

3

그날 밤.

남자가 기진맥진해서 엉거주춤 서 있다.

온몸이 후들거리고 삭신이 쑤신다.

절로 끙끙 신음이 새나온다.

그러면서도 잘 켜지지도 않는 라이터 불똥을 튕겨대며 작은 소리로 구조요청 중이다.

남자　　　　여기요… 아무도 없어요…? 여보세요… 여보세요… 아무도 없어요… 여보세요… (자기 처지가 한심해서) 인류역사상 지뢰를 밟은 인간 중에, 살려달라는 목소리도 제대로 못 내는 인간이 나 말고 또 있을까…?

남자가 주머니를 뒤져 담배를 꺼낸다.

막 불을 붙이는데 뒤에서 불빛이 어른거리다가 가까워진다.

여자가 랜턴 빛에 의지해서 등장한다.

여자가 들고 온 큰 의자를 내려놓고 어깨를 주무른다.

남자　　　　(빛을 느끼고) 어… 뭐야… 구조대…? (감격해서) 드디어, 드디어 왔어… 왔어… 여기요! 여깁니다, 여기요, 여기… (뭔가 이상해서) 근데 왜 이렇게 조용….

여자　　　　담배를 피우시네요?

남자	에? … 오셨어요?
여자	담배는 몸에 해롭습니다.
남자	(변명조로) 많이 피우는 건 아니구요… 처음입니다, 이거 밟은 뒤로는….
여자	그런 걸 밟든, 안 밟든 해로운 건 마찬가지예요.
남자	그렇죠… 솔직히 거의 끊었거든요. 근데 힘든 일이 생기면 나도 모르게 이렇게…. (담배를 끈다)
여자	저라서 실망하셨어요?
남자	아, 아뇨, 그럴 리가요. 제가 그쪽을 얼마나 기다렸는데.
여자	그러실 필요 없어요. 솔직하게 말하셔도 됩니다.
남자	아뇨, 아뇨, 사람을 이렇게 애타게 기다린 건 평생 처음입니다.
여자	… 아까는 미안했어요. 그런 거를 밟고 있는 분을 그렇게 몰아붙이는 게 아닌데….
남자	아닙니다. 제가 부주의해서 생긴 일인 걸요. 이거 위에 서 있는 것도 그렇구, 꽥꽥 소리를 질러댄 것도 그렇구….
여자	제 잘못이에요. 그쪽이 무슨 다른 목적이 있어서 그러고 계신 것도 아닌데… 그러면 안 되는 거였어요. 다시 한 번 사과드릴게요. 죄송합니다.

남자	아 예… 근데… 얼굴을 안 보면서 얘기하는 건 예의가 아니라고 들어서….
여자	아…. (옷매무새를 가다듬고 남자 앞쪽으로 간다)
남자	저는 안 오시는 줄 알았습니다.
여자	온다고 말씀드렸을 텐데요?
남자	금방, 온다고 하셨죠. 최대한 빨리.
여자	저를 원망하시는 건가요?
남자	원망이라뇨, 그럴 리가요.
여자	그때부터 지금까지 눈코 뜰 새도 없었어요, 정말이지 쉴 틈이라곤 단 한 순간도….
남자	죄송합니다, 괜히 저 때문에….
여자	아뇨, 그런 거 아닙니다.
남자	솔직히 조금만 늦게 오셨어도, 저… 포기할 뻔했습니다.
여자	포기라뇨… 왜 그런 말씀을… 그런 말은 머릿속에서 아예 지우세요, 안 됩니다, 절대. (사이) 별일 없으셨죠?
남자	이런 처지에 별일이 있으면 안 되죠….
여자	다행이에요. 무슨 일이 생기는 거 아닌가, 얼마나 가슴을 졸였는지….
남자	저두요.

여자	그때부터 줄곧 내가 지금 어디에 있는 건지, 뭘 하고 있는 건지 도무지 정신을 차릴 수 없었어요.
남자	저두요.
여자	정말, 정말, 일찍 오려고 했는데 도저히 그럴 수가 없어서….
남자	언제 오실까… 이제나저제나 기다리는데 날은 점점 어두워지고… 환할 땐, 이게 눈에만 안 보여도 살겠다 싶었는데, 안 보이니까 또 어찌나 불안하고 무섭던지….
여자	쯧쯧쯧쯧. 아, 이거…. (보온병을 들고 남자에게 다가간다)
남자	가까이 오지 마세요. 위험합니다.
여자	그걸 밟고 줄곧 서 있는 사람도 있는데요 뭘.
남자	어어… 물러서라니까.
여자	(팔을 길게 뻗어 보온병을 건네며) 자요, 받으세요.
남자	(조심스럽게 받고) 이게 뭐죠?
여자	목마르실 거 같아서….
남자	아, 예 감사합니다. 정말 목이 엄청 말랐는… (마시고) 아, 뜨거!
여자	조심하세요!
남자	… 찬물은 없나요…?

여자	찬물은 건강에 안 좋아요.
남자	… 냉수 한잔이면 정신이 번쩍 날 거 같은데….
여자	그러다 배탈이라도 나면 어쩌시려구요.
남자	아… 그렇다, 그럼 큰일이다…. (후후 불어 식힌다)
여자	대추차예요. 신경을 완화시켜서 스트레스를 제거해 주는 효과가 있구요, 근육긴장을 이완시켜 주는 효능이 있대요.
남자	예… 지금 저한테 딱이네요. (한 모금 마시고) 하… 스트레스가 확 풀리네… 근육긴장도 막 이완되구….
여자	유기농 대추예요. 화학비료 안 주고, 약 한 번 안 친.
남자	아… 어쩐지….
여자	… 그렇게 서 계시려니, 다리며 허리는 또 얼마나 아프실까….
남자	힘들긴 해도 아직은 견딜만합니다.
여자	말은 그렇게 하셔도 엄청 힘드시죠? 잠깐만요…. (의자를 들고 온다) 저도 꽤나 힘들었어요. 생각보다 무겁더라구요. 집에 작은 것도 있는데, 아무래도 남자분한테는 이게 더 낫지 싶어서…. (남자의 뒤쪽에 조심스럽게 갖다 놓는다)
남자	(조심스럽게 돌아보며) 뭐하시는 건데요…?
여자	조심하세요, 조심, 조심….

남자	지금… 절더러 여기….
여자	보기엔 이래도 굉장히 편한 의자예요. 하루 일과를 마치고 삭신이 무너져 내릴 때, 여기에 몸을 묻으면 금세 온몸이 노긋노긋해지면서 눈은 저절로 스르르 감기고….
남자	… 그런 걸 왜… 그냥 집에 두고 쓰시지….
여자	집엔 또 있어요. 이거만큼 편하진 않지만… 한 번 앉아 보세요. 조심해서요!
남자	저 지금 쉬고 싶은 생각 없거든요?
여자	네?
남자	지금 앉아서 쉴 때가 아니잖아요. 뜻은 고마운데요, 저 이러고 오래 있을 생각 없습니다.
여자	(호의를 무시당해 서운하다) 그야… 당연히 그러셔야죠. 보기보다 굉장히 건강하세요. 몸도 그렇구, 정신도 그렇구. 저라면 그렇게 못 버텼을 텐데….
남자	아뇨, 뭐 별로….
여자	이럴 줄 알았으면 작은 걸 갖고 올 걸 그랬네. 들고 가기 쉽게.
남자	… 갖고 가시긴요, 이왕 갖고 오신 건데.
여자	됐어요, 필요도 없는데요, 뭘.
남자	(과장되게) 야~ 그러고 보니까 되게 편하게 생겼다.

구조된 다음에 앉아서 쉬면 좋겠다. 야… 아, 근데
구조대는 언제쯤 도착할까요?

여자 구조대가 오고 있어요?

남자 … 지금 오고 있는 거 아녜요?

여자 저야 모르죠.

남자 설마… 신고… 아직 안 했어요?

여자 아뇨….

남자 난 또….

여자 못 했어요. 안 한 게 아니라.

남자 … 그때부터 지금까지 눈코 뜰 새도 없이 바빴다면서요. 분명히 그러셨잖아요?

여자 네. 그때부터 지금까지 정신이 제정신이 아니었어요.

남자 … 정말 너무 하시네. 아무리 자기 일 아니라구, 이러는 법이 어딨습니까. 제가 무슨 짜장면이나 짬뽕, 대신 주문해달라고 부탁한 겁니까?

여자 정말 어쩔 수가 없었습니다.

남자 하… 예, 됐습니다, 됐구요. 지난 일은 지난 일이죠. 다행히 저는 아직 무사하니까. (걱정스레) 조금 일찍 출발했으면 좋았을걸… 길이 너무 캄캄한데….

여자 캄캄한 건 상관없어요. 늘 다니던 길인걸요.

남자	그럼… 수고스러우시겠지만 부탁 좀 드릴게요.
여자	….
남자	… 뭐하세요, 지금?
여자	어쩌죠…? 그러고는 싶은데, 그래야 한다고는 생각하는데요, 지금은 그럴 수 있는 형편이 아니어서.
남자	왜 이러세요 정말. 저요, 더 이상 못 버팁니다. 누구 죽는 꼴 보고 싶어서 이러세요?
여자	왜 그렇게 부정적으로만 생각하세요?
남자	이게 긍정적인 상황입니까?
여자	여태 잘해 오셨잖아요. 밝은 생각만 해도 견디기 힘드실 텐데….
남자	밝은 생각이요? 이게 터지면 번쩍 섬광이 일겠죠? 짧은 순간이겠지만 엄청 밝을 거예요, 그쵸?
여자	왜 그렇게 말을 함부로 하세요? 남은 애가 타서 죽겠구만.
남자	(욱 하지만 참고) … 함부로 말해서 죄송합니다. 하지만 지금 제 형편이 그럴 수밖에 없잖아요. 제발 신고 좀 해주세요.
여자	(짜증스레) 아무 일도 없는데 제가 이러겠습니까?
남자	그러니까 그게 무슨 일인데요?
여자	…그쪽은 모르시는 게 좋습니다.

남자	(사이. 그 동안 쌓였던 감정의 물꼬가 툭 터진다) 이거… 해도 해도 너무하네. 어떻게 그쪽 입장만 그렇게 중요하죠? 구해줄 수도 버릴 수도 있는 그쪽 입장 말구, 한 발만 잘못 움직여도 죽어버리는 내 입장에서 생각한 적 한 번이라도 있어요?
여자	흥분하지 말아요. 그러다 큰일 나겠네.
남자	큰일? 날 테면 나라지. 개처럼 눈치 보면서 그쪽 입맛에 맞춰 살살거리다가 터지나, 내 멋대로 하고 싶은 대로 하다가 터지나 그게 그거 아닌가?
여자	왜 이래요, 갑자기? 목소리 낮추세요.
남자	(약점을 잡았다 싶어) 하! 어머니가 걱정되시나 보죠?
여자	… 어머니를 걱정하는 게 무슨 잘못이라도 된다 이 말인가요?
남자	하세요, 얼마든지. 그쪽 어머니 걱정은 그쪽 몫이니까. 근데 난? 내가 왜? 내가 왜, 이 꼴이 돼서 당신 어머니 심장 걱정까지 해야 하는데? 하나밖에 없는 목숨이 벼랑 끝에 달렸는데, 왜 내가 살려달라고 도와달라고 소리도 못 지르고, 당신 비위나 맞추면서 목숨을 구걸해야 하는데? 내가 왜?
여자	제가 언제 그러라고 했습니까?
남자	(어이없는) 하, 하, 하… 당신은 가만있는데 내가 알

아서 개처럼 헐떡였다 이 소립니까?

여자 그랬어요? 난 그런 생각 안 해봤는데… 얌전한 개였나 보네.

남자 당신 지금 말 다 했어?

여자 자신을 개처럼 생각하는 사람한테 무슨 할 말이 있겠어요?

남자 하, 하.

여자 흥분 가라앉히세요.

남자 내가 왜 그쪽 말을 들어야 되는데? 내 맘대로 할 거야. 내 뜻대로, 내가 하고 싶은 대로. 왜 겁나시나? 어머니가 듣고 숨이라도 가빠질까 걱정되셔?

여자 지금 저를 협박하시는 건가요?

남자 잘 보셨네. 그래요, 당신은 지금 지뢰 위에서 협박하는 최초의 인간을 목격하고 있는 겁니다.

여자 (냉소적으로) 그래, 요구사항이 뭐죠?

남자 지금, 당장, 달려가서 신고를 해요. 그러지 않으면….

여자 그러지 않으면?

남자 후회할 일이 벌어질 겁니다.

여자 그게 전분가요?

남자 에?

여자	그러니까 제 몫은 후회뿐이라 이거죠? 그거라면 자신 있어요. 틈만 나면 하는 게 그거니까.
남자	나 지금 농담하는 거 아닙니다.
여자	하세요. 얼마든지. 그럼 저는 이만…. (퇴장한다)
남자	(당황해서) 어… 어이, 이봐요…. (화가 치밀어) 하라면 못 할 줄 알고? (집 쪽으로 고개를 돌려 소리친다. 어중간한 소리로 시작해서 갈수록 크게) 지뢰를 밟았다~ 지뢰를 밟았어~ 지뢰를 밟았다구~~ (반응이 없자) 그래. 해보겠다 이거지. (소리를 치는 동안 점점 격앙된다) 이런 식으로 나오면 나 발 뗍니다. 그냥 해보는 말이 아녜요. 진짜로 끝낸다구~ 자 귀막아요. 곧 엄청난 굉음이 들릴 테니까. 쾅! 그 소리는 딱 한 번, 단 한 순간일 거야. 하지만 그 소리는 당신 어머니 심장에 심대한 영향을 미칠걸? … 당신은 어떨 거 같애? 여기저기 널린 내 잔해들이 평생 당신의 머릿속을 헤집어 놓겠지. 그 끔찍한 기억들을 외면하고 살아갈 자신 있어? (사이) 이제 셋을 셀 거야. 잘 생각하는 게 좋아. 당신의 기억을 위한 마지막 기회니까. (사이) 좋아, 보여준다. 진짜, 진짜 한다…(사이) 하나! 내가 무능력하고 무기력하다구? 세상에 정면으로 맞설 의지도 능력도

없는 놈이라구? 둘! 그랬을지도 모르지. 니들한테 언제나 등을 보이며 도망만 다녔을지도 몰라. 하지만 지금은 아니야. 지금은… 아니야. 한다, 한다… 한다… 셋!

남자가 진짜 끝내기로 결심한다.
그가 발을 떼려고 움찔거린다.
호흡이 가빠지고 식은땀이 흐른다.
몇 번이고 같은 시도가 이어진다.
이윽고 남자는 그게 불가능하다는 것을 깨닫는다.

남자　　(점점 기어들어가는 소리로) 이봐요~ 여기요~ 이보세요~ 살려주세요~ 살려주세요….

여자　　(등장한다) 할 만큼 하셨어요?

남자　　미안합니다. 진짜, 진짜 죄송합니다. 제가 잠시 미쳤었나 봅니다.

여자　　… 그럴 수 있다고 생각합니다. 그러지 않았으면 좋았겠지만. (사이)

남자　　… 이유라도 알려 주세요. 왜 신고를 할 수 없다는 건지….

여자　　지금은 그럴 수 없다는 거예요. 아예 안 하겠다는 게 아니고.

남자　그러니까요, 그 이유가 뭐냐구요.

여자　꼭 아셔야겠어요?

남자　예, 알고 싶습니다. 사람 목숨을 구하는 거보다 중
　　　요한 일이 도대체 뭔지.

여자　사람 목숨을 지키는 일입니다.

남자　지키다니… 저를 이대로 두고 가만 지켜보겠다, 이
　　　겁니까?

여자　어머니 얘깁니다.

남자　어머니요?

여자　제 어머니요.

남자　아… 그쪽 어머니… 그 얘기를 갑자기 왜….

여자　위독하세요. 이 밤을 넘기기 힘드실 거 같습니다.

남자　… 어머니께서 갑자기 왜….

여자　아까 그쪽이 소리치는 걸 듣고는 내다보셨어요. 막
　　　도착한 저한테 이쪽을 가리키면서 "저기… 저기…
　　　지뢰가… 지뢰가…." 그러더니 가슴을 움켜쥐고 쓰
　　　러지셨는데….

남자　(충격을 받는다) 저, 저 때문에… 그쪽 어머니가….

여자　아무 잘못도 없었어요, 어머니한텐….

남자　… 저도 그렇게 큰 잘못을 저지르지는 않았는데요….

여자	당신은 너무 부주의했어요.
남자	여기에 이런 게 있을지, 누가 상상이나….
여자	게다가 조용히 해달라고 그렇게 당부를 했는데….
남자	몰랐습니다. 정말 그쪽 어머니 심장이 그렇게 안 좋은 줄은….
여자	끝까지 잘못을 인정 않으시네요?
남자	아뇨, 인정하지 않겠다는 게 아니라….
여자	됐어요. 이미 벌어진 일입니다.
남자	… 죄송합니다. 정말 일이 이렇게 될 줄은….
여자	이제 후련하세요? 제가 신고하러 못 가는 이유를 알게 돼서…?
남자	(비루하게) 근데요… 그런 짓까지 해 놓고 이런 말씀 드리긴 좀 뭐 하지만….
여자	말씀하세요.
남자	염치없는 놈이라고 욕하셔도 좋습니다. 하지만… 어차피 지금 여기까지 나오셨잖아요.
여자	… 어머니 곁을 비우면 안 되는데, 여기가 너무 마음에 걸려서요. 얼굴만 뵙고 갈라구….
남자	또 간다구요…?
여자	사경을 헤매는 어머니를 혼자 내버려 둘 수는 없잖아요. 그쪽이라면 그럴 수 있어요?

남자	그럴 수야 없죠. 그럴 수야… 하, 하지만 어머니께서도 그쪽이 그렇게 하시길 바랄 겁니다.
여자	어머닌 그럴 분이 아닙니다.
남자	에?
여자	남 일에 관심 갖는 그런 사람 아닙니다, 제 어머니는.
남자	하….
여자	그래도 이렇게 무사하신 걸 보니까 한결 마음이 놓여요. 가볼게요. (자리를 뜨려는데)
남자	(다급하게) 시간이 그렇게 많이 걸리지는 않을 거예요. 핸드폰이 터지는 데까지만 가시면 되잖아요. 거기서 신고를 하시면….
여자	그럴 수 있으면 벌써 그렇게 했죠. 죄송합니다. 생각보다 시간이 너무 지체돼서….
남자	(재빨리 머리를 굴려) 어머니!
여자	네?
남자	그쪽 어머니요. 병원으로 모셔야죠. 아무리 어려워도 포기하면 안 됩니다. 끝까지 애써 봐야죠. 그러려면 한시바삐 119에 신고를 하셔야죠. 그 김에 저도 겸사겸사….
여자	병원에선 해줄 수 있는 게 없답니다. 의사가 그랬어요. 당신이 원하는 곳에서 여생 보내시다가 편안하

게 가시는 게 최선의 방법이라구….

남자   이런, 돌팔이 자식.

여자   한동안 좋아지고 있었어요. 그쪽이 이런 식으로 나타나서 큰 소리로 떠들어대지만 않았다면….

남자   … 위독하신 분을 혼자서 어쩌시려구요?

여자   지금까지 혼자서 해온 일인 걸요.

남자   지, 지금까지야 그랬다지만….

여자   앞으로도 그래야겠죠. … 또 올게요.

남자   이봐요! 지금 당신이 뭐하는 건지 알아요? 이건 살인이에요!

여자   살인이요?

남자   사람을 찔러 죽이는 것만 살인인 줄 알아요? 죽어 가는 사람을 방치하는 거, 이것도 명백한 살인입니다.

여자   그래서 가는 거예요. 당신 때문에 어머니가 죽어 가니까.

남자   그럼… 그럼 저는요?

여자   부디 잘 버텨주세요. 그쪽이라면 할 수 있을 거예요. 그럼…. (퇴장한다)

남자   (금방이라도 무너져 내릴 듯) 아… 아… 아….

남자가 여자의 뒷모습을 망연히 쳐다본다.

4

30분 후.

남자가 엉거주춤 서서 핸드폰을 치켜들고 이리저리 방향을 잡는다.

혹시 안테나가 뜨지 않을까 주의 깊게 살핀다.

그는 의식하지 못하지만 그의 행동은 다소 자유로워졌다.

말하자면 몸을 뒤로도 돌릴 수 있다.

다리는 고정되어 있지만 허리를 돌려 뒤를 본다.

다음엔 반대편으로.

신호는 잡히지 않는다.

화가 치밀어 오른 남자가 신경질적으로 핸드폰을 던져버린다.

곧바로 후회된다.

저도 모르게 몸이 핸드폰으로 쏠리면서 균형을 잃고 흔들리며 허리를 삐끗한다.

통증을 느끼며 저도 모르게 의자에 앉는다.

남자	(신음) 아… 아… 큰일 날 뻔했다. (허리를 주무르다가 의자에 앉은 걸 깨닫고 놀라 떨며) 뭐야… 어… 어… 어… (떨림이 잦아든다. 일종의 작은 환희를 느끼며) 하… 하하… 하하하하. 아이고 다리야, 아이고 허리야 으으… 후… (의자 팔걸이를 쓰다듬으며) 이거 진짜 편하네. 이 한밤중에 이걸 들고 오려면 엄청 힘들었을 텐데…. (문득 자신의 처지가 떠올라) 미친놈. 뭐 하는 짓이냐… 이런 데 주저앉아서 어쩔라구? (일어나려 하지만 그럴 수 없다)

5

다음날 오전.
남자는 의자에 앉아 담요를 덮고 잠들어 있다.
한쪽에 식당용 카트 같은 것이 있다.
조리대 겸 카트 겸 식탁이다.
그 위에 냄비가 놓인 휴대용 버너가 있다.
여자는 서성대며 집 쪽과 남자를 번갈아 살핀다.
이윽고 여자가 신고를 하러 갔던 방향으로 퇴장한다.

악몽을 꾸는 듯 남자에게서 낮은 신음이 새어나온다.

잠시 후. 여자가 맥없이 돌아와 집 쪽을 본다.

남자가 짧은 비명과 함께 깨어난다.

여자   조심하세요!

남자   에? (다리 밑의 지뢰를 보고 질려) 어….

여자   이러다 정말 큰일 나겠네.

남자   죄송합니다.

여자   안 좋은 꿈 꾸셨어요?

남자   아뇨, 그냥 좀….

여자   신경 쓰지 마세요. 꿈은 반대라는 말도 있잖아요.

남자   (혼잣말로) 여기서 풀려나는 꿈이었는데….

여자   (조리대로 가며) … 그 의자 보기보다 편하죠?

남자   네? 아, 뭐….

여자   (흐뭇한 미소를 지으며) 그래도 거기서 주무시기까지
       할 줄은 몰랐네….

남자   … 자려고 했던 건 아닌데, 저도 모르게 그만….

여자   (버너에 불을 켠다) 글쎄 그렇다니까요, 그 의자가.

남자   네… 아, 어머니는 좀 어떠세요?

여자   (주걱으로 냄비 속을 저으며) 계속 혼수상태세요. 세
       상에 무슨 미련이 그렇게 많으신지… 힘드시더라도

조금 더 기다려주세요.

남자   … 제가 꼭 그쪽 어머니가 돌아가시기를 바라는 것처럼 말씀하시네요?

여자   아닌가요?

남자   … 솔직히 그런 마음이 아주 없는 건 아닙니다. 조금… 아주 쪼금….

여자   그럴 수 있다고 생각은 하지만, 그래도 그러면 안 되죠. 누구 때문에 그렇게 되신 건데.

남자   … 죄송합니다. (어색한 사이) 흠흠… 근데… 이게 무슨 냄새죠…?

여자   내내 후회했어요. 밤에 왔을 때 요깃거리를 좀 갖다 드렸어야 했는데… 하구요.

남자   요기는요, 이 경황에 무슨….

여자   너무 야속하게 생각하지는 마세요. 저도 그때부터 여태 아무것도 못 먹었으니까. 잠깐만요, 데우기만 하면 돼요.

남자   (돌아본다) 지금… 뭐 하시는 건데요…?

여자   닭죽이에요. 체력이 많이 떨어지신 거 같아서…. (소금을 뿌리고 간을 본다) 입에 맞으실지 모르겠네… 저는 좀 심심하게 먹는 편이라. (카트째 끌고 가서 남자 앞에 놓는다) 뜨거워요. 조심하세요.

남자	지금… 이걸… 먹으라구요?
여자	사양하실 거 없어요. 드세요.
남자	아뇨, 사양하는 게 아니라….
여자	어제부터 줄곧 아무 것도 못 드셨잖아요. 하룻밤 새 얼굴이 반쪽이 다 됐네.
남자	(발끈해서) 이보세요. 얼굴이 반쪽이 되던, 별꼴이 되던 지금 그딴 거 신경 쓸 땝니까?
여자	이런 때일수록 든든하게 먹고 힘을 내야죠. 몸이 허하니까 악몽 같은 것도 꾸고 그러잖아요.
남자	아무리 몸이 실하다고 이 마당에 길몽 같은 걸 꾸겠습니까? 지금, 제가 어떤 상탠지 몰라서 이러세요?
여자	왜 모르겠어요? 아무 일도 없는데, 그냥 지나가는 사람한테, 제가 이러고 있겠어요?
남자	… 뜻은 고맙습니다, 고마운데요… 나중에 먹을게요.
여자	나중 언제요?
남자	저요, 지금 말싸움할 기운 없습니다.
여자	그래요, 그래서 드시라는 거예요.
남자	후… 제발….
여자	저는 통 이해를 할 수가 없네요. 항상 나중에, 나중에, 나중에… 왜 있는 그대로의 현실을 안 받아들이

세요?

남자 ··· 제가 처한, 있는 그대로의 현실이 뭔데요?

여자 그걸 몰라서 물어요?

남자 제 생각이랑 다른 거 같아서요.

여자 그쪽은 엄청 지쳐 있어요. 내내 그렇게 긴장하고 용을 썼으니 그럴 수밖에요. 온몸이 굳고 저리고 쑤시겠죠. 그걸 견뎌내느라 체력은 완전히 고갈 됐구요. 지금은 영양을 보충해 줘야 할 땝니다.

남자 제가 뭐 때문에 온몸이 굳고 저리고 쑤시는데다 배가 고픈데요?

여자 배고픈 거 맞죠?

남자 아뇨, 그게 아니라, 지금은 여기에서 벗어나는 일에 집중을 해야 할 때라는 겁니다. 여기서 벗어나기만 하면 다른 것들은 저절로···.

여자 참 답답한 분이네···. 왜 쓸데없이, 거기에만 그렇게 집착하세요?

남자 쓸데없이 집착을 해요···?

여자 그렇잖아요. 그건 지금 당장 어떻게 할 수 있는 게 아니잖아요. 이 문제를 그쪽이 해결할 수 있습니까, 제가 할 수 있습니까? 그쪽하고 저 말고 누구 다른 사람 있어요?

남자	물론 그야 그렇죠, 하지만….
여자	… 뜨끈하게 드시라고 일부러 여기 와서 만든 건데… 생각이 없으시다면 할 수 없죠. 여기 놓을 테니 '나중에' 드세요.

여자가 벤치로 가서 앉는다.

몹시 피곤하다.

음식 냄새가 남자의 코를 자극한다. 역겹다.

남자	저기… 어머니가 혼수상태시라면 잠깐 곁을 비워도 되지 않을까요?
여자	지금 그러고 있는 건데요?
남자	여기까지 말고 조금만 더….
여자	미안합니다.
남자	에… 어제는 정신이 없어서 깜빡하고 말씀 못 드렸는데요, 여기 도착하기 한 시간쯤 전에 제가 통화를 했습니다.
여자	통화를요? 누구랑요?
남자	… 별거 아니구요. 보험사에서 온 건데… 언제 무슨 일이 닥칠지 모르니까 생명보험 하나 들라구.
여자	이런 경우에 보장이 되는 보험도 있나요?

남자	이렇게 될 줄, 그때는 몰랐죠.
여자	아 그렇구나. 그럼 어떤 보험이요?
남자	보험이 중요한 게 아니구요, 통화를 했다구요, 여기서 그다지 멀지 않은 곳에서….
여자	아….
남자	저한테 이런저런 신경을 써주시는 것만 해도 고마운데요, 어차피 애써주시는 거, 조금만 더… 안 될까요?
여자	… 어쩌나… 여기까지가 한곈데….
남자	한계… 라뇨?
여자	… 저기 저 모퉁이만 돌면 신호가 안 들려서요.
남자	신호요? 무슨 신호요…?
여자	어머니가 깨어나거나 무슨 일이 생기면 종이 울리게 해 놨거든요.
남자	아… 어제 그 종소리….
여자	어머니가 깨어나서 저를 찾아도 그렇고, 잘못되신다 해도 그렇고… 그러면 더 그렇죠. 마지막 길을 혼자 가시게 할 수는 없잖아요.
남자	그야 물론 그렇죠….
여자	평생을 힘들게 힘들게만 살아오신 분이에요. 아버질 그렇게 보내고… 그때 제가 생기지만 않았어

	두… 아, 내가 왜 이런 얘기를… 미안해요, 괜히….
남자	아닙니다.
여자	이런 얘기 남들한테 해 본 적 없는데… 남 일에 관심도 없는 사람한테….
남자	왜 그렇게 생각하세요? 저 그런 사람 아닙니다. 저는….
여자	됐어요. 그러실 거 없어요.
남자	아, 예…. (어색한 침묵)
여자	아우, 너무 오래 있었다.
남자	네?
여자	깨어나시기 한참 전에 왔거든요. 생각보다 너무 지체됐어요.
남자	(절박하게) 오래 걸리지 않을 거예요. 한 30분이면….
여자	좀 전엔 한 시간이라면서요?
남자	아, 그건… 낯선 길이라 그렇게 느껴졌던 거구요, 지금 생각해 보니까 전화 끊고 여기 오는데 20분도 안 걸렸던 거 같아요. 한 15분? 아니, 10분? 진짜, 정말요….
여자	죄송합니다. 어머니 혼자 너무 오래 계셨어요. 그럼 또….

남자   이봐요, 이보세요….

그때 멀지 않은 곳에서 핸드폰 벨이 울린다.
두 사람 얼어붙는다.

남자   저게… 저게 어떻게… 여기선 완전 먹통이던 놈이
              어떻게 바로 조기서….

여자   (남자의 시선을 따라 본다) 전화기가 왜 저기에…?

남자   아 그게… 간밤에 제가 좀 흥분을 했거든요… 저도
              모르게 그만….

여자   … 요즘 전화기는 주인이 흥분을 하면 주인하고 일
              정한 거리를 두나보죠? 주인이 흥분을 가라앉히면
              돌아오기도 하나요?

남자   겁이 났어요. 이렇게 된 게 분하기도 했구. 여기서
              벗어날 수나 있는 건지 너무 초조하고 불안하구….

여자   저한테 부탁을 한 이유가 뭐죠?

남자   예?

여자   자신을 이 위기에서 벗어나게 해 줄 어쩌면 유일한
              도구를 그렇게 멋대로 내팽개친 사람이….

남자   … 반성은 좀 미뤄두면 안 될까요…?

여자   그러세요. 반성 같은 건, '나중에' 하세요. (전화기

　　　　　　로 간다)

남자　　(민망해서) 야… 어떻게 조기서 되나? 아 진짜… 정
　　　　말 이 은혜는요, 죽어도 못 잊을 겁니다. 꼭 갚을게
　　　　요. 정말요.

여자　　(가다가 멈칫 서서 잠시 고민하다가 남자를 돌아본다)

남자　　왜 그러세요…?

여자　　아뇨…. 아닙니다.

　여자가 퇴장한다.

　남자는 세상을 다 얻은 것 같은 얼굴이다.

　그때 견딜 수 없을 만큼 큰 허기가 찾아든다.

　남자가 냄비 뚜껑을 열고 게걸스럽게 죽을 먹기 시작한다.

여자　　(목소리) 여기요~

남자　　(얼른 수저를 놓고 안 먹은 척하며) 네? 신고하셨어요?

여자　　(목소리) 신호가 안 잡히는데요. 아무 소리도 안 나요.

남자　　…그럴 리가 없잖아요. … 혹시 모르니까 움직여 보
　　　　세요. (사이) 떠요?

여자　　(목소리) 아직이요~

남자　　떠요…?

여자　　(목소리) 아직이요~

남자	(울고 싶은) 아직 안 떠요…?
여자	(목소리) … 떴어요. 희한하네. 딱 요기 한 지점만 떠요.
남자	(안도) 하… (죽을 퍼먹다가 여자를 보고 환해지며) 신고 끝냈구나. 하… 이렇게 쉬운 걸….
여자	(등장하며) 이거 어떻게 하는 거예요?
남자	… 아직… 신고 안 했어요?
여자	전화를 하려고 했는데 갑자기 화면이 이렇게….
남자	하… 줘보세요. 이거는요… (절망한다) 어….
여자	왜 그러세요…?
남자	밧데리… 밧데리가… (허탈하다) 끝났다… 다 끝났어…. (수저를 툭 떨군다)
여자	아뇨, 아직 끝나지 않았어요. 당신은 여전히 여기 있고, 식욕을 느낄 만큼 건강해요. 기댈 언덕들 중에 하나가 사라졌을 뿐이에요. 그것도 이미 당신이 버렸던… (수저를 챙겨주며) 힘내셔야죠. 드세요, 식기 전에….

6

열흘 후.

이제 무대는 눈에 띄게 달라졌다.

무대 한 켠에 빨랫줄이 드리워져 있다.

거기엔 남자의 옷이 걸려 있다.

남자 주변엔 물건들을 보관할 수 있는 몇 개의 상자들이 눈에 띈다.

그리고 남자의 자리는 커튼으로 만든 일종의 파티션으로 가려져 있다.

여자는 벤치에 앉아서 휴식 중이다.

여자   …아직이에요? …이봐요… 안 들려요?

남자   … 진짜 싫은데… 저는 이대로 괜찮거든요.

여자   말이 되는 소리를 하세요. 어떻게 괜찮을 수가 있어요?

남자   이보다 더할 때도 많아요, 솔직히. 저보다 더한 놈도 썼구.

여자   열흘이에요, 열흘. 보통 사람이라면 벌써 열 번은 더….

남자   알았어요, 알았어요. 잠깐만요….

여자가 희미하게 웃는다.

그녀는 이전보다 한결 여유 있고 부드러워 보인다.

문득 여자가 긴장한다.

무슨 소리라도 들은 듯 집 쪽을 향해 귀를 기울인다.

그녀의 표정이 이내 어두워진다.

남자   다 됐어요. … 다 됐다구요. 안 들려요?

파티션이 걷히고 남자가 보인다.

남자 앞에 작은 테이블이 놓여 있다.

역시 이전보다 한결 여유로워 보이는 남자가 속옷을 들고 있다.

남자   뭐해요, 거기서?

여자   아, 아니에요… (속옷을 받으며) 고집도 부릴 걸 부려
             야지… 속옷을 왜 안 갈아입겠다는 거예요? 쉰내가
             이렇게 진동하는데….

남자   부끄러워서….

여자   이런 걸 내놓는 건 안 부끄럽구요?

남자   … 속옷 갈아입는 일이 얼마나 위험한지 알아요?
             … 뭐야… 벌써 가려구요?

여자   얼른 빨아야죠. 하도 찌들어서 지금 빨아도 지워질

까 모르겠네….

남자   나중에 하면 안 될까요? 날씨도 이렇게 좋은데… 정말 좋은 날이잖아요.

여자   정말 날씨 좋다… (벤치로 가서 앉는다) … 점심 드려요?

남자   나중에요.

여자   나중에, 언제요?

남자   맨날 먹기만 하고 운동을 못하니까… 아우, 배 나온 거 좀 봐. 이거 건강에 치명적인 건데….

여자   조금씩이라도 운동을 하세요. 그러고만 있지 말구.

남자   지금, 여기서… 운동을요?

여자   모든 조건이 완벽해질 때까지 기다렸다 하시려구요? 그런 때가 올까요?

남자   그런 때가 오겠죠, 언젠가는… (사이. 그동안 늘 해온 듯 자연스럽게 369게임을 시작한다) 하나… 뭐해요?

여자   … 둘.

남자   (박수)

여자   넷.

심드렁하게 시작한 게임은 점점 열을 띤다.

그러던 어느 순간, 남자가 게임에서 빠져나와 잔뜩 긴장한다.

여자	… 박자 놓쳤어요, 그죠? 이겼다.
남자	쉿!
여자	왜요?
남자	… 들었어요?
여자	뭐를요?
남자	누군가 저쪽으로 지나간 거 같아요.
여자	아무 소리도 안 났는데….
남자	… 분명히 들었어요. 누가 저리로 지나갔어.

남자가 바닥에서 하얀 깃발이 달린 긴 장대를 집어 들고 벌떡 일어나 깃대를 흔들어대며 소리친다.

남자	여기요~ 거기 누구 있죠? 누구 있죠? 여기요~ 여기요~ 이리 좀 와주세요~ 사람이 죽어가요~ 여기요~ 이보세요~ 여기요~
여자	그만하세요. 아무도 없어요.
남자	분명히 들었어요. 인기척이 있었다구요.
여자	인기척이 들렸다면 누구든 보여야죠. 진정하고 주위를 살펴보세요.
남자	(둘러본다)
여자	알잖아요, 아무도 안 와요, 여기엔.

남자	왜 아무도 안 와요? 저는 왔어요. 저는 왔고, 지금 여기 있어요. 누군가 또 지나갈 겁니다, 틀림없이.
여자	그래요, 누군가 올 수도 있죠. 그쪽도 왔으니까. 하지만 지금은 아니에요.
남자	….
여자	(게임) 하나….
남자	(망설이다가 박자를 맞추며) … 같이 있어줘서 고마워요. 미안하기도 하구. 그쪽이랑 함께 있는 동안 늘 그래요. 둘….
여자	저도 그래요…. (박수)
남자	혼자가 되면 저는, 여기에 찾아오는 어떤 여자를 떠올려요. 넷….
여자	혼자가 되면 저는, 거기에 있는 어떤 남자를 떠올려요, 다섯….
남자	그럴 땐…. (박수)
여자	(남자를 쳐다본다) 일곱….
남자	혼자 있을 땐, 그쪽의 모든 것을 미워하고 저주합니다. 여덟….
여자	알아요, 그 마음. 저도 마찬가지니까… 아홉….
남자	걸렸다.
여자	어머… (어색하게 웃는다. 게임이 흐지부지 끝난다) 아,

날씨 진짜 좋다.

남자   … 왜 여기서 살아요?

여자   어머니가 젊었을 때, 아버지하고 연애하던 시절에 왔던 곳이래요. 아직 사람들이 이곳을 왕래하던 시절에… 마지막으로 찾아간 병원에서 가망 없다는 진단을 받고는 바로….

남자   그건 어머니 얘기고….

여자   (당황) 네?

남자   그쪽한테 묻는 거잖아요. 그쪽이 왜 이곳에 살고 있는지.

여자   저, 저는… 어머니가 원하시니까….

남자   그쪽한테 묻는 거라구요, 어머니가 아니라.

여자   글쎄… 저는… (문득) 무슨 소리 못 들었어요?

남자   무슨 소리요…?

여자   … (일어나서 집 쪽을 본다)

남자   아무 소리도 안 났어요.

여자   아….

남자   긴장 풀어요.

여자   (목덜미를 주무른다)

남자   여길 떠나지 않는 특별한 이유라도 있어요…?

여자   그, 그건… (문득) 지금 종소리 들었죠?

남자	그냥 바람 소리예요.
여자	(귀를 기울인다. 사이) 안 되겠어요. 이만 가 봐야겠어요. (일어난다)
남자	괜찮아요…?
여자	다음에 또….

여자가 허겁지겁 뛰어간다.
남자가 아련하게 그녀의 뒷모습을 본다.

7

한 달 후.
어둠 속에서 천둥과 함께 폭우 내리는 소리가 들린다.
그 소리가 점차 거세지다가 이윽고 잦아든다.
전형적인 새소리가 들린다.
잠시 사이를 두고 조명이 들어온다.
비바람이 심했던 듯 무대가 어지럽다.
남자가 지뢰를 주시하며 조심스럽게 판초우의를 벗는다.

남자	… 이걸 밟고 겪을 만한 일은 다 겪는구나…. 안 떠내려간 게 용하다. (조리대와 남자의 중간 지점에서 뭔가를 발견하고) 저게… 뭐야, 설마… (발밑의 지뢰를 본다) 똑같네…. 이건 무슨 감자나 고구마도 아니구, 비만 왔다 하면….
여자	(등장하며) 괜찮아요?
남자	오셨어요?
여자	별일 없었죠?
남자	아, 예… 근데….
여자	(조리대로 향하며) 갑자기 웬 비바람이 그렇게… 정말 괜찮죠? 다친 덴 없는 거죠?
남자	보시다시피. 근데 이 동네 왜 이래요? 비만 오면….
여자	네?
남자	(문득 갈등이 생긴다)
여자	왜요? 무슨 일 있었어요? (보온병에 담아 온 뜨거운 차를 컵에 따른다)
남자	… 아, 아녜요. 어머니는 좀 어떠세요? (여자의 다리를 주시한다)
여자	똑같으세요. 한 달 전이나, 지금이나…. (컵을 들고 지뢰로 다가간다)
남자	자, 잠깐….

여자 　네? (지뢰 바로 앞에서 멈춘다)

남자 　… 어떻게 그럴 수가 있죠?

여자 　뭐가요?

남자 　… 어머니한테 어쩜 그렇게 한결 같으시냐구….

여자 　… 아녜요, 그런 거. (돌아선다) … 그렇게 자위했던 시절이 있었죠. 아니, 늘 자위하면서 살았어요, 그쪽이 나타나기 전까지는.

남자 　제가 무슨…?

여자 　어머니를 견딜 수가 없었어요. 늘 떠나야 한다고 생각했죠. 실제로 그러기도 했구요, 몇 번이나, 몇 번이나… 하지만 이내 돌아와야 했어요. 어머니는 아프니까… 혼자서는 살아갈 수 없는 사람이니까… 갑갑하고 답답해서 가슴이 터져버릴 거 같은데… 그 곁을 떠나도 역시 터져버릴 거 같았던 거예요.

남자 　그쪽도 지뢰를 밟고 있었던 건가…?

여자 　맞아요. 지뢰…였어요. 어머니는, 저한테. 그렇게 생각했어요. 거기서 발을 떼는 순간 같이 터지고 말 거라고. 그럴 거라고…. 하지만 핑계였어요. 겁이 났던 거예요. 어머니를 떠나면 더 큰 지뢰를 밟을까 봐. 어머니라는 지뢰를 밟고 있는 한, 다른 지뢰를 밟지 않을 수 있으니까….

남자	지금… 날 비난 하는 건가요? 이걸 벗어나면 더 큰 지뢰를 밟을까 봐, 여기서 뭉개고 있다는… 그런 뜻이에요?
여자	제 얘기였습니다. 어떻게 생각하든 그쪽 자유지만….
남자	….
여자	차 다 식겠네. (다가간다)
남자	… 멈춰요!
여자	왜요?
남자	발밑을 봐요.
여자	이, 이게 어떻게 여기….
남자	… 하하하하. 어쩌자고 그런 걸 밟아요, 그렇게 잘난 사람이? 어떻게 그렇게 부주의할 수가 있어? 발밑에 뭐가 있는지 쳐다도 안 보고 다녀요?
여자	몰랐어요, 이런 게 있을 줄….
남자	있다고 다 밟아요!
여자	… 왜… 포기했어요?
남자	나는… 당신이 그걸 밟지 않기를 간절하게 바랐어요. 그리고 나는… 당신이 그걸 밟기를 진심으로 바랐어요.

여자가 조심스럽게 다리를 빼려 한다.

위협적인 폭발 전조음이 들려온다.

우르릉!

남자   (겁을 먹고) 조심해요! 그러는 게 좋을 거예요….

여자   (다시 한 번 시도한다)

남자   그만둬요….

여자   어머니….

남자   자업자득이란 말 알아요? 당신이 여기 처음 왔을 때, 아니 그날 밤에만 도와줬어도 이런 일은 없었겠지. 멀리 갈 것도 없었어. 바로 조기, 눈앞에 보이는 조기까지만 갔어도, 성의 있게 단 몇 발짝만 움직여 줬어도….

여자   여기에 온 건 그쪽이에요. 나는 그쪽을 부르지도 않았고, 거기에 그걸 밟고 서 있어달라고 요구하지도 부탁하지도 않았어요. 하지만… 그쪽 때문에 나는 어디에서도 편할 수 없었어요. 착각하지 말아요. 피해자는 그쪽만이 아닙니다.

남자   … 인정해요. 그랬어요. 하지만 아무리 그렇다 해도 인간이 그래서는 안 돼.

여자   나한테 바란 게 뭐죠? 아니, 내가 뭘 할 수 있었겠어요?

남자	그쪽한테 그건 어려운 일이 아니었어.
여자	물론 할 수도 있었겠죠, 신고 정도는. 하지만 그게 끝인가요? 내가 그렇게 하면 당신이 구원받을 수 있어요? 여길 벗어나면 자유로워지나요? 저기에서 당신을 기다리고 있는 건 뭔데요…?

땡땡땡땡
어머니의 종이 울린다.

여자	… 어머니!
남자	… 이제 와서 어쩌자고….
여자	어머니예요. 어머니가, 어머니가….
남자	조심해요!
여자	어머니~ 저 여기 있어요~ 금방 가요~

여자가 앞에 있던 의자를 집어 들고 지뢰 선에 조심스럽게 갖다 댄다.
우르르 폭발 전조음이 들려온다.

남자	미쳤어요? 지금 뭐 하는 짓이에요!
여자	….

남자   하지 마요, 그러다 큰일 나.

여자가 의자 다리를 있는 힘껏 땅에 박는다.
폭발 전조음이 점점 커진다.

남자   그러다 죽어요… 그러지 말아요….
여자   당신은 그렇게 버틸 수 있는 사람이에요. 거기에서
      버티고 적응해서 살아갈 수 있는 사람이에요. 하지
      만 나는… 아니에요. 나는 그럴 수 있는 사람이 아
      니에요.

종소리가 점점 빨라진다.
마음은 급하지만 사정이 여의치 않다.
여자가 이런저런 모색을 할 때마다 폭발 전조음은 그녀를 위협
한다.
이윽고 종소리가 미친 듯이 울려댄다.

여자   (소리치는) 조금만요, 어머니~ 조금만 기다리세요~
      금방 가요~
남자   안 돼… 안 돼… 안 돼… 안 돼~

여자가 지뢰에서 빠져나온다.

폭발 전조음이 뚝 멈춘다.

남자   어떻게 된 거죠…?

여자   모르겠어요.

여자가 비틀비틀 뒤로 물러나다가 풀썩 넘어진다.

남자   왜 그래요? 이봐요, 이봐요. 다쳤어요? 이봐요….

여자   괜찮아요… 다리에 힘이 풀려서… 가볼게요.

여자가 비틀거리며 집으로 간다.

홀로 남은 남자가 그녀의 뒷모습을 넋을 놓고 보다가 뭔가 결심
을 한다.

여자가 한 것처럼 조심스럽게 의자를 빼 들고는 지뢰 선에 갖다
댄다.

폭발 전조음이 시작된다.

남자가 조심스럽게 발을 떼려는데 폭발 전조음이 극도로 고조
된다.

남자   안 돼. 난 못해… 난 못해….

남자가 절망적으로 흐느낀다.

8

3년 후.

무대에는 가스레인지, 아이스박스, 작은 오디오 따위가 추가되어 있다.

가설 지붕도 설치되어 있다.

말하자면 최소한의 살림살이를 갖춘 집이 완성된 셈이다.

남자가 에어로빅 오디오를 틀어놓고 운동을 하고 있다.

오디오   몸을 완전히 쭉 편다는 느낌으로… 원, 투, 뜨리, 포, 화이브, 식스, 세븐, 에잇. 원, 투, 뜨리, 포, 화이브, 식스, 세븐, 에잇. 자, 다음은 허벅지와 종아리의 군살을 빼는 동작인데요. 이렇게 몸을 움츠렸다가 뛰어오르는 느낌으로… 자, 쉽죠? 따라 해보세요. 원, 투, 뜨리, 포….

남자가 따라 하려다가 움찔 멈춘다.

그는 잠시 머뭇대다가 작은 동작으로 따라한다.

여자가 등장한다.

그녀는 아기를 태운 유모차를 끌고 있다.

여자   나 왔어요.

남자   어디 갔다 와요?

여자   내일이 우리 유진이 돌이잖아요. 이거저거 좀 장만
하느라….

남자   벌써 그렇게 됐나…?

여자   그러게 벌써 그렇게 됐네.

남자   장모님은…?

여자   여전하시죠 뭐… 무슨 미련이 그렇게 많으신지….

남자   (고개를 끄덕이며) 흠…. (유모차 안을 들여다보며) 아
우, 예뻐라 우리 딸… 우쭈쭈쭈.

여자   조심해요.

남자   걱정 말아요, 내가 여기서 3년 차예요, 3년 차. …
더덕주 남았나…?

여자   술은 왜… 당신 요새 부쩍 피곤하다면서.

남자   아무리 그래도 오늘같이 좋은 날은 한잔해야지.

여자   딱 한잔 만이에요. (아이스박스에서 술을 꺼내 잔에 따
른다)

남자   아우, 좀 큰 잔에 따르지. 딱 한잔인데….

천둥소리가 들린다.

남자   비가 오려나?
여자   3년 동안 그렇게 가물더니… 저 구름 좀 봐요. 큰비
       가 오려나 보네….
남자   (아기에게) 비가 온대요, 큰비가 온대… 우쭈쭈주.

서서히 암전.

이웃집
발명가
두 번째 이야기

1

발명가의 집.

전면에 깔끔한 거실.

왼쪽에 침실로 통하는 문이 있다.

오른쪽 뒤쪽에 작은 작업실이 보인다.

거실 앞쪽에 TV가 있다.

관객들이 객석을 채우는 동안 발명가는 작업실에서 일을 하고
있다.

작업이 오래 지속된 듯, 피곤한 모습이다.

이따금 무의식적으로 어깨며 허리를 주무른다.

이윽고 발명가가 작은 기계부품을 들고 거실로 나온다.

발명가는 기대에 찬 모습으로 그것을 TV에 장착한다.

그리고 TV앞에 테이블을 개조한 전용 받침대를 갖다 놓는다.

발명가가 리모컨을 조작한다.

조명이 깜박이다가 꺼진다.

다시 조명이 들어온다.

발명가의 뒤쪽에 거의 속옷 차림의 여배우가 나타난다.

그녀는 당황한 기색으로 주위를 둘러본다.

잠시 후, 그녀는 자신이 김치 통을 들고 있다는 사실을 깨닫는다.

여배우가 눈살을 찌푸리며 김치 통을 내려놓고는 향수를 뿌린다.

그러는 사이, 발명가는 TV와 받침대를 번갈아 보며 뭔가를 기다린다.

하지만 발명가가 기다리는 것은 나타나지 않는다.

여배우가 발명가를 부르려고 하는 순간 조명이 깜박이다가 꺼지고 이내 다시 켜진다.

그녀는 김치 통과 함께 사라졌다.

발명가　　… 이번엔 틀림없을 줄 알았는데… 하… 뭐가 또 문젠가…. (현기증을 느낀다) 으… 체력의 한계다. (소파에 앉으려다) 시간 없어. (등과 허리에 통증을 느끼고) 으. 허리만 펴자. (눕는다) 으~ (눈이 감긴다) 안 돼. 다 왔어. 쉴 시간은 많아. 얼른 끝내고, 그다음에….

발명가가 스르르 잠이 든다.

2

블랙이 등장한다.
그는 감회에 젖어 집안을 둘러본다.

블랙   박사님~ 박사님~ 박사…. (코고는 소리를 듣고) 여기 계셨네. 박사님. 박사님….

발명가가 잠에 취해 돌아눕는다.
블랙이 발명가에게 담요를 덮어준다.
그리고는 발명가의 발치에 개처럼 엎드린다.
혼자 있는 동안 블랙은 무의식적으로 개처럼 행동한다.

블랙	… TV 켜. (켜진다) 채널 앞으로. 채널 앞으로.

내레이션	… 그런데 이렇게 수백만 년 동안 정체됐던 인류문명은 약 1만 년 전, 극적인 변화를 맞이합니다. 중동지역에 느닷없는 문명이 불쑥 솟아오른 것이죠. 어떻게 이런 일이 벌어졌을까요?
인터뷰1	… 외계에서 누군가가 날아든 거죠. 예, 외계인이요. 그 외계인이 진화의 동력이라곤 전혀 없었던 원시인들에게 문명의 씨앗을 심어줬다….
인터뷰2	아뇨, 해답은 내부에서 찾아야 합니다. 진화의 동력은 충분했어요. 다만, 누군가가 100만 년 동안 꾸준하게 문명의 시작을 방해해 온 게 아닌가….

방송이 진행되는 도중, 문득 장난기가 발동한 블랙이 소파 뒤로 숨는다.

블랙	볼륨 키워. 더. 더. 더… (발명가가 돌아눕는다) 많이 피곤하신가…? 볼륨 줄여. 더. 더. 더… (소리가 들리지 않는다)

블랙이 소리 없는 TV 화면을 멍하니 보는데 밖에서 인기척이

들린다.

블랙   누가 왔나…? 누구세… (나가려다 냄새를 맡고는 놀라) 흠흠… 로즈밀러…? 저 사람이 왜…?

블랙이 허둥지둥 구석으로 가서 숨는다.

3

밖에서 전화벨 소리가 들린다.
발명가가 부스스 깨어난다.

발명가   아우… 깜박 잠들었네… 으~

로즈밀러 (목소리) 여보세요. 아… 우진이 어머님. 네? … 아까 다 말씀드렸을 텐데요? … 그렇게는 안 됩니다. 아뇨, 그럴 수 없습니다. 절대루요. 네네….

발명가   (당황해서) 뭐야, 이 사람이 벌써…. (TV를 보고 뜨악해서) 테레비가 왜…? 테레비 꺼. (작업실로 가려다 문득 TV를 만져 보고) 앗, 뜨거. 냉각! (가려다) 급속

냉각! (후닥닥 작업실로 뛰어든다)

로즈밀러   (등장하며) 나 왔어요~ 여보. 여보….

블랙   (놀라) 여보? 그럼… 박사님하고 로즈밀러 양이…?

로즈밀러   (고개를 갸웃하고는 냄새 맡는) 흠흠, 흠흠… 누가 왔나…?

블랙   어! 개 코다…. (숨는다)

로즈밀러   (소파에 널브러진 담요를 보고는 그걸 개키며) 여보~ 자나…? (작업실 앞으로 간다)

발명가   (작업도구를 들고 열심히 일하는 척한다)

로즈밀러   (문을 열고 서서 잠시 보다가) 여보. 여보….

발명가   (놀라는 척) 어! 깜짝이야.

로즈밀러   왜 그렇게 놀라요? 내가 몇 번이나 불렀는데….

발명가   (작업에 열중한 척하느라 고개를 들지 않고) 그랬어요? 난 전혀….

로즈밀러   손님 갔어요?

발명가   누가 오기로 했어요?

로즈밀러   아닌가…? (방으로 가려다가) 일 잘돼요?

발명가   그럭저럭.

로즈밀러   뭐가 보여요?

발명가   어… 이제 슬슬 보인다고 해야겠지. 이번엔 달라. 두고 봐요.

로즈밀러	어두울 거 같은데….
발명가	물론 당신 맘 이해는 해요. 아직까지 당신이 만족할 만한 발명품을 만들어내지 못했으니까. 하지만 어두운 터널은 다 지났어. 고지가 바로 코앞이에요. 이제 곧….
로즈밀러	불 안 켜도 되느냐구요.
발명가	어? (그제야 고개를 든다)
로즈밀러	해 떨어진 지가 언젠데… 여기선 당신 얼굴도 잘 안 보이네.
발명가	어? 시간이 벌써 이렇게 됐나? 내가 일에 빠지면 시간 가는 줄을 몰라서. 아, 하하하하…. (슬그머니 일어나서 불을 켠다)
로즈밀러	… 테레비가 저 혼자 떠들고 있었나보네. (방으로 간다)
블랙	어! 그 소리를 들었구나.
발명가	뭐야, 소리는 켜 있지도 않았잖아. (작업실에서 나오며) 테레비가… 왜요?
로즈밀러	나는 당신이 테레비 보고 있는 줄 알았어요. 저 앞 한길까지 테레비 소리가 들리길래…. (방으로 들어간다)
발명가	… 떠보는 건가? (방 앞으로 가며) 하하. 다른 집에서 난 소리겠지.

블랙이 TV에 대해 말하려고 발명가에게 조심스럽게 다가간다.
마치 혼자서 '무궁화 꽃이 피었습니다.'라도 하는 것 같다.

로즈밀러   이 주변에 우리 말고 다른 집 있어요?

발명가   당신… 날 의심하는 거예요?

로즈밀러   (문이 빼꼼 열리며) 의심이라니? 내가 무슨 의심을
             해요?

블랙   (흠칫 놀라 그대로 멈춘다)

발명가   내가 일은 안 하고 온종일 테레비나 보고 있었다거
             나 뭐 그런….

로즈밀러   그랬어요, 당신? 어쩐지….

발명가   어쩐지라니?

블랙   (다가가다가 그대로 멈춘다)

로즈밀러   (문이 빼꼼 열리고) 당신의 새 발명품을 본 지가 꽤나
             된 거 같아서요.

발명가   그, 그건… 인제 금방 나와요.

로즈밀러   네~

발명가   진짜 열심히 하고 있거든. 혼자 있을 때 테레비 같
             은 거 절대 안 보구.

블랙이 거의 발명가에게 닿는다.

바로 그때 방문이 열린다.

블랙은 작업실로 뛰어든다.

실내복으로 갈아입은 로즈밀러가 발명가의 옷을 들고 나온다.

로즈밀러   그래요, 알았어요. 일하고 있었어요, 당신은. 테레
비는 저 혼자 켜 있다가, 내가 들어오니까 저절로
꺼졌구.

발명가   진짜 안 봤다니까 그러네.

로즈밀러   네네, 그렇겠죠. (옷을 건네며) 갈아입어요.

발명가   나중에.

로즈밀러   나중에는 왜 나중에? 지금 세탁기 돌릴 건데.

발명가   그건 나중에 내가 해도 돼요. 온종일 일하고 와서
피곤할 텐데 또 무슨….

로즈밀러   세탁기가 돌지 내가 도나? 얼른요.

발명가   어제 갈아입은 건데 뭘 귀찮게 자꾸….

발명가가 양팔을 치켜든다.

로즈밀러가 아이에게 그러는 것처럼 옷을 갈아입히고 헝클어진
머리를 손빗으로 빗겨준다.

발명가   아, 그러면 되겠네. (TV로 가서) 한 번 만져 봐요.

로즈밀러　왜요?

발명가　온종일 켜 있었으면 뜨끈뜨끈할 거 아냐.

로즈밀러　하, 참. 왜 그렇게 사소한 거에 집착할까…?

발명가　억울하니까 그러지….

로즈밀러　당신 진짜로 테레비 안 봤어. 됐어요? 바지는 안 벗
　　　　　어요?

발명가　(바지를 벗으며) 봤으면 내가 봤다 그러지. 안 봤으니
　　　　　까 안 봤다 그러는데 왜 자꾸….

로즈밀러　팬티는?

발명가　(벗으려다) 아까 샤워하고 갈아입었어요.

로즈밀러　어머, 웬일이야… 내가 말도 안 했는데 당신이 샤워
　　　　　를 다….

발명가　(새 바지를 입으며) 아, 좀 피곤해서….

로즈밀러　아유, 착해라. 참 잘했어요. (엉덩이를 두들겨 주고는
　　　　　빨래를 들고 나간다)

발명가　사람이 말이야 의심을 할 게 따로 있지, 테레비가
　　　　　이렇게 차가운데 무슨… (TV 위에 손을 대보고 놀라)
　　　　　어! (손이 붙어 떨어지지 않는다) 너무 냉각됐다…. (손
　　　　　을 떼려다 다른 손까지 붙어버린다) 어!

로즈밀러　무슨 일 있어요?

발명가　아, 아냐. 아무 일도 없어요.

로즈밀러 (와서 보고) 어머, 이게 뭐야… 테레비 위에 웬 성에 가 이렇게….

발명가 … 원래 여기가 웃풍이 심하잖아.

로즈밀러 지금이 겨울도 아니구… 아무리 웃풍이 세도 그렇지… 어머, 당신 손… 안 떼져요?

발명가 안 떼지기는… (떼어지지 않는다)

로즈밀러 (손에 입김을 호호 불어 떼어준다) 손이 시퍼렇게 얼었네.

발명가 괜찮아요, 그냥 쪼금….

로즈밀러 당신… 또 무슨 짓을 한 거예요?

발명가 (당황해서) 무, 무슨 짓이라니? 내가 무슨 짓을 하겠어요?

로즈밀러 (조심스럽게 TV를 닦는다)

발명가 뭐 해요?

로즈밀러 걸레로 여길 이렇게 닦았더니 이게, 히히히, 하고 웃었잖아요. 그게 재작년 이맘때던가…?

발명가 '히히히'는 무슨….

로즈밀러 벌써 잊었어요?

발명가 '히히히'가 아니고, '갸르릉'거렸지.

로즈밀러 그래서… 그게 테레비가 할 소리예요?

발명가 저 녀석은 기분이 좋아서 그런 거예요.

로즈밀러 테레비가 어떻게 기분이 좋을 수가 있어요?

발명가 자기 몸을 닦아주는데 당연히 좋지. 나도 당신이 등을 밀어주면 기분이 얼마나 좋은데.

로즈밀러 여보. 이건 테레비예요.

발명가 알아요, 얘는 목욕 같은 거 할 수 없다는 거.

로즈밀러 청소할 때마다 갸르릉거릴 걸 생각하면, 어디 불안해서 근처에 갈 수나 있겠어요?

발명가 왜 불안해요? 제 딴에는 좋다고 고맙다고 애교 떠는 건데?

로즈밀러 그러니까 하는 말 아니에요. 좋아하고, 고마워하는데다가 애교까지 떠는 테레비라니….

발명가 당신이 학교에서도 그렇구, 집에서도 그렇구, 맨날 힘들어 하니까, 스트레스 풀라고 만들었던 건데… 그래서 괴롭거나 슬픈 감정은 드러내지 못하게 했던 거구….

로즈밀러 여보. 그때도 말했지만… 내가 좋아하는 테레비는요, 그냥 평범한 테레비예요. 즐겁거나 괴롭거나 슬프거나 그런 걸 느끼지도 못할뿐더러, 다른 어떤 자기감정도 드러내지도 않는 테레비 말이에요.

발명가 그래서 원래대로 돌려놨잖아요.

로즈밀러 (미심쩍어 여기저기, TV 전체를 닦는다)

발명가	이제 안 그런다니까.
로즈밀러	(TV를 의심스럽게 보다가) 여보. 당신은 천재예요. 평범한 이웃들의 인생에 보탬이 될 발명품을 만들어야 할 책임이 있는 사람이라구요.
발명가	내가 지금 만들고 있는 게 바로 그거예요. 두고 봐. 이번엔 정말 당신도 깜짝 놀라지 않을 수 없을 테니까.
로즈밀러	… 제발 엉뚱한 짓 좀 하지 말아요.

로즈밀러가 퇴장한다.

4

발명가가 TV에 장착했던 부품을 떼서는 터덜터덜 작업실로 간다.
블랙이 반가워 두 팔을 벌린다.
발명가는 블랙을 보지 못하고 자리에 털썩 앉는다.
발명가가 확대경으로 기계부품을 들여다본다.

발명가	뭐가 문제냐… (이리저리 살피다가) 아… 이건…? (부

품에 시선을 고정한 채, 더듬더듬 도구를 찾는다)

블랙　　(발명가의 손에 기구를 올려놓는다) 여깄습니다, 박사님.

발명가　고마워, 블랙. … (잠시 동안 작업을 하고) 됐다. 이제… (문득) 블랙…? (그제야 돌아본다)

블랙　　박사님.

발명가　(말을 잇지 못하고 눈만 끔벅댄다)

블랙　　네, 저 블랙이에요. 환상이나 환각, 신기루 같은 거아니구, 진짜 블랙이요. 아프리카에서… 방금 돌아왔어요.

발명가　너 이 녀석… 어떻게 나한테 말도 안 하고 그렇게 훌쩍….

블랙　　죄송해요.

발명가　어쨌든 왔으니 됐다. 잘했어. 반갑다, 블랙. 정말 반가워. (끌어안는다)

블랙　　(감상적으로) … 그리웠어요. 여기가요. 박사님이요. 박사님과 함께, 숱한 밤들을 뜬눈으로 지새우며 발명에 매달리던 그때 그 시절이….

발명가　(주머니에서 작은 공을 꺼내) 블랙?

블랙　　어떻게 그걸 아직….

발명가　언젠가는 이런 날이 올 줄 알았다.(이리저리 휙휙 움

직인다)

블랙　　(한심하다는 듯) 뭐하세요?

발명가　그리웠다며? (더 크게 휘두른다)

블랙　　(미동도 않고) 재미있으세요?

발명가　(당황해서 더욱 크게 휘두르며) 이럴 리가 없는데… 이
　　　　건 본능이야….

블랙　　물론 이겨내기가 쉽지는 않았죠. 하지만 반드시 해
　　　　내야 했어요. 그때… 그 한 순간을 못 참고 뛰쳐나
　　　　간 게, 두고두고 얼마나 수치스럽던지….

발명가　(더 크게 휘두른다) 참을 필요 없다, 블랙. 끌리는 대
　　　　로 해.

블랙　　그만하세요. 유치해요.

발명가　유치한 게 내 본능이다. (문밖으로 던지는 척) 어이.
　　　　어쭈. 어이! 어이! 어이… (블랙이 끝내 반응하지 않
　　　　자) 아, 민망해. 괜히 사람만 유치해지고 이거… (공
　　　　을 밖으로 툭 던진다)

블랙　　으, 으… (참고 싶지만 못 견디고 개처럼 헐떡이며 공을
　　　　쫓아 달려간다)

발명가　뭐야, 너… 아하하하하.

　블랙이 공을 쫓아가는데 로즈밀러가 등장한다.

발명가가 흡, 숨이 멎을 만큼 놀란다.

로즈밀러는 블랙을 못 보고 방으로 들어간다.

발명가가 급하게 뛰어나가 블랙을 끌고 작업실로 간다.

블랙   (코앞에 있는 공을 물려고 버둥거리며) 왜 이러세요.
        놓으세요, 이거 놔요.

발명가   조용, 조용.

블랙   아우, 이거 좀… (개처럼) 왕, 왕.

발명가   (블랙의 입을 틀어막고 끌고 가며) 제발 좀.

블랙   (축 처져서 헐떡댄다)

발명가   나는 진짜로 네가 엄청 달라진 줄 알았다.

블랙   (깊은 한숨을 내쉬며) 하… 완전히 극복한 줄 알았는
        데….

발명가   그 정도만 해도 대단한 거다. 괄목상대야.

블랙   세월이 얼만데요.

발명가   한 3년 됐나…?

블랙   박사님한테는 고작 3년일지 모르지만, 저한테는 강
        산이 세 번 변할 만큼의 세월이거든요, 그게.

발명가   그래… 그렇구나.

블랙   그간 어떻게 지내셨어요?

발명가   나야 잘… 너는?

| 블랙 | 저도 잘. … 사실 안 돌아올 생각이었어요. 얼마 전까지는요, 근데…. |
| 발명가 | 쉿! |

발명가가 블랙의 입을 막고는 숨을 죽인다.
로즈밀러가 방에서 핸드폰을 챙겨들고 나와 다시 퇴장한다.

발명가	후….
블랙	저는… 상상도 못 했어요. 박사님이 로즈밀러 양이랑 결혼할 줄은….
발명가	어, 그래, 그렇겠다, 그땐 나도 몰랐으니까. 흠….
블랙	네…. (어색한 침묵이 흐른다)
발명가	… 좋은 사람이다.
블랙	네….
발명가	(밖의 기척을 살피고) 지금 가면 되겠다.
블랙	(놀라) 네?
발명가	얼른 가. 이러다 들키겠다.
블랙	들키긴 왜 들켜요? 인사를 하면 되지?
발명가	… 저 사람이 널 어떻게 생각하는지 몰라서 그러냐? 저 사람은 틀림없이 널 평범한 개로 되돌려놓으라 그럴 거다. 난 그러고 싶지 않아.

블랙	문득문득 후회했어요. 그때 그렇게 떠나는 게 아니었는데, 하구요. 동족들이랑 같든 다르든, 그전의 나랑 같든 다르든, 이렇게 된 지금의 내가 나인 건데, 누가 뭐라던 여기서 싸웠어야 했는데, 하구요⋯ 아, 떠나서 안 좋았다는 건 아니에요. 좋았어요. 정말 좋았어요. 박사님도 가보시면 아실 텐데⋯ 거기가 얼마나 아름답고 자유로운 곳인지⋯. (머뭇대다가) 사실⋯ 제가 여기 온 거는요⋯.
발명가	(블랙의 말을 듣지 않고 밖의 동정을 살피다가) 숨어, 숨어.

로즈밀러가 두리번거리며 뭔가를 찾고 있다.

블랙	(나가려는데)
발명가	(속삭이는) 무슨 짓이야? 너 미쳤어?
블랙	괜찮아요, 걱정 마세요.
발명가	내가 안 괜찮다니까. 너랑 같이 있는 거 보면 저 사람이 어떻게 생각하겠니?
블랙	어떻게 생각하는데요?
발명가	일은 안 하고 노닥거리기만 했다고 오해할 거 아냐. ⋯ 조금 전만 해도, 보지도 않은 테레비 때문에 하

루 종일 빈둥댄다는 의심을 받았다.

블랙   아… 박사님, 테레비는요, 아까 제가….

로즈밀러   여보~

발명가   이쪽으로 온다! (허둥대며) 너, 여기 없는 거다. 절
대, 절대 없는 거야.

로즈밀러   이 사람이 어디 갔나? 여보~

발명가   나가요~

5

발명가가 작업실에서 튕겨 나온다.

로즈밀러   … 무슨 일 있어요?

발명가   아, 아니. 급하게 나오다 보니 급발진이 돼서… 근
데 왜요?

로즈밀러   김치 통 못 봤어요?

발명가   (깜짝 놀라 눈에 띄게 당황하며) 어? 기, 김치 통?

로즈밀러   왜 그렇게 놀라요?

발명가   그러게… 왜 이렇게 놀라지? 다른 말 한 번 해봐요.

놀라나 보게.

로즈밀러　이이가….

발명가　근데… 다 저녁때 김치는 왜?

로즈밀러　저녁때니까 찾죠.

발명가　아….

로즈밀러　익혀 먹으려고 다용도실에 놔뒀는데, 안 보이네. 못
　　　　봤어요?

발명가　어… 그게….

로즈밀러　내가 뒤뜰에 내놨나…?

발명가　그렇겠네. 뒤뜰이… 좋지. 발효는 뒤뜰, 뒤뜰은 발
　　　　효. 하하… 어디 가요?

로즈밀러　김치 가지러요. 저녁 먹어야지. (가는데)

발명가　(머뭇거리다가) 김치!

로즈밀러　에?

발명가　먹고 싶지 않은데… 아니, 못 먹어요, 김치. 속이 쓰
　　　　려서. 요즘 스트레스가 너무 심해서 그런가, 으~

로즈밀러　많이 안 좋아요? 병원에 가봐야 하는 거 아녜요…?

발명가　아니 그 정도는 아니구… 금방 괜찮아질 거야, 김치
　　　　만 안 먹으면.

로즈밀러　쉬엄쉬엄 해요. 테레비도 좀 보면서….

발명가　테레비 안 봤다니까!

로즈밀러	누가 뭐래요? (가는데)
발명가	갈 필요 없다니까요. 김치 안 먹는다구요.
로즈밀러	… 뒤뜰에 누가 있어요?
발명가	아니, 안 먹는다는데 굳이 가지러 간다니까….
로즈밀러	내 입도 입이에요.
발명가	그, 그렇지… (로즈밀러 나가려는데) 여보!
로즈밀러	깜짝이야.
발명가	그 김치 말이야 사실은….
로즈밀러	(전화벨이 울린다) 잠깐만요. 여보세요. 네, 교감선생님. (표정이 굳는다) 그 얘긴 아까 우진이 어머니하고 얘기 끝냈습니다만… 당연하죠. 규칙은 규칙입니다. 네네, 절대요. 네? 아, 그런… (곤란한) 저희 집 근처에요? … 네. 제가 나가겠습니다. 네. (끊으면)
발명가	웬만하면 원만하게 처리해요. 너무 얼굴 붉히지 말구.
로즈밀러	(생각에 잠겨 있다가) 나 요 앞에 좀 나갔다 올게요. (생각난 듯) 아… 좀전에 당신, 김치 뭐라 그러지 않았어요?
발명가	김치… 내가 찾아서 썰어 놓겠다구.
로즈밀러	그럼 고맙구.

로즈밀러가 퇴장한다.

6

발명가는 작업실로 허둥지둥 뛰어들고 블랙은 작업실에서 나온다.

블랙   박사님, 드릴 말씀이 좀….

발명가   (부품을 들고 나오다가) 어, 이런, 깜빡했네. (다시 들어갔다 나온다)

블랙   박사님 시간 좀….

발명가   아, 갈라구? 그래. 조만간 다시 와라. 아내 없을 때….

블랙   … 그게 낫겠네. 안녕히 계세요.

발명가   아, 아니다. 블랙. 너 망 좀 봐라.

블랙   네?

발명가   조기서 지켜보다가 그 사람 오면 나한테 신호를 보내.

블랙   … 박사님 집에서 박사님이 왜 망을 봐요?

발명가   남의 집에서 망을 보는 게 문제지, 내 집에서 망을
         보는 게 뭐가 어때서?

블랙   아프리카에서는요, 사자는 망을 안 봐요. 기린이 망
         을 보지. 표범은 망을 안 봐요. 톰슨가젤이나 얼룩
         말이 망을 보지.

발명가   걔네도 남의 집에서 망을 보는 건 아니잖아.

블랙   … 그러네요. (현관으로 간다)

발명가 TV에 부품을 장착하는 동안, 블랙은 말을 꺼낼까 말까
망설인다.

블랙   … 박사님은 세상이 공정하고, 공평하다고 생각하
         세요? 혹시 모든 것이 너무 한쪽에 쏠려 있다고 생
         각해 본 적 없으세요?

발명가   (부품을 떼서 위치를 바로잡으며) 그래, 좀 쏠린 거
         같다….

블랙   아프리카에 살면서 뼈저리게 느낀 게 그거거든요.
         가진 자들은 더 많은 지식과 정보와 기회를 차지하
         고, 그래서 더 많은 것을 얻고, 또 그걸 이용해서 후
         발주자들을 위해 마땅히 남겨두어야 할 자원까지
         약탈하고 탕진하고… 이대로 멍때리고 있으면 이

악순환은 영원히 계속될 거예요, 틀림없이. (사이) 근데 정말 깝깝한 게 뭔지 아세요? 제 친구들은… 아, 기린, 누, 얼룩말, 톰슨가젤… 뭐 그런 새로 사귄 친구들이요. 걔네들은 자기가 피해자라는 것도 몰라요. 제가 아무리 설득하려고 해도 이건 도대체가 말이 통해야죠. 어떡하면 이 문제를 해결할 수 있을까… 곰곰 생각했어요. 결론은 딱 하나더라구요. 초원의 친구들이 한데 뭉치는 거요. 근데… 그러려면 먼저 각성을 해야겠더라구요. 자기가 누군지, 지금 어떤 처지에 있는지… 네. 저처럼요. 그래서였어요, 박사님을 찾아온 건. 무리라는 건 알지만 부탁이나 드려보려고….

발명가   (설치작업을 마치고) 다 됐다.

블랙   물론 오늘 당장 결정하시라는 건 아니구요….

발명가   어? 결정? 무슨 결정…?

블랙   … 제 얘기… 안 들으셨어요?

발명가   아프리카 얘기 말이냐?

블랙   네. 어떻게 생각하세요?

발명가   사자나 표범은 망을 안 본다며… 내가 사자라도 그렇지 싶다.

블랙   그 얘기가 아니구요….

발명가	(말을 가로막으며) 블랙, 이거 한 번 봐라. 내가 이번에 발명한 건데… 아내한테는 비밀이야. 낼모레가 그 사람 생일인데 깜짝 놀라게 해줄라구.
블랙	(심기가 상해서) 네….
발명가	이건 말이다 그 사람이 늘 말했던 조건에 딱 맞는 그런 작품이다. 좋아하지 않을 수 없을 거야.
블랙	(심드렁하게) 네….
발명가	너… 무슨 반응이 그러냐?
블랙	왜요?
발명가	조금 떨어져 살았다고, 이제 내 일엔 관심도 없는 거냐?
블랙	… 제가요?
발명가	뭔지 안 궁금해?
블랙	비밀이라면서요? … 나가서 망볼게요. (퇴장한다)
발명가	지금 안 보면 후회할 걸? 당분간 내 얼굴 보기 힘들 거야. 이걸 세상에 내놓으면 난리가 날 테니까. (사이)
블랙	(슬그머니 들어와서) … 뭔데요?
발명가	이거다.
블랙	그건… 테레비잖아요. 고물이 다 된….
발명가	어, 테레비는 테레빈데….

블랙 (비꼬는) 우와~ 진짜 난리가 나겠네. 세상에 내놓으면.

발명가 이건 그냥 테레비가 아니다.

블랙 아니면요?

발명가 뭐냐 하면, 에… 허상과 실상이 서로 넘나들 수 있도록 만들어 주는 장친데….

블랙 (솔깃해서) … 뭐랑 뭐를… 어떻게 해요?

발명가 우리가 화면으로 보는 영상은 실제 어떤 물건을 보는 게 아니야. (단어 선택에 어려움을 겪으며) 그건… 에… 현실에 있는 어떤 사물을 이렇게 뭐냐… 그….

블랙 전기적인 신호로 변환시킨 거죠.

발명가 그렇지, 전기 신호! 이건 그… 전기신호와 그렇게 되기 전의 원래 사물이 서로 왔다갔다, 할 수 있게….

블랙 그러니까 전기적인 신호를 실제 신호로 바꿔주고, 거꾸로 실제 신호를 전기신호로 변환시키는 장치라는 거죠?

발명가 그렇지!

블랙 이를테면… 어떤 물건을 테레비 속에 집어넣을 수도, 빼낼 수도 있다는 거네요?

발명가 그렇지, 바로 그거다. 근데… 쟤가 나보다 더 똑똑한 거 같은 이 느낌은 뭐지?

블랙	진짜… 그런 일이 가능해요…?
발명가	물론이지. 어때? 괜찮냐?
블랙	괜찮기는요….
발명가	아냐?
블랙	굉장해요! 우와~ 와~ 박사님, 여전하시네요.
발명가	그러냐?
블랙	역시 박사님은 천재세요!
발명가	천재는 무슨… 뭐 딱히 부정할 말이 없구나.
블랙	얼른 보고 싶어요.
발명가	좋아, 시작해 볼까…? 어젯밤에 뭘 하나 넣어 놨는데… (받침대를 가져다 놓으며) 자 여기에 뭐가 나타나는지 눈 똑바로 뜨고 잘 봐라.

발명가가 TV에 리모컨을 조작한다.

조명이 한동안 깜박거린다.

1장에서 등장했던 여배우가 뒤에 나타난다.

그녀는 위와 똑같은 행동을 하다가 향수를 뿌리곤 사라진다.

발명가	(TV를 들여다보며) 이상하네….
블랙	(냄새를 맡는) 흠흠흠… (휙 돌아보고) 이상하네….
발명가	분명히 나와야 되는데….

블랙	흠흠흠… 분명히 뭐가 있었는데…?
발명가	너무 앞서 가지 마라. 아직 위로받을 타이밍 아냐.
블랙	그게 아니구요… 냄새 안 나세요?
발명가	냄새? 샤워했는데… (자기 겨드랑이 냄새를 맡고) 난 만성축농증이라….
블랙	집에 누구 다른 사람 있죠?
발명가	얘가… 아프리카에서 더위를 먹었나.
블랙	분명히… 흠흠… 흠흠….
발명가	그만 좀 킁킁대라. 정신 사납다.
블랙	뭐가 잘못됐어요?
발명가	전기신호가 실제 신호로 변환이 되면 여기(받침대)로 나와야 돼. 이게 실제 사물로 안정화시키는 장치거든. 근데 아무래도 출력이 모자란 거 같다.
블랙	… 해결책이 있는 거예요?
발명가	출력을 끝까지 올리면 되긴, 될 거 같은데…. (한숨)
블랙	힘든가 보네. 그렇겠죠. 잘은 몰라도 이렇게 어마어마한 장치를 움직이려면 아무래도….
발명가	그러니까… 전기요금이 엄청 나올 거야, 보나마나….
블랙	설마… 전기요금… 때문에?
발명가	너 모르는구나. 전기요금은 누진제야.
블랙	로즈밀러… 아니, 사모님이 그런 걸로 뭐라 그래요?

발명가	미안하니까 그렇지. 돈 한 푼 못 버는 주제에 이런 식으로 막대한 지출을….
블랙	박사님.
발명가	그래, 좋다. 해 보자, 까짓 거. (리모컨 버튼을 조작하며) 출력을 최대한으로 올리고….

발명가가 버튼을 누르면 조명이 깜박이기 시작한다.
이내 맹렬하게 깜박이면서 받침대에서도 빛이 번쩍인다.
마치 싸구려 나이트클럽 조명 같다.

발명가	(흥분해서) 그래, 그래, 이거야, 이거! 된다, 된다, 된다, 된다….
블랙	(인기척을 느끼고) 박사님, 박사님. 잠깐만요…. (쪼르르 달려가 내다보고) 사모님 오셨어요.
발명가	벌써?
블랙	대문 앞에서 어떤 사람이랑 인사하고 있어요.
발명가	… 현관문 막아라!
블랙	문을… 막아요?
발명가	얘기했잖아. 그 사람한테는 비밀이라구.
블랙	나가실 때 분위기도 안 좋던데, 일단 작동을 멈추고 다음에 하세요.

발명가	안 돼. 여기 넣어둔 거 당장 꺼내지 않음, 일이 복잡해진다.
블랙	뭘 넣으셨는데요?
발명가	얼른 가. 문 잘 안 잠기니까 내가 됐다 그럴 때까지 막고 있어.
블랙	아우 참…. (퇴장한다)

7

현관문 덜컥거리는 소리가 들리다가 블랙이 허둥지둥 등장한다.

발명가	나온다, 나온다, 나온다, 나온다…. (블랙을 보고) 뭐야, 왜 그냥 와?
블랙	(부서진 반쪽의 문고리를 보이며) 힘이 대단하세요. 역부족입니다. (작업실로 뛰어든다)
발명가	아우, 거의 다 됐는데…. (버튼을 누르면 조명이 원상태로 돌아온다)
로즈밀러	(잔뜩 화가 나서 등장한다)
발명가	(아무 일도 없는 척) 일은… 잘 해결 됐어요?

로즈밀러	(더 짙어진 향수 냄새가 역겹다) … 어디 갔어요?
발명가	뭐가요? 아, 김치? 그러게 그게 어디 갔지?
로즈밀러	당신 정말 이럴 거예요?
발명가	아하하… 당신 현관문 때문에 그러는구나. 그거 고장 났어요. 어쩔 때 보면 꼭 누가 문을 막고 있는 거 같더라구….
로즈밀러	내가 바보로 보여요?
발명가	(기세에 눌려) 아뇨.
로즈밀러	어디 있어요!
발명가	여보….
로즈밀러	불도 꺼놓고 일하는 척하지를 않나, 테레비를 봤느니 안 봤느니 횡설수설하지를 않나, 아까부터 이상하다 했어, 내가.
발명가	(그녀가 블랙에 대해 추궁하는 것으로 생각하고) … 그땐 나도 몰랐어요.
로즈밀러	하!
발명가	진짜예요. 나도 보고 얼마나 놀랐는데… 연락도 없이 왔더라구.
로즈밀러	부부가 사는 집에 연락도 없이 무작정 찾아와요? 제정신이래요?
발명가	몰랐대요, 우리가 결혼한 거.

로즈밀러   (충격을 받아) 당신… 우리 결혼을 숨겼어요?

발명가   그게 아니고, 워낙 오랜만이라… 연락이라곤 3년
전에 딱 한 번, 그게 마지막이었으니까.

로즈밀러   3년 전이면… 우리가 결혼했을 무렵인데? 그 전에
는… 언제 연락했는데요?

발명가   그 전에야 그럴 일이 있었어야지. 늘 붙어살았는데.

로즈밀러   늘 붙어살아요…?

발명가   그랬지. 거의 한순간도 안 떨어지고.

로즈밀러   (어이없어서) 하, 하….

발명가   왜…?

로즈밀러   이 사람이 정말… 그 여자 어딨어요?

발명가   (놀라) 여자라니! 걘 수컷이에요.

로즈밀러   수컷! 세상에….

발명가   몰랐어요? 나는 당연히 당신이 알고 있을 줄 알았
지….

로즈밀러   (충격을 받고 주춤주춤 물러나며) 이… 짐승! 수컷이랑
그랬으면서 어떻게 나랑….

발명가   어?

로즈밀러   다시 만난 게 얼마나 좋았으면… 내가 어디 멀리 갔
던 것도 아냐. 잠깐 요 앞에 나간 사이에 이상한 조
명을 돌리면서 놀아나다니….

발명가	여보, 지금 뭔가 오해가….
로즈밀러	그것도… 싸구려 냄새를 풍기는 수컷하구!
발명가	그런 거 아니라니까….
로즈밀러	어딨어요, 그 수컷! 말해요, 얼른. 어딨어요!
발명가	블랙… 블랙… 블랙!

8

블랙이 작업실에서 나온다.

블랙	저는 여기 없는 거라면서요.
로즈밀러	블랙…?
블랙	안녕하세요.
로즈밀러	쟤는 아프리카에 있다고 하지 않았어요?
발명가	나도 그런 줄 알았지. 근데 왔더라구. 연락도 없이.
로즈밀러	그래서… 너도 같이 있었던 거니? 그 수컷하구?
블랙	제가 그 수컷인데요?
로즈밀러	뭐?
블랙	저라구요. 3년 전까지 늘 붙어서 살던 수컷.

발명가	당신… 누구로 생각했던 거예요?
로즈밀러	… 왜 블랙이라고 안 했어요?
발명가	나야 당신이 알고 있는 줄 알았지.
블랙	그러게 그냥 인사하게 놔두시지.
로즈밀러	그러니까 블랙을 숨긴 이유가 뭐냐구요.
발명가	그야… 당신이 블랙을 싫어하니까.
로즈밀러	내가 블랙을 싫어해요? 당신 그렇게 생각해요?
블랙	그렇잖아요.
로즈밀러	내가 왜 블랙을 싫어해요?
발명가	(우물쭈물) 아니… 지금 그렇다는 게 아니라… 지금은 아니지. 그럴 이유가 없는데. 내 말은 전에, 블랙이 여기 살았을 때….
로즈밀러	나는 블랙, 싫어한 적 한 번도 없어요.
발명가	에?
블랙	싫어하셨잖아요. 그래서 억지로 평범한 개로 바꾸려고 했구.
로즈밀러	내가 왜 개를 싫어하겠니? 그런 꼴이 된 게 그냥 불쌍할 뿐이지.
블랙	제가 왜 불쌍해요? 뭐가 불쌍한데요?
발명가	그러게. 얘가 왜 불쌍해요? 잘 살고 있잖아.
로즈밀러	잘 살고 있어요?

발명가 　… 나야 모르지. (블랙에게) 잘 살고 있냐?

로즈밀러 　개로 태어난 녀석이 개도 아니고 사람도 아닌 채로, 아프리카로 달아나서 기린이랑 결혼했는데, 퍽이나 잘 살았겠네요.

발명가 　… 당신 말이 옳네.

블랙 　박사님.

발명가 　… 네 말도 옳다.

블랙 　전 아무 말도 안 했어요.

발명가 　그 말도 옳구나. (슬그머니 피한다)

블랙 　(로즈밀러에게) 어떻게 살아야 잘 사는 건데요?

로즈밀러 　개라면 당연히 개답게 살아야지.

블랙 　사람들은 모두 사람답게 사나요?

로즈밀러 　(허를 찔려 움찔한다) ….

블랙 　(발명가에게) 그래요, 박사님? 사람은 모두 사람답게 살아요?

발명가 　여보, 뭐라고 대답할까…?

블랙 　개들도 마찬가지예요. 대개는 진짜 개 같지만 모두가 그렇지는 않죠.

로즈밀러 　너 지금 나랑 말장난하자는 거냐?

블랙 　박사님처럼 특별한 사람은 있어도 되고, 저 같은 개는 있으면 안 되는 건가요?

발명가	블랙, 이 논쟁에서 나는 거론 안 됐으면 좋겠다만….
로즈밀러	사람들한테도 개들한테도 최소한의 공통점은 있어. 그리고 넘어서는 안 될 선이 있다.
블랙	그래요. 사람은 만물의 영장이고, 개는 사람들의 애완동물이죠.
로즈밀러	잘 아는구나.
블랙	100년 전에도 그랬겠죠?
로즈밀러	물론.
블랙	1000년 전에도 그랬겠죠?
로즈밀러	당연하지.
블랙	100만 년 전에는요?
로즈밀러	(사이) 말하고 싶은 게 뭐야?
블랙	앞으로 100만 년 후에… 세상의 주인이 누구일지, 누가 알겠어요?
로즈밀러	여보… 당신이 무슨 짓을 해 놓은 건지 보고 있어요?
발명가	여보, 제발 나는 빼줘요.
로즈밀러	당신이 아무 생각 없이 만들어 놓은 물건 하나가 세상을 뒤엎을 궁리를 하고 있는데 모른 척하고만 있을 거예요?
블랙	제가요? 저도 그러고 싶어요. 하지만 능력이 안 되

네요, 아직은….

발명가 블랙… 이만 가보는 게 어떻겠니? 시간도 제법 됐고 말이다….

블랙 그러죠. 가볼게요. 반가웠어요, 박사님. (로즈밀러에게) 백만 년 후에 뵐게요.

로즈밀러 잠깐! (다가가면)

블랙 왜요? (방어 자세를 취하며 개처럼) 으~

발명가 블랙, 뭐하는 짓이야!

블랙 저 건드릴 생각 꿈에도 하지 마세요. 저는 이대로가 좋아요. 사모님이 뭘 하든, 어떻게 살든, 상관하지 않아요. 저도 건드리지 마세요. 저는 이대로 살 겁니다.

로즈밀러 난 널 어떻게 하지 않을 거야. 앞으로 백만 년 동안 내 앞에 나타나지만 않는다면. 하지만 그 전에 해결할 문제가 있다. 잠깐만 그대로 있어. (다가가서 냄새를 맡는다)

블랙 (당황해서) 왜, 왜 이러세요?

발명가 … 뭐해요? 개는 갠데?

로즈밀러 어딨어요?

발명가 누가?

로즈밀러 내가 못 들어오게 저 문을 막고 있었던 건, 그래요,

블랙이었어요. 하지만 여기엔 다른 사람이 있었어요.

발명가   에?

로즈밀러   (손가락으로 허공을 가리키며) 이건 어떻게 설명할 거죠? 쟤한테서는 아무 냄새도 안 나는데?

발명가   당신도 알다시피 난 만성축농증이라….

로즈밀러   블랙, 어디에 감췄지?

발명가   여기엔 애하고 나 둘 뿐이었어요.

로즈밀러   (블랙에게) 너하고 저 사람 말고 여기에 누군가가 있었어. 그렇지?

블랙   (당황해서) 그, 그건… 글쎄요….

로즈밀러   글쎄요, 라는 건 말하기 싫다는 거야, 아님, 말할 수 없다는 거야?

블랙   (머뭇거리다가) … 누가 있기는… 있었던 거 같아요.

발명가   (놀라서) 애가 지금 무슨 소리를 하는 거야?

블랙   말씀 드렸잖아요, 박사님이 아까 저걸 작동하셨을 때….

발명가   (당황) 블랙, 그, 그건….

블랙   저게 작동되고 깜깜해졌을 때 분명히 이쪽에 누군가가….

발명가   쉿!

로즈밀러   둘만 아는 무슨 비밀이 있어요?

발명가	어떻게 알았어요?
로즈밀러	테레비에 또 무슨 짓을 했구나….
발명가	뭐 별거는 아니구….
블랙	별게 아니라뇨. 저게 얼마나 엄청난 발명인데. 저런 걸 만들 수 있는 사람은 세상에 딱 한 사람뿐이에요.
로즈밀러	당신… 아까는 저기에 아무 짓도 하지 않았다고 했던 거 같은데…?
발명가	여보, 사실은….
로즈밀러	사실은 사실이 아니었다?
발명가	낼모레가 당신 생일이잖아요. 거기에 맞춰서 뭘 하나 만들었는데….
로즈밀러	(불안한) 설마… 갸르릉거리는 데다가 싸구려 냄새를 풍기는 수컷 테레비?
발명가	설마….
블랙	그것도 나쁘지는 않네.
발명가	당신한테 늘 고맙고 미안했어요. 직장 일만 해도 힘들고 피곤할 텐데, 집에 오면 빨래하랴, 밥 차리랴, 내 뒤치다꺼리하랴… 됐어요, 이제 고생 끝났어. (분위기 잡으며) 아직 시간이 좀 남았지만… 여보… 생일 축하해요….
로즈밀러	(포옹하려 다가오는 발명가를 제지하며) … 저게 뭘 어

떻게 한다는 거죠?

발명가 무슨 일을 하든, 당신은 꼼짝할 필요가 없어요. 그냥 테레비 앞에 앉아만 있으면 돼.

로즈밀러 요점만 간단히 얘기해요. 빙빙 돌리지 말구.

발명가 에… 예를 들어서 빨래가 필요하다 싶으면, 채널을 돌려요. 그러다 보면 세탁기가 나오는 프로그램이 있을 거야. 거기서 스톱. 그 세탁기에 빨래를 집어넣어요. 빨래가 다 되면 꺼냈다가… 채널을 다시 돌려서 사막이 나오는 프로그램을 찾아. 거기서 스톱. 그다음에 젖은 빨래를 집어넣어요. 그럼 금방 건조가 돼서….

로즈밀러 사막에서 빨래를 말려요? 그 먼지는 다 어떡하구요?

발명가 아, 그러니까 꼭 그러라는 게 아니라, 그런 식으로….

블랙 잠깐만요, 박사님. 빨래를… 꼭 그런 식으로 해야 되나요?

발명가 왜?

블랙 저기에 넣었던 것만 꺼낼 수 있는 거예요?

발명가 아니, 화면에 있는 거라면 뭐든….

블랙 근데 빨래를 뭐하러 해요? 마음에 드는 새 옷을 꺼내면 되지.

발명가 … 그렇다! 블랙… 너 천잰데?

로즈밀러	잠깐만요… 나는 둘이 무슨 얘기들을 하는 건지 전혀 모르겠는데….
발명가	에, 그게… 테레비를 보다가 당신이 원하는 게 있으면 그게 뭐든, 저기(TV)에서 이리(받침대)로 나온다는 얘기예요.
로즈밀러	테레비에서… 뭐가 나온다구요…?
발명가	꺼내는 것만이 아니라 집어넣을 수도 있지. 그러잖아도 시험 삼아 뭘 하나 넣어 놨는데….
로즈밀러	(TV 안을 들여다본다)
발명가	… 하하. 거기 말고 프로그램 속에.
로즈밀러	뭘 넣었는데요?
발명가	김치… 어제 당신이 담은….
로즈밀러	내 김치가 이 속에 있어요?
발명가	그렇다니까요.
로즈밀러	… 내가 온 집안을 다 뒤지고 돌아다니면서 뭘 찾고 있었는지, 혹시 당신 몰랐어요?
발명가	글쎄, 그러니까 그게….
로즈밀러	김치는 뒤뜰, 뒤뜰은 김치?
발명가	조금 전에도 말했지만 당신을 깜짝 놀래주고 싶었어요, 그래서….
로즈밀러	그거라면 걱정 말아요, 벌써부터 깜짝깜짝 놀라고

있으니까. 그래, 무슨 프로그램에 들어갔어요, 내
김치가?

발명가   당신도 들어봤나 모르겠네. 〈내 남편의 여자의 또
다른 남자의 어머니〉 라구….

로즈밀러   내 남편의 여자의 또 다른 남자의 어머니!

블랙   그게 프로그램 제목이에요?

발명가   요새 엄청 뜬 드라마라더라. 채널을 돌리다 보니까
거기 냉장고가 눈에 쏙 들어오더라구.

로즈밀러   (화가 나서) 당신… 제정신이에요!

발명가   왜요…?

로즈밀러   어떻게 그 말도 안 되는 막장 드라마에 내 김치를!

발명가   그게… 막장 드라마예요?

블랙   제목만 들어도 딱 알겠네.

로즈밀러   설마… 그 집 뒷베란다에 있는 김치냉장고는 아니
겠죠?

발명가   그거 말고 또 있어요?

로즈밀러   그게 어떤 냉장곤지 알아요?

발명가   글쎄….

로즈밀러   어떤 냉장곤지 알아보지도 않고, 내 김치를 집어넣
은 거예요? (사이) 왜 말이 없어요?

발명가   아무래도 당신이 흥분한 거 같아서… (블랙에게) 모

르고 한 짓, 알고도 한 짓, 둘 중에 어느 쪽이 저 사람을 더 흥분시킬까?

블랙   둘 다요. (로즈밀러에게) 그게 어떤 냉장곤데요?

로즈밀러 내 남편의 여자의 또 다른 남자의 어머니의 열일곱 살이나 어린 애인이 숨어 있다가 얼어 죽은 김치 냉장고예요, 그 냉장고가.

발명가   그래요…?

로즈밀러 게다가 그 시체가 아직까지 그 안에 있다구요!

발명가   여보… 지금 중요한 건 그게 아니잖아요.

로즈밀러 (충격을 받아) 그게… 중요하지 않아요? 그게 얼마나 많은 땀과 정성이 들어간 김친데….

블랙   저기요, 박사님은 그걸 말씀하신 게 아니라….

발명가   그러니까. 내가 당신 김치를 얼마나 좋아하는지 당신두….

로즈밀러 그 김치는요, 화학 비료나 약 한 번 안 치고, 내 손으로 일일이 잡초 뽑고 벌레들 잡아가며 키운 재료들로 만든 거예요. 게다가 화학조미료, MSG 같은 건 조금도 안 들어간 그야말로 웰빙 김치라구요.

발명가   알아요.

로즈밀러 당신이 어떻게 알아요?

발명가   당신은 늘 그렇게 만드는 사람이니까.

로즈밀러	그렇게 잘 아는 사람이, 그걸 거기에 집어넣어요?
발명가	그러니까 내 말은 그 김치가 중요하지 않다는 게 아니라, 내가 발명한 전기신호 변환장치가….
로즈밀러	꺼내요.
발명가	에?
로즈밀러	내 김치, 당장 꺼내라구요.
발명가	알았어요. 잠깐만 기다려요, 잠깐만…. (블랙에게 속닥속닥) 흐흐 지금은 저래도 이게 작동하는 걸 보면 저 사람 아마 까무러칠 거다.

9

발명가가 리모컨을 조작한다.

조명이 깜박거리다가 꺼진다.

이내 조명이 다시 들어오면 여배우가 받침대 위에 앉아 있다.

발명가	헉!
로즈밀러	꺄악~
여배우	또 여기로 왔네?

로즈밀러   이 여자 누구예요?

발명가   모르는 사람인데?

로즈밀러   당신이 모르면 누가 알아요?

블랙   정말 모르세요?

발명가   진짜 모른다니까.

로즈밀러   오… 알겠다. 테레비에서 뭐가 나온다느니 어쩌느
        니 그러고는 깜깜해진 틈을 이용해서 이 여자를 빼
        돌리려구….

발명가   말도 안 돼. 무슨 그런….

블랙   누구세요?

여배우   그쪽은 누군데요?

블랙   아, 저는… 말씀드리기가 좀….

발명가   저기… 누군지는 모르지만, 옷차림이 좀….

여배우   더 벗어요?

발명가   아, 아뇨, 뭐 좀 걸치는 게 어떨까 해서.

여배우   나는 이거 이상 입어본 적 없는데?

로즈밀러   혼자 보긴 좋은데 같이 보니까 민망해요?

발명가   무슨 소리야? 혼자 보긴 누가 혼자 봐요, 나도 지금
        처음….

블랙   됐습니다, 싸우지들 마세요. 당장은 마땅한 게 없으
        니까, (소파의 담요를 덮어주며) 이거라도.

여배우	명품?
블랙	박사님?
발명가	… 사은품.
여배우	됐어요. (담요를 치우고 향수를 뿌린다)
로즈밀러	흠흠… 이 냄새야.
블랙	아까 그 냄새다!
발명가	나는 축농증이라….
여배우	내가 늘 쓰는 향수예요. 명품.
로즈밀러	이 남자 알죠?
발명가	뭘 그런 걸 물어요. 그럴 리가 없잖아.
로즈밀러	알아요, 몰라요?
여배우	알아요.
로즈밀러	짐승!
발명가	이봐요!
블랙	어떻게 알아요?
여배우	같이 있었어요.
로즈밀러	하!
발명가	나랑 같이? 언제?
여배우	아까요.
발명가	무슨 소리야? 난 하루종일 집에서 꼼짝도 안 했는데.
블랙	어디서 같이 있었어요?

여배우	여기서요.
발명가	여기서요?
로즈밀러	할 말 있어요?
발명가	저 말을 믿어요?
블랙	어쩐지.
발명가	어쩐지는 뭐가 어쩐지야? 너까지 왜 이래!
블랙	저한테 화낼 일이 아니죠.
발명가	저기요, 이거 굉장히 중요한 문젭니다. 똑바로 얘기해요.
여배우	(자세를 바로 잡으며) 똑바로 얘기한 건데요.
발명가	이봐요! (로즈밀러에게) 진짜 아니라니까.
여배우	진짜 진짠데.
발명가	여보, 내가 그런 사람 아니라는 거 당신이 더 잘 알잖아.
로즈밀러	웬일로 내가 말도 안 했는데 샤워를 다 했나, 했어.
발명가	아니, 그건… (여배우에게) 이봐요, 도대체 나한테 왜 이러는 거예요. 내가 언제 아가씨하고 같이… 오, 그래, 나랑 같이 있었다면 그 증거를 대 봐요.
여배우	음….
발명가	이거 봐, 봤지? 봤지? 아무 말도 못 하잖아. 당연하지, 날 본 적이 있어야 손톱만 한 증거라두….

여배우	아! 옷을 갈아입었다.
발명가	어?
블랙	무덤을 파셨네.
발명가	오, 옷을 갈아입었다는 건 누가 봐도 알 수 있어. 딱 티가 나잖아. 안 그래?
여배우	아깐… 빨간 체크무늬 남방에…
발명가	(식은땀을 흘리며) 하하… 빨간 체크무늬 남방은 누구나 입는 거니까….
블랙	무덤이 점점 깊어지는데요.
여배우	헐렁한 초록색 추리닝 바지를 입고 있었어요.
로즈밀러	하!
발명가	이, 이건… 이건 음모야. … 당신 누구야, 나한테 왜 이러는 거야.
로즈밀러	제발 그만 좀 해요. 너무 추해 보여.
발명가	추해! 내가!
블랙	지금까지 어디 있었어요?
여배우	숨어 있었어요.
블랙	어디에요?
여배우	뒤뜰에.
블랙	김치는 뒤뜰, 뒤뜰은 김치?
로즈밀러	아… (비틀, 현기증이 인다)

발명가	(부축하며) 여보.
로즈밀러	치워요! 이 더러운 손!
발명가	오해예요. 나를 그렇게 몰라?
로즈밀러	당신을 알고 있다고 생각했어요, 줄곧. 하지만 당신은 변했어.
발명가	내가?
로즈밀러	변해도 어쩜 이렇게 추하게….
발명가	내가 변하긴 뭘 변해요. 나 변한 거 없어요.
로즈밀러	내가, 원래, 이런, 난봉꾼이랑, 결혼을 했다구요?
발명가	그게 아니라 그때나 지금이나 달라진 게 없다구요. 나는, 그때나 지금이나, 아는 거라곤 발명밖에 없는, 공동식이라구.
로즈밀러	(여배우를 아래위로 훑어보며) 참 대단한 발명을 하셨네요.
발명가	블랙, 네가 어떻게 좀… 블랙. 너 왜 그런 눈으로….
블랙	실망입니다.
발명가	아니라니까.
블랙	부정할 걸 하셔야죠.
여배우	부정한 남자!
발명가	난 부정한 짓 한 적 없어!
로즈밀러	거짓말!

발명가	내가 왜 거짓말을 해요?
로즈밀러	내가 퇴근하고 지금까지 참말을 하나라도 했어요?
발명가	말했잖아요, 그건 당신한테 깜짝 선물을 하려다 보니 그렇게 된 거라고.
로즈밀러	부끄러운 줄을 아세요.
발명가	나는 부끄러운 짓 한 적 없어요.
로즈밀러	세상에… 그래도 예전엔 부끄러움 정도는 아는 사람이었는데….
블랙	아프리카에서는요, 거기서 만난 제 친구들은요, 미개해요. 야만적이죠. 맨날 싸워요. 목숨까지 걸구요. 하지만 욕정을 위해 친구를, 가족을 배신하지는 않아요.
발명가	욕… 욕정? 얘가… 말을 해두… 거기다 배신이라니.
블랙	이게 배신이 아니고 뭐죠?
여배우	이 거짓말쟁이! 배신자!
발명가	깜짝이야.
블랙	세월이 그만큼이나 흘렀는데 사람이 어쩜 그렇게 똑같으세요?
발명가	어?
블랙	어떻게 하나도 안 변하시냐구요.
발명가	(로즈밀러에게) 얘가 하는 얘기 들었어요? 나 하나도

안 변했다잖아요….

로즈밀러   내 말보다 개 말이 더 믿음이 간다 이 말이에요?

발명가   아니, 누가 그렇대요? 야, 너 왜 쓸데없는 소릴 해가지구….

블랙   잊으셨어요, 제가 왜 여길 떠나야 했는지?

발명가   그게 내 탓이란 말이냐…?

블랙   저도 처음엔 로즈밀러… 아니, 사모님이….

로즈밀러   그냥 로즈밀러라고 불러. 결혼한 거 후회하는 중이니까.

블랙   저는… 사모님 때문이었다고 생각했어요. 근데 아니었네… 이제 보니까 그래요. 박사님이 절 지켜주려고만 했다면….

발명가   너도 알다시피 그땐 어쩔 수가 없었….

블랙   변명을 들으려고 한 말 아닙니다.

여배우   (절규하는) 남자들은 다 똑같아! (다들 놀라서 보면) 애드리븐데… 반응 좋네. 아하하하하.

발명가   여보, 어떻게, 왜, 이런 일이 벌어졌는지는 모르지만, 내 반드시 진실을….

로즈밀러   됐어요. 더 이상 당신이랑 말 섞고 싶지 않아요. 얼른 내 김치나 주세요.

발명가   김치?

블랙   맞다. 김치는 어디 있어요?

여배우   김치? (주위를 살피고) 없네.

발명가   (문득) 설마….

10

발명가가 믿어지지 않는다는 얼굴로 여배우의 주위를 돌며 살
핀다.

로즈밀러   하, 이젠 내 앞에서 저렇게 노골적으로.

여배우   남자들은 다 똑같아!

발명가   아가씨, 여기 어떻게 왔어요?

여배우   어! 내가 여기 어떻게 왔지?

발명가   여기 오기 전에는 뭐 하고 있었는데요?

여배우   음… (소파로 가면서) 독서요. 내 취미활동. (소파에
          앉아서 책 읽는 시늉)

발명가   저기요, 그냥 말로 하면 안 될까요?

여배우   (손가락을 젓는다)

발명가   거기가 어딘데요?

여배우	우리 집이요. (보이지 않는 책을 들고 독서에 빠져든다) … 어머, 아하하하 웃겨. '내용 없는 사고는 공허하고, 개념 없는 직관은 맹목?' 웬일이니. 이 사람 연애도 못 해봤나봐… (손가락에 침을 발라 책장을 넘기고) '우리들의 모든 인식이 경험과 더불어 시작된다고 하더라도, 인식이 모두 경험에서 생겨나는 것은 아니다.' 어머, 어머, 순진해. 이 사람 진짜 경험이 없구나… (시선은 책에 둔 채 손가락을 튕기고) 전화벨.
블랙	전화 왔어요?
여배우	전화벨.
블랙	따르릉. 따르릉.
여배우	(째려본다)
블랙	(전화벨 노래)
여배우	(전화받는 제스처를 취하며) 여보세요. 어, 나야 오빠. 왜 안 와? 어? 뭐라구? 못 알아듣겠어. 목소리가 왜 그래? 여보세요, 여보세요? (통화 끊어지자 심각하게) 오빠한테… 무슨 일이… 생겼어.
로즈밀러	저 여잔….
블랙	왜요?
로즈밀러	설마….

여배우	나는 거기가 어딘지 금방 눈치 챘어요. 왜냐하면 30분 전에 할망구 집에 있다고 전화 왔었거든요. 그래서 나는… (살금살금 숨어 들어가는 연기) 할망구 집으로 몰래 숨어들었어요.
블랙	그 차림으루?
여배우	난 이거 이상은 입어본 적 없는데.
발명가	아… 그래서요?
여배우	한참 동안 뒤뜰에 숨어 있다가….
발명가	뒤뜰! 어느 집 뒤뜰…?
여배우	당근 할망구네 뒤뜰이죠.
발명가	들었어요? 너 들었냐? 계속해요.
여배우	뒤뜰에 숨어 있다가 다들 나가길래 집을 뒤졌어요. 근데 오빠가 보이질 않는 거예요. 그래서 생각했어요. (탐정처럼 연기하는) 집은 이렇게 따뜻한데 오빠가 왜 떨었을까… 아, 쫌 전에 통화할 때 복선 땜에 말 안했는데, 오빠가 굉장히 떨고 있었거든요. (연기) 그래… 그거야. 집안 어딘가에 굉장히 추운 곳이 있다!
블랙	보기보다 똑똑하네.
로즈밀러	… 저 아가씨 저래 보여도… 서울대 출신이야.
여배우	내가요?

발명가 어떻게 알아요?

로즈밀러 어렸을 땐 다들 신동이라고 했어요. 그런데 어느 날 출생의 비밀을 알게 됐죠. 너무 충격을 받아서 뛰어가다가 택시에 치여서 기억상실증에 걸렸어요. 그때 구해 준 트럭기사하고 사랑에 빠졌죠. 근데 알고 보니 어렸을 때 헤어진 양오빠였어요. 그 충격으로 뛰어가다가 계단에서 굴러서 기억이 상실됐죠.

여배우 아아… 그런 일이 있었던 거 같아요… 희미하긴 하지만….

로즈밀러 그때 저 아가씨를 구해 준 재벌 2세하고 사랑에 빠졌는데 알고 보니… 이복 오빠였어요.

여배우 아아… 그래요, 그랬던 거 같아… 희미하긴 하지만….

로즈밀러 나중에 그걸 알게 된 이 아가씨는 너무 큰 충격을 받았어요. 그래서 뛰어가다가 수영장에 빠져서….

블랙 기억이 또 상실됐구나….

로즈밀러 그때 구해 준 수영강사가 바로 지금의 오빠….

여배우 나를 어떻게 그렇게 잘 알아요?

블랙 그러게. 본인보다 더 잘….

로즈밀러 김치영….

발명가	김치영?
여배우	어머, 내 이름까지 아네?
발명가	이름이 김치영…!
블랙	어떻게 아는 사람이에요?
로즈밀러	어쩐지 너무나 익숙한 발연기라 했어. 저 여잔 〈내 남편의 여자의 또 다른 남자의 어머니〉에서, 남편의 여자의 또 다른 남자의 어머니의 열일곱 살 어린 정부의 내연녀야.
블랙	그럼… 이 분이 TV에서 나왔다는 건가요? (발명가에게) 김치를 꺼내신다면서요.
발명가	기다려 금방 알게 될 테니까. (여배우에게) 그래서 어떻게 됐죠?
여배우	네?
발명가	집 어딘가에 굉장히 추운 곳이 있다! 라고 생각했다면서.
여배우	아, 맞다. 별로 오래 생각하지도 않았어요. 금방 알겠더라구요. (탐정처럼 연기하는) 그래, 알겠어. 이 집에서 오빠가 그렇게 떨만한 곳은 딱 한 군데야.
블랙	설마… 김치… 냉장고…?
여배우	맞아요. 거기였어요. 그래서 조심조심 그 뚜껑을 열었는데….

발명가　하… 그렇게 얽혀버리다니….

여배우　처음엔 여기에 김치랑 같이 왔어요. 그 다음에두요. 김치 통만 잡으면 눈앞에 빛이 번쩍거리더니 여기로 오는 거예요. 그리고 나니까 불안해지더라구요. 그래서 굉장히 망설이고 있는데, 이번엔 김치 통을 잡기도 전에….

발명가　이제 모든 게 분명해졌어.

블랙　어떻게 된 건데요?

발명가　이름 때문이다. 김치를 전기신호로 바꾸면서 김치 0번, 그러니까 김치영으로 명명했거든. 김치영씨가 김치통을 잡는 순간, 내가 김치영을 불러냈고, 그래서 혼란이 빚어진 거야. 이럴 줄 알았으면 김치일로 하는 건데….

여배우　어머, 김치일은 오빠 이름인데?

블랙　어떤 오빠요? 배다른? 씨 다른?

로즈밀러　김치일은 남편의 여자의 또 다른 남자의 어머니의 열일곱 살 어린 정부야. 그리고… 알고 보면 이 아가씨의 친오빠지.

여배우　어머, 아하하하하. 이 언니 막장 드라마를 너무 보셨나봐. 친오빠라니….

로즈밀러　틀림없어요. 친오빠 맞아.

여배우	하하… 친오빠라면 돌림자라도 같던가. 나는 영이고 오빠는 일인데.
블랙	치….
여배우	치?
블랙	김치….
여배우	(그제야 깨닫고) … 아, 아니에요. 그럴 리가 없어….
로즈밀러	틀림없어요.
여배우	아니야… 아니야… 아니야!
로즈밀러	이 아가씨가 왜 이래…?
블랙	이봐요, 괜찮아요?
여배우	너무해. 너무 가혹해. 운명의 신이시… 여신? 운명의 여신이여! 어찌하여… 음… 제게 이런 시… 음… 아, 시련을 내리시나이까! (우왕좌왕 뛰어다닌다) 문이 어디죠?
블랙	저긴데….
여배우	(달려가다 문 앞에 서서) 운명의 여신이여, 어찌하여 제게 이런 시련을 내리시나이까! 아아~ (뛰쳐나간다)
블랙	어떡하죠, 박사님?
발명가	뭐 하냐, 얼른 잡아. 얼른. 저러다 또 기억상실 되겠다.

블랙	이봐요. 김치영씨~ 이봐요~ 거기 서요~ (뛰어나
	간다)

11

함께 걱정스러운 얼굴로 내다보다가 로즈밀러가 소파로 간다.
두 사람의 표정은 대조적이다.
발명가는 새로운 발명품의 평가에 대한 기대로 발갛게 상기되고, 로즈밀러는 차갑게 식었다.

로즈밀러	… 내가 당신을 오해했어요. 오해를 해도 심각하게.
발명가	(관대하게) 나한테도 책임이 있어. 그럴 만했어요.
로즈밀러	뭐 하고 있나 들여다보면 감추려고만 들고… 어쩌 이상하다, 이상하다, 했지만, 그래도 설마설마 했는데….
발명가	에? (그제야 그녀에게서 뿜어져 나오는 냉기를 감지하고) 그, 그건… 당신을 깜짝 놀라게 해주려고….
로즈밀러	그래요, 3년이 그리 긴 세월은 아니죠. 그래도 어쩜 사람이 눈곱만큼도 안 변해요?

발명가	… 달라졌다며?
로즈밀러	당신이요?
발명가	… 내가 아니고 당신이 그랬잖아요. 난 당신을 처음 만났을 때나 지금이나 달라진 거 하나도 없다고 했구.
로즈밀러	그런 말이… 어떻게 그렇게 쉽게 나와요?
발명가	아까 말했던 거라… 지금 생각해서 말한 게 아니구….
로즈밀러	나는 여태 당신이 달라지려고, 적어도 노력은 하고 있는 줄 알았어요. 그래서 간혹 엉뚱한 짓을 해도 그저 과정이겠거니, 머지않아 정신을 차리겠거니, 혼자서 그렇게 오해하고 착각하고 있었는데….
발명가	그건… 오해가 아니지. 착각도 아니구. 당신도 알잖아요, 내가 얼마나 달라졌는지.
로즈밀러	안 달라졌다면서요?
발명가	그건 다른 얘기구.
로즈밀러	사람이 왜 이랬다 저랬다 해요?
발명가	아니, 그건 당신이 먼저….
로즈밀러	당신은 하나도 안 달라졌어요. 3년 전, 내가 이 집에서 당신을 처음 만났던 그 모습 그대로예요.
발명가	… 그때 내가 어땠는데요?

로즈밀러 (손거울을 찾아 건네며) 자요. 보세요. 거기 비치는 남자가 그때의 당신이니까.

발명가 (거울을 보며) 글쎄… 뭐랄까… 흠….

로즈밀러 당신은 왕이었어요.

발명가 에? (거울을 다시 보고 뒤를 돌아본다) 여기 나 말고 다른 사람이 또 있어요?

로즈밀러 당신은 아무도 들어올 수 없는 두터운 성을 쌓았어요. 모든 것을 자급자족할 수 있는 이 왕국에서 유일한 신하인 개의 시중을 받으면서 왕으로 군림했죠.

발명가 뭘 잘못 알고 있는 거 같은데, 그때 나는 완전히 발명에 빠져 살았어요. 잠 한숨 못 잔 날이 부지기수야.

로즈밀러 지금처럼요?

발명가 그래요, 지금처럼. 근데 왕이라니….

로즈밀러 누가 시켜서 한 일이에요?

발명가 물론, 아니지.

로즈밀러 하고 싶지 않은 일을 한 거예요?

발명가 그땐 하고 싶은 일만 하기에도 시간이 모자랐어요. 뭐 지금도 마찬가지지만.

로즈밀러 그거예요. 당신은 하고 싶은 일만 했어요. 하고 싶지 않은 일은 절대 하지 않았구요. 그게 바로 평민은 누릴 수 없는 왕의 특권이죠.

발명가	… 왕이 그렇게 피곤한 자리였나?
로즈밀러	그리고 당신은 신이었어요.
발명가	신은 또 무슨… 별로 좋은 신은 아닐 거야, 분명히.
로즈밀러	당신은 세상에 없던 수많은 것들을 창조했어요. 이유는 딱 하나, 사람들의 숭배를 받기 위해서.
발명가	(억울해서) 무슨 소리야. 그래서 만든 거 아니에요. 나는 사람들이 내 발명품을 좋아하기를 바랐어. 그냥 인정받고 싶었을 뿐이라구.
로즈밀러	당신은 한 번도 다른 사람들이 원하는 게 뭔지, 사람들한테 꼭 필요한 게 뭔지 생각해 본 적이 없어요. 그저 당신이 던져 주는 것에 열광하고 무릎 꿇고 숭배하기를 바랐을 뿐.
발명가	… 좋아요, 그땐 그랬다고 칩시다. 하지만….
로즈밀러	지금도 그때랑 다르지 않아요. 전혀요.
발명가	잠깐만 기다려요.

발명가가 리모컨을 조작하면 조명이 깜박거린다.

로즈밀러	뭐하는 거예요?
발명가	김치 꺼내야지.
로즈밀러	그건 그냥 거기 놔두세요.

발명가	… 그래요, 그럽시다. 그건 찜찜할 수 있어.
로즈밀러	그게 어떻게 만든 김친데, 세상에 그걸….
발명가	… 뭘 꺼낼까? 뭘 원해요?
로즈밀러	됐어요. 저기서 뭐가 나오는 거 더 이상 보고 싶지 않아요.
발명가	이게 제대로 작동하는 걸 보면 생각이 달라질 거야.
로즈밀러	테레비는요, 보라고 있는 거예요. 뭘 넣었다 꺼냈다 하라고 있는 게 아니구요.
발명가	그건 지금까지의 얘기구.
로즈밀러	나는 앞으로도 그럴 거예요. 김치가 먹고 싶을 땐 김치 냉장고를 열고 거기에서 꺼낼 거라구요.
발명가	한 번만, 딱 한 번만 보고 얘기합시다. 이건 내가 얼마나 달라졌는지 보여주는 확실한 증거이기도 하니까. 코트? 블라우스? 구두? 뭐든 말해요, 원하는 게 뭐예요?
로즈밀러	원하는 게 있으면 내가 직접 구해요. 내 발로 찾아가서, 내 눈으로 고르고, 내 머리로 쓰임새를 요모조모 다시 따져보고, 내가 번 돈으로, 내가 살 거예요. 내가 왜 남의 물건을 도둑질하겠어요?
발명가	도둑질…? (리모컨으로 작동을 멈춘다) 내가 잘못 들었나?

로즈밀러   아뇨, 분명히 그렇게 말했어요.

발명가   아, 하하하. 내가 깜박하고 말을 안 했는데, 저기서 뭘 꺼낸다고 해도 그 물건은 없어지지 않아요. TV 속엔 물건이 있는 게 아냐, 전기 신호가 있는 거지. 이 장치는 그걸 실제 신호로 변환시키는….

로즈밀러   됐어요. 무슨 말로 포장을 해도 마찬가지예요.

발명가   뭐가 마찬가진데요?

로즈밀러   남들이 애써 만들어낸 물건을 아무 노력 없이 슬쩍 **빼내는** 걸, 그럼 도둑질 말고 뭐라 부를까요?

발명가   (솟구치는 화를 억지로 가라앉히며) … 내가 맨날 당신 몰래 테레비나 보면서 허송세월만 한 거 같아요? 이게 아무 고민 없이, 아무 노력 없이 하루아침에 뚝딱 만들 수 있는 작품으로 보여요?

로즈밀러   도둑은 뭐 아무 고민 없이, 아무 준비 없이 도둑질을 한답니까?

발명가   여보, 제발… 상상을 한번 해 봐요. 저게 이웃들 집에 하나씩 있어요. 어떨 거 같아요? 무슨 일이 생길까?

로즈밀러   집집마다 벌거벗은 여자들이 넘쳐나겠죠.

발명가   그, 그건… 그건 사고였어요. 우연에 우연이 겹쳐서 벌어진 작은 해프닝.

로즈밀러 남자들이란 남자들은 죄다, 어떻게 하면 사고가 생기나, 어떻게 하면 우연에 우연이 겹칠까, 그 고민에 날밤을 새울걸요?

발명가 …그래, 당신 말에 일리가 있네. 그건 수정할게요.

로즈밀러 어떻게요?

발명가 벌거벗은 여자는 못 나오게.

로즈밀러 벌거벗은 남자는요?

발명가 아… 벌거벗은 남자두.

로즈밀러 정숙한 숙녀나 점잖은 신사는 나와도 괜찮구요?

발명가 … 그래요, 알았어. 사람은, 그게 누구든 나올 수 없게 만들지. 아, 메모를 해둬야겠다. 다시는 실수 안 하게. (메모지를 찾아서 적는다)

로즈밀러 아까 학교에서 한 아이가 사고를 쳤어요.

발명가 어?

로즈밀러 이유가 뭔지 알아요? 자기 짝꿍 얼굴이 마음에 안 든대요. 그래서 참을 수가 없었대요. 목적은 이뤘어요. 맞은 아이… 완전히 다른 얼굴이 돼버렸으니까.

발명가 저런….

로즈밀러 요즘 아이들이 얼마나 충동적이고, 폭력적인지 당신은 상상도 못 할 거예요.

발명가 아… 근데 갑자기 그 얘기는 왜….

로즈밀러   테레비에서 칼이 나오면 몇몇 아이들은 갖고 싶어
                 할 거예요. 총이라면 조금 더 많은 아이들을 자극할
                 거구요.

발명가   그, 그야….

로즈밀러   조금 더 대담한 아이들은 책상 서랍에 소형 원자폭
                 탄 한두 개쯤은 보관할 거예요. 매일 아침 신문엔
                 어젯밤에 피어오른 열일곱 개의 버섯구름 중에서
                 어떤 것이 가장 사소한 이유로 터졌는지를 조소하
                 는 기사가 실리겠죠. 물론 기사를 쓸 기자가 살아남
                 아 있다면요.

발명가   … 내 생각이 짧았네. 그래요, 무기는… 아니 무기
                 로 사용될 수 있는 어떤 것도 나올 수 없게 조치하
                 겠어요.

로즈밀러   당신이 그 모든 걸 통제할 수 있다구요?

발명가   … 쉽지는 않겠지. 그래도 할 수 있어요. 시간은 좀
                 걸리겠지만.

로즈밀러   당신은 언제까지고 저기(작업실) 저 골방으로 들어
                 가 꼼짝도 안 할 테고, 나는 또 그게 언제나 열리나
                 닫힌 문만 쳐다보고 있겠네….

발명가   가능한 한 빨리 끝낼게. 당신은 잘 모르겠지만, 이
                 걸 생각하고 만들어내는 게 힘들지, 옵션을 수정

하는 건 그리 어려운 문제가 아냐. 금방 끝나요, 금
방⋯ 진짜 할 수 있어요. 날 한 번 믿어 봐요.

로즈밀러　그래요, 그럴 수 있을 거예요. 당신은 평범한 사람
이 아니니까.

발명가　고마워요.

로즈밀러　그래도 도둑질은 도둑질이에요.

발명가　(발끈해서) 당신이 무슨 갈릴레이라도 돼요? 그래도
지구는 도는 거예요?

로즈밀러　갈릴레이가 그런 말을 해서 도는 게 아니에요! 지구
는 원래 돌아요!

발명가　이건 당신이 늘 주장했던 바로 그런 작품이에요. 내
재주를 뽐내고 으스대기 위해서가 아니라, 전적으
로 이웃들을 위해서 만든 거라구.

로즈밀러　당신 아직도 모르겠어요? 저게 얼마나 무시무시한
괴물인지?

발명가　뭐⋯ 또 문제 되는 거 있어요?

로즈밀러　원하는 건 뭐든 저기서 척척 나오는데, 누가 힘들게
일을 하겠냐구요!

발명가　(어이없어) 하, 하⋯ 농담해요? 그래서 만든 거예요.
이건 사람들을 일로부터 해방시키는 기계라구!

로즈밀러　일을 하는 게 나빠요?

발명가   누가 나쁘다 그랬어요?

로즈밀러   나는 지금까지 쉬지 않고 일을 했어요. 그걸로 우리
          생계를 해결했구요.

발명가   나는 나쁘다고 한 적 없다니까.

로즈밀러   그럼 왜 사람들을 나쁘지도 않은 거로부터 해방시
          켜요?

발명가   내 말은… 좋고 나쁘고를 떠나서, 아무도 더 이상은
          생계에 얽매일 필요가 없다는 거예요.

로즈밀러   일을 안 하면 뭐를 하는데요?

발명가   글쎄… 놀거나 쉬거나 뭔가를 만들거나, 뭐… 가끔
          은 운동경기를 관람할 수도 있겠지. 그러고 보니까
          우리 한 번도 그런 거 해본 적이 없네. 그동안은 일
          이 너무 바빠서… 언제 볕 좋은 날, 우리 도시락 싸
          들고 놀러 갑시다.

로즈밀러   남들은 아무도 일 안하는데, 운동선수들이라고 일
          을 할까요?

발명가   어?

로즈밀러   아무리 열심히 뛰어도 아무 보상이 없는데, 누가 땀
          에 먼지에 범벅이 돼서 공을 차고 방망이를 휘둘러
          대겠냐구요.

발명가   뭐… 운동 경기 봐야, 얼굴만 타지. 당신은 별로 좋

356

아하지도 않는데… 그거 말고도 볼 건 많아요.

로즈밀러　화가들은 다를까요? 가수들은 희생정신으로 똘똘
　　　　　뭉친 사람들이에요? 아무 보상도 없는데 죽을힘을
　　　　　다해 스펙을 쌓고 내공을 다지는 사람이 몇이나 될
　　　　　거 같아요?

발명가　　….

로즈밀러　아무도 아무 일 안 하는데, 아무 일도 안 해서 위인
　　　　　이 된 위인전 보는 거 말고, 뭐 볼 게 있고, 뭐 할 게
　　　　　있을까요?

발명가　　그래요. 혼란스러울 수도 있어, 처음엔… 뭐 당분간
　　　　　은… 하지만 사람들한테는 시간이 충분해요. 일에
　　　　　목매달지 않아도 되니까. 사람들은 쉬면서 천천히
　　　　　생각할 거야. 그리고 새로운 뭔가를 찾아내겠지.

로즈밀러　개는 왜 만물의 영장이 될 수 없었을까요?

발명가　　… 뜬금없이 그건 또 무슨….

로즈밀러　사람은 일을 해요.

발명가　　개도 일은 해요. 사냥을 한다든가, 아양을 떤다
　　　　　든가….

로즈밀러　개도 일은 하죠. 오직 먹고 살기 위해서요.

발명가　　사람들은 잘 먹고 잘 사는데 시간이 남아서 일을
　　　　　하나?

로즈밀러	개하고 사람의 제일 큰 차이가 뭔지 알아요? 사람들은 일을 하기 위해서, 다른 사람들과 관계를 맺어요.
발명가	나는, 지금까지 아무와도 관계를 맺지 않았지만, 아쉬운 적 한 번도 없어요.
로즈밀러	그래서 문제라는 거예요. 당신은 당신 세상에서 왕이고, 신이니까.
발명가	(짜증) 아, 내가 무슨… 좋아요, 일을 하기 위해서 다른 사람을 만나야 해요. 근데요?
로즈밀러	관계가 유지되기 위해 제일 필요한 건 상대에 대한 존중이에요. 내가 널 존중하고 있다는 걸 어떻게 드러내요?
발명가	말하면 되지. 난, 널 존중해.
로즈밀러	사람들은 남의 말을 별로 믿지 않아요. 그 사람 태도를 보지. 그래서 필요한 게 예절이에요. 이를테면 배려, 겸손, 인내, 충성심 같은 것들이요. 그뿐인가요? 상대한테 앞선 사람은 지키기 위해, 뒤진 사람은 따라잡기 위해, 안간힘을 다해요. 그 과정이 쌓이면서 문명이라는 것이 생기고 조금씩, 조금씩 발전을 해 온 게, 여기, 이 세상이에요.
발명가	(비꼬는) 알았어요, 인정, 인정. 훌륭해요. 알겠어

요. 왜 개가 아니고 사람이 만물의 영장이 됐는지.

로즈밀러　　왜 아이들이 갈수록 충동적이고 폭력적으로 변해갈까요?

발명가　　　그야 선생님인 당신이 알지, 내 안에 갇혀 꼼짝 않고 사는 나야 알 수가 있나.

로즈밀러　　당신 때문이에요.

발명가　　　어?

로즈밀러　　당신처럼 무책임한 사람들 때문에 그렇게 된 거라구요.

발명가　　　… 나는 발명가로서의 내 책임을 다하려고 죽을힘을 다했어요. 무책임하다니… 무슨 말을 그렇게 무책임하게….

로즈밀러　　최근에 남을 배려할 줄 알고, 겸손하면서 참을성 많은 아이를 만나 본 적 있어요?

발명가　　　글쎄, 아이들은 별로 본 적이 없어서….

로즈밀러　　없어요. 그런 아이는. 왜? 사람들 사이의 관계가 달라지고 있어서예요. 인터넷이니 스마트폰이니 하는 것들이 관계의 고리들을 하나씩 둘씩 잘라내고 있다구요. 근데… 저걸 보고 날더러 좋아하라구요? 저거는요, 도구라고는 깨진 돌멩이랑 작대기밖에 없었을 때부터 사람들이 일을 통해 만들어 놓은 질서를 한 번에 싸그리 훔쳐가는 괴물이라구요. 그거보다 더한 도둑질이 세상에 어디 있겠어요?

발명가 … 인정해요. 당신 말이 옳아. 내가 경솔했어요. 하지만, 하지만 말이에요. 수만 년 동안 지켜온 질서가 조금 흔들린다고 해두, 그다음에… 시간이 지나면 새로운 뭔가가 나오지 않을까?

로즈밀러 왜 그래야 하는데요?

발명가 어?

로즈밀러 절대로 달라지지 않는 당신 한 사람 때문에, 왜 모든 사람들이 달라져야 하느냐구요.

발명가 꼭 오래된 걸 지켜야만 하는 건 아니잖아요. 새로운 질서가 생기면 사람들은 거기에 맞춰….

로즈밀러 이거 봐. 이러면서 당신이 뭐가 달라졌다는 거죠? 당신은 왕이었고, 신이었고, 지금도 여전히 그래요.

발명가 여보….

로즈밀러 당신은 어떻게 생각할지 모르지만 사람들은 지금까지 잘 살아왔어요. 일을 하면서요. 여보. 테레비를 가지고 뭘 할까 고민하지 말고, 차라리 테레비를 보세요. 테레비를 보면 적어도 세상이 어떻게 돌아가는지, 세상 사람들한테 정말로 필요한 게 뭔지 알 수 있을지도 모르니까….

전화벨이 울린다.

로즈밀러   여보세요. 아, 교감 선생님. (방으로 가며) 그러잖아
　　　　　도 제가 드리려던 참인데. 아까 제가 다시 한 번 생
　　　　　각해 본다고 말씀드린 거요… 교감 선생님이 학부
　　　　　형한테 얼마나 시달렸으면 여기까지 오셨을까 해
　　　　　서, 잠시 흔들렸는데… 역시 그건 옳지 않네요. 우
　　　　　진이는 원칙대로 처리하겠습니다. 그럼. (전원을 꺼
　　　　　버린다) 참, 당신 저녁은 어떻게….

발명가   됐어요. 나중에….

로즈밀러   그래요, 나도 생각이 없네. 먼저 좀 쉴게요.

로즈밀러가 방으로 들어간다.
발명가가 소파에 풀썩 주저앉는다.

12

블랙이 기절한 여배우를 업고 등장한다.

블랙	어떻게 됐어요? 시연은 벌써 끝났나 보네. 보고 싶었는데… 아우, 무거워. (여배우를 소파에 눕힌다)
발명가	어떻게 된 거냐?
블랙	마구 달려가더니 느닷없이 홱 돌아보더라구요. 하필이면 전봇대 바로 앞에서요.
발명가	병원에는 가봤구?
블랙	가볼까 했는데요, 저나 이 사람이나 남들한테 신원을 밝히기가 좀….
발명가	그러네. 겉보기엔 많이 다친 거 같지는 않은데….
블랙	별일이야 있겠어요? 이 사람이 뭐, 한두 번 그런 것도 아니구. … 김치 꺼내셨어요?
발명가	아니.
블랙	그럼 뭘 꺼내셨는데요?
발명가	아무것도 안 꺼냈다.
블랙	설마… 절 기다리신 거예요?
발명가	설마….
블랙	그럼…?
발명가	아무것도 안 꺼낼 거다.
블랙	왜요?
발명가	그건 도둑질이야.
블랙	… 제가 뭘 잘못 들은 거 같은데….

발명가	도둑질이라고 했다.
블랙	그게 왜 도둑질이에요?
발명가	남들이 애써 만들어낸 물건을 아무 노력 없이 슬쩍 빼내는 걸, 그럼 도둑질 말고 뭐라 부르겠니?
블랙	말도 안 돼. 저건 아무 고민 없이, 아무 노력 없이 하루아침에 뚝딱 만들 수 있는 작품이 아니잖아요.
발명가	도둑은 뭐 아무 고민 없이, 아무 노력 없이 도둑질을 하겠니?
블랙	박사님. 이건 엄청난, 그야말로 획기적인, 세상을 완전히 바꿔놓을 발명품이에요. 이게 여기저기 쫙 퍼졌다고 생각해 보세요.
발명가	집집마다 벌거벗은 여자들이 넘쳐나겠지.
블랙	그건 사고죠. 우연에 우연이 겹쳐서 생긴 해프닝.
발명가	남자들이란 남자들은 죄다, 어떻게 하면 사고가 생기나, 어떻게 하면 우연에 우연이 겹칠까, 그 고민에 밤을 샐 걸?
블랙	하여간 남자 사람들이란….
발명가	거기다가 아이들은 어떻구?
블랙	아… 그래도 수정할 수 있을 거 같은데… 사람은 나올 수 없게 한다든지. 아, 칼이나 총 같은 무기들두요.

발명가	너⋯ 이 근처에 있었니?
블랙	아뇨. 왜요?
발명가	아니다.
블랙	이런 거 생각해내고 만드는 게 힘들지, 옵션을 손보는 건 그리 어렵지 않잖아요.
발명가	⋯ 그럴 수도 있겠지. 하지만 그러지 않을 거다.
블랙	왜요?
발명가	말했잖니. 이건 도둑질이라구.
블랙	(어이없어서) 하, 하⋯ 말도 안 돼.
발명가	뭐가 또 말이 안 돼?
블랙	박사님 마음이 360도 휙 뒤집힌 이유가 뭐예요?
발명가	360도?
블랙	(몸을 반 바퀴 돌려보고) 아, 180도요.
발명가	내 생각이 너무 짧았어. 사람들한테 정말 필요한 게 뭔지는 생각도 안 했다. 내 기준으로만 판단하고는 말도 안 되는 짓을 저지르고 말았어. 이런 건 빨리 없애는 게 나아.
블랙	(가로막으며) 잠깐만요, 박사님. 잠깐만요. 물론 없애거나 말거나, 박사님 마음이에요. 하지만 그 전에 듣고 싶어요. 이게 갑자기 맘에 안 들게 된 진짜 이유가 뭔데요?

발명가	이런 걸 집에 두고 누가 일을 하겠니?
블랙	… 그래서요?
발명가	너라면 일을 하겠어?
블랙	지금 농담하시는 거죠?
발명가	농담할 기분 아니다. 그럴 기운도 없구.
블랙	사람들이 일로부터 해방되는 게 나빠요?
발명가	… 누가 나쁘대?
블랙	근데 그걸 왜 없애요?
발명가	일을 안 하게 되면 사람들이 뭐를 할까?
블랙	뭐든 하겠죠. 먹고 사느라 너무 바빠서, 하고 싶어도 할 수 없었던 일들이 얼마나 많은데요.
발명가	너도 참 생각이 짧구나. 아무도 아무 일 안 하는데, 아무 일도 안 해서 위인이 된 위인전 보는 거 말고, 할 일이 뭐가 있겠니?
블랙	왜 그렇게 부정적으로 생각하세요? 이게 세상으로 나가면 세상 자체가 완전히 달라질 거예요. 새로운 세상을 지금의 눈으로 보면 안 되죠. 새로운 세상에선 당연히 새로운 질서가 생길 거라구요.
발명가	그건 희망사항일 뿐이야. 엄청난 혼란이 생길 거다.
블랙	당분간은 그럴 수도 있죠. 하지만 금방 가라앉을 거예요. 지금까지 그래왔잖아요.

발명가	지금까지 뭐가 그래왔는데?
블랙	영화가 세상에 처음 나왔을 때… 기차가 달려오는 동영상이었는데, 그걸 본 사람들이 다들 극장 밖으로 도망갔대요. 너무 놀라서요. 하지만 사람들은 금방 익숙해졌어요.
발명가	그건 영화 얘기고.
블랙	뭐든 마찬가지예요. 세상은 변기에 담긴 물 같은 거예요. 늘 똑같아 보이지만 사실은 다른 물이죠. 큰 거든, 작은 거든 뭐가 떨어지면 큰 소용돌이가 생기지만, 금세 안정을 되찾잖아요.
발명가	… 문명은 그리고 질서는… 누가 단번에 발명한 게 아니다. 사람들이 관계를 맺고 일을 하면서 만들어낸 거야.
블랙	근데요?
발명가	사람들이 수만 년 동안 지켜온 가치를 내가 무슨 자격으로 뒤흔들어 놓겠니. 나는 그럴 수 없다. 비켜라. 이런 건 당장에 없애버려야 해. (TV로 간다)
블랙	… 그거 아세요? 박사님이 지금 하려는 짓이야말로 정말, 정말 큰 도둑질이라는 거.
발명가	… 그건 또 무슨… 궤변이냐?
블랙	지금 이 문명이, 이 질서가 모두를 위한 건가요? 박

사님은 세상이 공정하고 공평하다고 생각하세요?

발명가 어? … 최근에 어디선가 들어본 얘긴데…?

블랙 저는 그렇게 생각하지 않아요. 여긴 이미 가진 자들의 세상이에요. 약자에겐 단 한 계단 올라갈 수 있는 지식도 정보도 기회도 제공되지 않아요. 이제까지 그래왔고, 앞으로도 그럴 거예요. 빼앗기고 더 빼앗기고 완전히 빼앗기겠죠. 물론 저건 박사님이 만드셨죠. 하지만 박사님이 저걸 없애신다면… 그건 약자들이 새로운 질서 속에서 새롭게 시작할 수 있는 기회를 도둑질하는 겁니다.

발명가 젠장, 이래도 도둑놈 저래도 도둑놈, 대체 날더러 어쩌란 말이냐!

발명가가 소파에 털썩 주저앉는다.

길고 어색한 침묵.

블랙 3년이란 게, 참 긴 시간인가 봐요. 저만이 아니라 박사님한테두요.

발명가 무슨 소리냐?

블랙 박사님을 이렇게 바꿔놓은 거 보면요.

발명가 … 안 달라졌다며…?

블랙   (말도 안 된다는 듯) 박사님이요?

발명가   네가 그랬잖아, 내가 그런 게 아니라. 그때나 지금 이나 달라진 거 하나도 없다구. 나는 너뿐만 아니라 다들 그렇게 생각하는 줄 알고 있는데?

블랙   아뇨, 박사님한테서 그때 모습은 하나도 찾아볼 수 없어요. 완전히 다른 사람이에요.

발명가   내가 아니라 네가 그랬다니까!

블랙   그때 박사님이 어땠는지 한 번 보시겠어요? (주머니를 뒤적인다)

발명가   혹시 거울 꺼내려는 거라면… 됐다. 나는 지금 내 얼굴 보고 싶지가 않아.

블랙   (사진을 꺼낸다) 박사님이 새로운 발명품을 만드실 때마다 찍은 기념사진들이에요.

발명가   (사진을 본다) 시커멓기만 하고 아무것도 안 보이는데…?

블랙   아, 이건 어둠을 발명하셨을 때 찍은 거라.

발명가가 사진을 한 장씩 넘겨본다.

그 시절의 추억이 떠올라 발명가의 얼굴에 희미한 미소가 번진다.

블랙   아시겠어요? 그 사이 박사님이 얼마나 달라지셨는지?

발명가   글쎄… 이땐 좀 젊었던 것도 같구….

블랙   … 그때 박사님은 왕이었어요.

발명가   얘가 진짜… 왜, 신은 아니었구?

블랙   맞아요. 박사님은 왕이었고, 신이었어요.

발명가   둘이 짰냐?

블랙   무슨 말씀이세요?

발명가   좋아, 그렇게 생각한 이유가 뭔데?

블랙   박사님은요, 하고 싶은 일만 하셨어요. 하고 싶지 않은 일은 쳐다도 안 보셨죠. 쉬고 싶을 때는 쉬고, 놀고 싶을 때는 놀고, 일을 하고 싶을 땐 일을 하셨어요. 그깟 전기요금이 얼마 나올까 전전긍긍하지도 않으셨고, 테레비를 보고 싶을 때는 테레비를 보셨어요.

발명가   내가… 그랬나?

블랙   무엇보다 박사님은 행복하셨어요. 당연하죠, 세상을 다 가진 왕이었는데….

발명가   … 누구나 그런 시절은 있다.

블랙   그럴 수도 있죠. 하지만 아무나 세상을 창조하는 건 아니에요.

발명가   그래봐야 이웃들한테도 인정 못 받는 그저 그런 발명가였어.

블랙   예수님도 고향에선 인정을 못받았어요. 그게 예수
       님 탓인가요? 그거는요, 순전히 무지한 이웃들 잘
       못이에요. 박사님 잘못이 아니라. 돼지한테는 진주
       보다 소시지가 어울린다구요.

발명가 끔찍한 얘기다.

블랙   아….

발명가 그건 이웃들 잘못이 아니야. 제대로 된 발명가라
       면 이웃들한테 정말로 필요한 게 뭔지 더 고민해야
       했다.

블랙   하… 이거 봐. 이러면서 뭐가 예전 그대로라는 거죠?

발명가 또 뭐가 불만이냐?

블랙   그때 박사님의 기준은 오직 박사님이었어요. 세상
       의 기준 따위는 필요 없었다구요.

발명가 나는 인정받고 싶었다. 세상 사람들한테 그리고 아
       내한테… 하지만 끝내 실패하고 말았어.

블랙   (한숨) 이럴 줄 알았으면 안 오는 건데… (넋두리하
       듯) 제가 아프리카에서 박사님 얘기를 얼마나 많이
       했는지 박사님은 상상도 못할 거예요. 박사님이 어
       떤 분인지 어떤 작품을 만드셨는지 얘기해주면 친
       구들은 이렇게 말하죠. "진짜?", "정말?", "우와~"

"헐." 박사님은 와 보신 적도 없지만, 거기서 박사님은 이미 왕이고, 신이죠. ⋯ 그때가 그립네요. 박사님과 함께, 숱한 밤들을 뜬눈으로 지새우며 발명에 매달리던 그때 그 시절이⋯ 그때 그 왕국이⋯ 그때 그 신전이⋯. (퇴장한다)

발명가   블랙⋯.

13

발명가가 무거운 걸음으로 소파로 간다.
이런저런 생각이 그를 괴롭힌다.
그 생각을 떨쳐버리려는 듯 발명가가 TV를 켠다.
앞서 블랙이 보았던 다큐멘터리 방송이 들려온다.

내레이션   ⋯ 얼마 전, 유명한 고고학자인 막심 파헤쳐부리스키 박사 일행은 인류 최초의 문명 발상지인 수메르 지역에서 흥미로운 유해 한 구를 발굴했습니다.

인터뷰   저는 이 유골의 주인이 우리 문명의 오래된 수수께끼를 풀어줄 열쇠라고 확신하고 있습니다.

내레이션   대략 1만 년 전에 사망한 것으로 보이는 이 유해와 함께 몇 점의 유물이 발견되었습니다. 이 유물들은 비록 흔적만 남았지만 지금 우리가 사용하는 도구와 비교해도 손색이 없을 만큼….

발명가가 뭔가를 보고 깜짝 놀란다.
발명가가 자세히 보려고 일어서는데 여배우가 뒤척인다.

여배우   (신음) 아… 음… 아 머리야….

발명가   어, 이제 깨어나나 보네.

여배우   여기가 어디지… 무슨 일이 있었던 거야… 어머, 누구세요?

발명가   이런… 기억이 또 상실됐구나.

여배우   아… 기억이 안 나. 나는 누구지? 내가 누군지 아세요?

발명가   너무 상심 말아요. 모든 걸 기억해도 내가 누군지 알 수 없는 사람도 있으니까.

여배우   네?

발명가   내가 수수께끼 하나 낼까? 하나도 변한 것이 없으면서 완전히 변했고, 버려도 도둑질, 안 버려도 도둑질인 물건을 만든 사람이 누굴까요?

여배우	… 저를 구해주셨군요. 그렇게 말도 안 되는 얘기를 아무렇지 않게 하시는 걸 보면.
발명가	아니, 아가씨를 내가 구한 건 아니구….
여배우	선행을 숨기는 스타일이시구나. 너무 멋있으시다….
발명가	아니라니까. 왜… 그런 눈으로….
여배우	척 보자마자 교감을 느꼈어요. 영혼의 쌍둥이를 만난 느낌…? (기계적으로) 우리들의 모든 인식이 경험과 더불어 시작된다고 하더라도, 인식이 모두 경험에서 생겨나는 것은 아니다…. (자기 말에 혼란을 느끼며) 이게 무슨 소리지? 신경 쓰지 마세요. (다가가며) 너무 다행이에요. 이렇게 착한 분이 저를 구해주셔서….
발명가	(주춤주춤 물러나며) 이러지 말아요. 이러면 안 돼. 이러다 아내 깨어나면….
여배우	(놀라) … 유부남이세요?
발명가	… 예.
여배우	부인은 저기서 주무시고?
발명가	… 예.
여배우	사람이 어쩜… 그러면서 착한 척이란 착한 척은 혼자서 다….

| 발명가 | 내가? 내가 무슨….

| 여배우 | 운명의 여신이여! 어찌하여 제게 이런 시련을 내리시나이까. 문이 어딨죠? 아, 저기… (뛰어가려다 넘어진다)

| 발명가 | 이봐요, 이봐요. 이런, 또 기절했네.

| 로즈밀러 | (목소리) 여보~ 무슨 일이에요. 거기 무슨 일 있어요?

| 발명가 | (당황해서) 아, 아무것도 아니에요.

발명가가 여배우를 받침대에 앉히고는 리모컨을 조작한다.

조명이 나갔다가 들어오면 여배우는 사라졌다.

발명가가 소파로 가는데 노크 소리가 들린다.

| 발명가 | 누구야, 이 밤중에… (현관으로 가려는데)

| 여배우 | (목소리) 박사님~ 박사님~

| 발명가 | 뭐야….

| 여배우 | (목소리) 박사님. 여기요~

| 발명가 | … 어디…?

| 여배우 | (목소리) 여기요. 테레비요, 테레비. 채널 57번. 저 보이세요?

| 발명가 | (TV 앞으로 가서) 김치영씨…? 내가 보여요?

| 여배우 | (목소리) 저 좀 꺼내주세요.

발명가   그럼 안 될 거 같은데….

여배우   (목소리) 꺼내주세요~ 얼른요, 얼른, 얼른, 얼른.

발명가가 리모컨을 조종한다.

조명이 깜박거리다가 여배우가 나온다.

그녀는 헤드기어를 쓰고 있다.

발명가   뭐가 잘못됐어요? 들어가자마자 왜….

여배우   나는 한참 있다 나왔는데?

발명가   그래요?

여배우   별 거 별 거 다 했어요. 나랑 관련 있는 웬만한 엄마
         아빠들 다 만나봤구요, 한두 사람 빠뜨린 거 같긴
         하지만요. 치일이 오빠 장례식도 치렀구요….

발명가   거기랑 여기랑 시간이 다른 모양이네. 근데… 기억
         이 돌아왔네?

여배우   다 생각났어요. 어렸을 때부터 여기 왔을 때까지
         전부.

발명가   다행이네. 잘됐어요. 근데 이렇게 막 나와도 되나?

여배우   내가 또 있던데요?

발명가   무슨 소리야…?

여배우   할망구 집 뒷베란다로 갔더니 내가 있더라구요. 나

랑 닮은 앤 줄 알았는데 나더라구.

발명가   이런….

여배우   뭐 하나 봤더니 걔가 김치냉장고 뚜껑을 여는 거예
         요. 근데, 그때 갑자기 모든 게 다 기억나더라구.

발명가   아… 그럴 수도 있겠다….

여배우   나에 대해서 곰곰이 생각해 봤어요. 뭐 그렇게 오래
         생각 안 했지만, 금방 알겠더라구요, 내가 어떤 사
         람인지.

발명가   머리는 좋은 사람이니까.

여배우   응.

발명가   그래 어떤 사람이에요, 김치영씨는?

여배우   머리가 약해요. 다른 사람들보다 훨씬.

발명가   … 그게 다야?

여배우   응.

발명가   … 그래서 이걸…? (헤드기어를 가리킨다)

여배우   내가 누군지 알았으니까, 나는 내가 지켜야죠.

발명가   그래요, 좋은 생각이야. 근데 이제 들어가 봐야 하
         는 거 아닌가?

여배우   내가 이미 거기 있는데, 한 자리에 둘이나 있을 필
         요가 뭐가 있어. 안 그래요?

발명가   … 그럼 어떡할라구…?

여배우   에… (TV채널을 이리저리 옮긴다) 저기.

발명가   저기… 가고 싶어요?

여배우   완전 짱이야. 전부 명품. 같이 가실래요?

발명가   아니, 나는 됐어요. (리모컨을 조작하려) 근데 그
         차림으루?

여배우   나는 이거 이상 입어 본 적 없는데?

발명가   그래요, 좋을 대로.

발명가가 리모컨을 조작한다.
조명이 꺼진다.

14

이틀 후.
암전 된 상태에서 TV 오락 프로그램의 소리가 들려온다.
조명이 들어온다.
정장을 차려입은 발명가가 깔깔거리며 TV를 보고 있다.
잠시 후 인기척이 들리고, 로즈밀러가 등장한다.
발명가는 TV에 너무 열중해서 그녀의 등장을 깨닫지 못한다.

로즈밀러가 고개를 갸웃거리며 발명가를 잠시 지켜본다.

로즈밀러   … 나 왔어요. 여보. 여보~

발명가   어! 깜짝이야. 언제 왔어요?

로즈밀러   왜 그렇게 놀라요? 내가 몇 번이나 불렀는데….

발명가   그랬어요? 난 전혀… 미안. 너무 재미있어서. 어떻
           게 이런 것도 모르고 살았나 몰라….

로즈밀러   (신발을 벗는다)

발명가   아, 벗지 말아요. 같이 갈 데가 있어.

로즈밀러   어디요…?

발명가   (숨겨 두었던 꽃과 선물 상자를 건네며) 짠.

로즈밀러   이게 뭐예요?

발명가   여보, 생일 축하해요.

로즈밀러   여보…. (어리둥절해서 빤히 본다)

발명가   왜요?

로즈밀러   … 당신이 당신 같지가 않아서요….

발명가   앞으로 많이 놀라겠네? 하하. … 고마워요, 여보.
           그동안 고생 많았어.

로즈밀러   여보….

발명가   배고프지? 얼른 나가요. 내가 근사한 레스토랑 예
           약해 놨어.

전화벨이 울린다.

발명가   잠깐만. 여보세요. (굽신대며) 아, 소장님. 네네. 네?
                      아이구… 감사합니다. 그럼요. 그럼 내일 아침에 뵙
                      겠습니다. 네….

로즈밀러   누구예요…?

발명가   저기 언덕 위에 미성 아파트 있잖아. 거기 관리소장
                      인데… 경비자리가 비었다고 해서 아까 면접 봤거
                      든. 내일부터 나오래.

로즈밀러   … 당신이 뭐를 한다구요…?

발명가   … 나는 왕이 아니에요. 신도 아니구. 자, 갑시다.

발명가가 나간다.
로즈밀러는 혼란스러워서 멍하게 서 있다.

발명가   (목소리) 얼른 나와요. 나 배고파 죽겠어.

로즈밀러가 퇴장한다.

15

블랙이 배낭을 메고 등장한다.

블랙   계세요~ 계세요~ 박사님~ 어디 가셨나…?

블랙이 나가려는데 조명이 깜박이다 꺼진다.
조명이 들어오면 발명가가 받침대 위에 앉아 있다.
발명가는 간편한 차림새다.

발명가   안녕.

블랙   (놀라) 박사님…. 어디서 갑자기.

발명가   어… 그건 알 거 없고. 가는 거냐?

블랙   예, 인사드리고 떠나려구요.

발명가   아프리카?

블랙   예. 아프리카요.

발명가   너 슬퍼 보인다?

블랙   이게 마지막이니까요. 다시는 돌아오지 않을 거
                  예요.

발명가   그러냐?

블랙   예.

발명가	그래. 잘 생각했다. … 가자.
블랙	박사님도… 같이요?
발명가	왜 그렇게 놀라? 나는 왕이고 신이다. 내가 못할 게 뭐가 있어?
블랙	사모님은요…?
발명가	로즈밀러를 돌봐줄 사람은 따로 있다. 썩 어울리는 짝이야. 뭐하냐, 얼른 가자.

발명가와 블랙이 퇴장한다.

16

발명가가 조심스럽게 등장한다.

발명가	하… 엄청난 짓을 해버렸구나. 로즈밀러, 블랙, 그리고 내 분신들… 부디 잘 살기를… (집안을 휘 둘러보고) 이러다 누가 올라. 얼른 출발하자.

발명가가 작업실에서 커다란 배낭과 천체 망원경을 들고 나온다.

그리고는 TV 리모컨을 조작한다.

조명이 깜박거리기 시작한다.

TV에서 여배우 목소리가 들려온다.

여배우　　(목소리) 박사님, 박사님….

발명가　　안녕. 잘 지내요?

여배우　　응. 남친 사귀었어요.

발명가　　오, 잘 됐네. 축하해요.

여배우　　호적을 떼어오라고 보냈는데, 보고 결정할라구요.

　　　　　근데 어디 가세요?

발명가　　어… 어딜 좀….

여배우　　어디 가는데요?

발명가　　멀리… 아주 멀리.

정면 벽에 별의 형상이 뜬다.

여배우　　진짜 머네. 언제 오시는데요?

발명가　　글쎄… 내가 누군지 알게 되면….

여배우　　네. 잘 다녀오세요.

발명가　　잘 살아요.

발명가가 집안을 휘 둘러보고는 받침대에 앉는다.

발명가가 리모컨을 작동한다.

조명이 꺼졌다가 켜지면 발명가는 사라졌다.

17

작업실에서 뚝딱뚝딱 뭔가 공사하는 소음이 들린다.

만삭의 로즈밀러가 등장한다.

그녀의 표정이 전에 없이 밝다.

로즈밀러   여보~ 아직 멀었어요?

발명가   (목소리) 어, 이제 다 돼 가….

로즈밀러   작업실 없어도 당신 정말 괜찮겠어요?

발명가   (목소리) 그럼….

로즈밀러가 TV를 켠다.

다큐멘터리가 방송되고 있다.

발명가   (목소리) 여보, 아기 침대 다 만들었어. 와서 봐 봐요.

로즈밀러   네~ (작업실로 들어간다) 어머나~ 어쩜~

내레이션   … 이것은 한 아마추어 천문가가 우연히 찍은 영상
           입니다. 이 별은 지구에서 대략 1만 광년 떨어져 있
           습니다. 말하자면 우리는 지금 1만 년 전의 영상을
           보고 있는 거죠. 얼마 후 이 외계인은 사라졌습니
           다. 그는 어디로 간 걸까요? 만약 이 외계인의 다음
           행선지가 1만 년 전의 지구였다면… 그때 그곳에선
           과연 어떤 일이 벌어졌을까요?

방송이 진행되는 동안 발명가의 모습이 보인다.
발명가가 망원경으로 아래를 내려다보고 있다.
그의 모습이 서서히 희미해지다가 조명이 꺼진다.